緋
的亞莉亞
Aria the Scarlet Ammo
蒼穹的密使
32
XXXII
赤松中學
U0028765

1彈 Catch you later

——「寂靜之鬼（Orgo）」——

那股殺氣遍布這座懸崖上。為了尋找老爸而來到美國的我以及茉斬此刻都在那殺氣的範圍之內。

尼加拉瀑布濺起的水霧升向黃昏的天空，讓站在崖邊柵欄前的尼莫背後看起來有如一片異次元空間。

老爸從左方緩緩逼近，距離尼莫只剩三十公尺，沒有時間了——

「我與他的、邂逅、是殺、與被殺、的關係。」

用多重腦全開的語調如此呢喃的茉斬一心渴望奪走自己深愛的遠山金叉的一切，因而顯露出希望殺掉對方的虛妄執著。

「所以離別時、同樣是、殺與、被殺的、關係。如此一來、這份愛、才能終告、完結。」

發瘋的傢伙容易擁有獨自的一套理論與美學。

我在偵探科學過，如果能夠依循那套理論打擊那份美學，使對方心生猶豫……就有可能阻止對方做出危險行為。於是……

「茉斬！就算妳殺了老爸，奪走他的現在——也會破壞他的今後，這樣並不能算是奪走了他的一切！而且……而且更重要的是憑現在受傷的妳，只有反過來被殺的份啊！雖然以前的老爸沒有殺過任何人，但他現在身負暗殺尼莫的任務——」

我為了制止茉斬，絞盡根本連爆發模式都不是的腦袋，想到什麼就說什麼。

而茉斬似乎有稍微聽到我前半段的話，可是……

「沒關係。雖然最理想的結局、是兩人、同歸於盡……不過只有我死、也是一種、愛的結束方式。只要我、在他眼前喪命，他就會、記得、我的事情。永遠、記得……」

她從途中打斷我的話，並繼續走向老爸的方向。

對於以公安零課成員或是國際恐怖分子的身分一路活到今天的茉斬來說，人的生命是很廉價的。這代表她自己的生命也很廉價。

一如她自己說過「為男人傾倒的女人只會走向破滅」的主張，她此刻也一步步走向破滅。

茉斬抱有殺死對方的覺悟，也有被殺的覺悟。她是帶著某種「殉情」的目的而來到這個地方的。

老爸，你還真是被一個可怕的女人喜歡上了啊。哎呀，我身邊也老是會聚集一堆可怕的女人，或許是有其父必有其子吧。

這時，茉斬忽然發出較大的聲音——

「——恩蒂米菈，這個、敵人、交給我、應付。妳負責、保護尼莫。」

對站在瀑布前的柵欄邊右側的一名金色長髮女性觀光客如此說道。

結果原本在觀賞廣場上古代戰役扮裝表演的那名女性以及另外兩名褐色秀髮蓬鬆的小女孩同時將頭轉過來……見到我和茉斬而瞬間瞪大眼睛。

與她們對上視線的我同樣大吃一驚。她們雖然戴著同樣款式的帽子遮住耳朵，偽裝成普通的美國人——但那是以前我和尼莫漂泊到無人島時最後將尼莫救走的精靈女以及雙胞胎獸娘啊。那三人應該是在N的提督——尼莫休假的期間，伴隨在她身邊擔任她的護衛吧。而且……

（茉斬剛才講得就像**自己會為了尼莫而戰**一樣——隱瞞了自己其實是把尼莫當成誘餌引出老爸的行為……！）

我注意到這點的同時，從茉斬一連串的發言中也看出了她這麼做的理由。

茉斬在與老爸的戰鬥中，預想出了①沒能殺掉老爸而只有自己被殺、②雙方同歸於盡、③殺掉老爸而自己活下來、④雙方生存——這四種結局。

如果最後是③或④這兩種自己存活下來的結局，對她而言再度回到N才是良策。一方面為了繼續獲得讓自己戰鬥的場所，一方面也為了透過違法手段再度找到老爸。

對於茉斬來說，N還有利用價值。

既然如此，我本來想說只要提出我隱藏起來的那枚N的戒指的事情，或許就能阻止茉斬——然而就算把戒指搞丟其實也只會受到降低階級的處分而已，不至於到除名的程度。而且茉斬自己也承認她在與貝茨姊妹的死戰中已經幾乎失去了戰鬥能力，想必她心中也覺得這場戰鬥以③或④的結局收場的可能性微乎其微吧。換言之，那枚戒指唯有此刻在操控茉斬的效力上變得極低了。

「——茉斬……！」

我把手伸向茉斬，卻抓了個空。教人驚訝的是，我居然**看丟了原本應該盯著的茉斬**。

雖然我緊接著就發現她走在稍微前方的位置，但零點幾秒後又不見了。這是她之前在赤坂格蘭王子酒店時甚至讓蕾姬都追丟的那招「在眼前不被對方發現之下進行移動」的技巧——茉斬打算利用這招逼近到老爸面前。

（……我也要趕快行動才行……！）

可是我到底該怎麼行動？在前方有茉斬、老爸、尼莫以及恩蒂米菈那三人，後方有GⅢ與風魔，再加上我自己。現場有許多人物，狀況極為複雜。

要是茉斬與老爸交手——我對於最後結局的預測與茉斬不同。

遠山家的男人帶有爆發模式的體質，經常會在對付女性時失敗。像老爸實際上就曾經被茉斬殺害過一次。因此③——老爸被殺死的可能性其實並不低。

我必須設法阻止茉斬才行。但要是因此讓老爸繼續行動，他又會殺死尼莫。老爸是個有任務或命令就必定會實行的男人。我該怎麼辦才好！

「……金次……？」

聽到剛才茉斬的聲音而把頭轉過來的尼莫——露出又驚又喜的奇怪表情「嘩」地臉頰泛紅。原本就已經缺乏防備的她因為看到我而變得更加缺乏防備了。不不不，妳該注意到的對象不是我而是老爸啊！我雖然一時這麼想……但我現在也把本來用眼角餘光追蹤的老爸看丟了。於是我趕緊重新找到他的身影並頓時理解，這是跟茉斬使用的技巧類似、讓其他人認知到的存在感變得模糊的遠山家招式。所以現在茉斬、老爸與我這三個人之中，只有我會清楚被尼莫看到。

就在這時——尼莫的護衛們行動了。

在無人島時看過的那對尖耳朵現在似乎被藏起來的精靈女恩蒂米菈，以及用童裝裙子遮住尾巴的鮎鮎蒂、列鮎蒂。N的白金戒指、鐵戒指、鐵戒指三人組分別從手提包與小肩包中掏出毛瑟手槍與看起來像菜刀的刀類，背對瀑布排出守護尼莫前方與左右兩側的陣型。但由於她們不曉得茉斬說的「敵人」究竟是誰，結果……

「Enable……！」

那三人細長的藍色眼睛與圓滾滾的褐色眼睛都朝著我的方向。然而因為我是尼莫的朋友，又是跟著茉斬一起現身，所以並沒有立刻開槍。慌張的恩蒂米菈手握槍把的位置太低，舉槍姿勢也跟外行人沒兩樣。鮎鮎蒂與列鮎蒂雖然看起來會用短刀，但我並不認為她們可以贏過老爸。光靠那三人根本無法阻止老爸，頂多只能爭取幾秒的時間而已。

我回頭確認GⅢ與風魔還需要一段時間才能趕過來，於是——

「你們不要協助茉斬也別幫忙老爸！」

我對他們如此命令後，重新把頭轉向前方全力大叫：

「——尼莫！施展瞬間移動！」

尼莫的視野外瞬間移動需要一到兩分鐘的時間進行準備。如果在正常狀況下，已經逼近到這個距離的老爸不可能給對手那麼多時間。可是以前老爸與茉斬交手的時候據說花了好一段時間才做出了斷。那是由於老爸面對女性對手的時候沒有使出全力戰鬥。因此如果同樣的戰鬥再次發生，基於同樣的理由被拖長時間的可能性應該不低。

所以事到如今我只能暫時接受茉斬與老爸交手的局面——優先讓尼莫逃走。

只要尼莫消失，老爸也就沒有理由繼續待在這裡，或許就會從茉斬面前消失了。

「？？？」

尼莫雖然一臉困惑，但還是信任我的警告——從胸前發出藍色的發光粒子。粒子接著有如衛星般周旋於尼莫周圍，兩顆、四顆、八顆地呈現倍數增加。

「恩蒂米菈、萜萜蒂、列萜蒂，過來這裡！」

在尼莫的命令下，恩蒂米菈她們漸漸縮小半圓陣型。尼莫的發光粒子持續增加到一二八顆、二五六顆，化為一團光霧漸漸包覆聚在一起的那四人。好！只要這樣繼續下去……就能阻止老爸暗殺尼莫了……！

在我的左前方、從西側接近的老爸面前——

——茉斬忽然現身。

不知是因為愛的力量，還是因為熟知同樣技巧的緣故，茉斬似乎能夠正確掌握老爸的位置。那兩人都停下腳步，讓我也清楚看到了他們的身影。尼莫他們循著我的視線望過去也總算發現老爸的存在，頓時騷動起來。

老爸似乎完全沒有繞遠路，始終只是筆直地朝著尼莫的方向前進。

而現在來到他面前的茉斬就站在能夠保護尼莫的位置上。

兩人之間的距離幾乎為零，近得讓人不禁屏住呼吸。

簡直就像一對睽違了十一年總算重逢的情侶一樣。

讓人不禁會聯想到大象、犀牛或巨熊的魁梧身軀穿著深灰色單排釦西裝的老爸——低頭看著以女性來說身材已經算很高的茉斬。即使隔著墨鏡也能看出來，他臉上帶著早已注意到對方的表情。

「好久不見了，遠山、先生。」

抬頭看向老爸的茉斬如此說道。平常總是冰冷的聲音此刻卻蘊含著一股熱量。

既然她會把距離逼近到零，代表她手指的傷已經無法使用不可知子彈，或是就算能夠使用射程也極短的意思。

「……」

老爸依舊保持沉默。

茉斬把自己受傷的手左右展開伸向老爸，彷彿要擁抱對方。接著閉起她那對睫毛修長的雙眼，有如準備親吻對方。

從氣息就能知道，茉斬要出手了。已經沒有人能夠阻止她。

在我右後方的廣場上正表演著一齣歷史劇——當地民眾扮裝成十八世紀在尼加拉要塞交戰的英國軍，用鳥銃擊出空包彈的時候——

「——洛基．諾取——」

——磅——！

從茉斬口中發出了有如開槍似的乾燥爆裂聲響。

鮮血彷彿深紅色的玫瑰綻放般濺散，老爸的墨鏡被擊碎彈向空中，掉落到他巨大的身體背後。

……接著……

現場變得一片寂靜。

剛才那是……茉斬的空氣子彈，諾取。

那招通常是用手指施展，但她剛才是用**舌頭**出招的。

力量微弱的舌頭肌肉施放的諾取大概也只有在近距離下才能發揮殺傷力。然後只要想像一下就能馬上知道——將壓縮至足以成為子彈的空氣擊發出去的行為所造成的反作用力下，柔軟的口腔及咽喉不可能毫髮無傷。

剛才看到飛散的鮮血，是從茉斬口中噴出來的。她由於劇痛彎下身子，從恐怕已經被攪爛的口中不斷流出血液，苦悶了好幾秒鐘。

「……」

用手摀著嘴巴的茱斬……眼眶含著淚水重新抬頭看向老爸……

……發現他稍微把臉別開，用最低限度的動作避開了茱斬的洛基・諾取。

本來應該是瞄準眉間的空氣子彈雖然擊飛了老爸的墨鏡，但並沒有擊中他的頭。

雖然能夠對近距離射出的亞音速子彈做出反應的老爸確實很誇張，不過這輪攻防……

……是茱斬失誤了。

看在旁人眼中也知道，茱斬現在**非常亢奮**。因為見到睽違了十一年的心儀對象。同時，她也帶著一股**悲傷**。

從她眼眶溢出的淚水並不是因為疼痛，而是由於某種只有她自己明白的感傷。

就是這兩種感情，導致剛才那招必殺的祕密王牌失敗了。

「……為什麼……我這、十多年來……一直都、思念著你、愛著你。可是、你卻……」

茱斬每說一個字就從口中溢出鮮血，淚水也隨之滴落。接著……

「……**不是那樣**……」

就在茱斬如此呢喃——恐怕是她人生中最大意的瞬間。

——啪哧——！

從茱斬的側頭部發出了強烈的衝擊聲響。更多的鮮血與粗暴扯斷的黑髮當場飛濺散開。是我們完全沒有預想到的——狙擊！命中了茱斬的頭部！

「茉斬──！」

尼莫在一團藍光中大叫。恩蒂米菈雖然忍住沒有發出尖叫，但也用手摀著嘴巴。

不過我有看到，茉斬其實透過氣息察覺到超音速飛來的子彈，在中彈的瞬間些微傾斜頭部。因此子彈並沒有貫穿她的頭蓋骨，而是有如被彈開似地飛向上方了。

即便如此，她受到的傷害還是相當致命。從威力判斷，那子彈應該是通常使用於對付車輛的十二點七口徑高密度鎢合金反器材子彈。茉斬被殺了……！

「居然在這時候……派狙擊手啊！」

趕到我身邊的GⅢ「啪唰！」一聲用撲壘姿勢趴到地上。我雖然也反射性地跪下身子讓狙擊手能夠看到的身體面積減少一半，但這裡是廣場角落，周圍沒什麼遮蔽物，還是讓人感到心驚膽跳。從茉斬中彈瞬間的景象可以推斷出子彈射來的方向，於是我豎耳傾聽。即使被瀑布的隆隆聲掩蓋而聽不太清楚……但還是可以聽到「轟」一聲有如遠雷般的槍擊聲。聲音比速度為二點六馬赫的子彈還要晚三秒多才傳來，代表距離將近兩公里，狙擊實力簡直與蕾姬同等級。方向為正南方，是從加拿大隔著美加國境開槍的。究竟是何方神聖？

響亮的中彈聲音讓原本在觀賞瀑布或表演活動的觀光客們紛紛觀望周圍。其中也有觀光客見到中彈的茉斬，被嚇得往後退開。剛剛還在趕往我身邊的風魔現在卻不見蹤影，應該是透過什麼忍術隱藏身影了吧。

「……我想、殺的人……」

我聽到聲音驚訝地轉回頭——發現明明頭部中彈的茉斬居然還對著老爸繼續講話。眼眶依然流著淚水。

老爸雖然重新轉向正面，不過並沒有從茉斬面前移動任何一步。

「不是、你……」

為了老爸特地化了妝卻可悲地被自己的鮮血糟蹋的茉斬……的肩膀……

——啪哧——————！

被第二發子彈擊中了。雖然因為穿防彈大衣而沒有被貫穿，但茉斬就像被車撞開一樣當場飛了出去，摔在高度只有到腰部左右、正下方就是瀑布的柵欄邊……！

我和尼莫都立刻察覺那個冷酷狙擊手的企圖，霎時停止呼吸。

茉斬為了不要掉到瀑布而準備趴到地上……卻「啪哧——————！」一聲被第三發子彈揍起身子。上半身從前往後被彈開的茉斬只能渾身無力地摔出安全柵欄——

「——茉斬——！」

隨著我的大叫聲，她掉了下去。從高度落差五十六公尺的崖上，無聲無息、無從抵抗地，一瞬間掉落下去。

看起來彷彿延伸到地表盡頭的瀑布每秒落下兩百八十萬公升的水，將茉斬的身影有如沙粒般吞沒。

「——不要把頭抬起來，老哥！下一槍要來了！」

我被GⅢ從背後拉扯夾克而低下身子，這才注意到一件事。

那個狙擊手攻擊了茉斬，代表對方很可能是與N敵對的人物。在這狀況下，下一個會被盯上的目標就是尼莫。而且我方沒有可以反擊的狙擊手。尼莫，快點啊！

我如此想著並把頭轉過去，看到尼莫的藍色光霧——還很稀薄。相較於以前我看過她瞬間移動時的景象，那亮度絕對不夠。接著我立刻知道了那個理由。因為尼莫她——想要把自願挺身當肉盾保護尼莫不被狙擊手攻擊的恩蒂米菈，以及從裙襬下露出豎起的尾巴並且把短刀舉向老爸的萜萜蒂、列萜蒂全部一起包覆到光霧中。想要搬運移動的體積或範圍越大，必須製造的發光粒子就越多，自然需要花更多時間。

「尼莫！還要幾秒才能跳躍？」

「——現在粒子不安定，還需要七分鐘……！」

蕾姬等級的狙擊手不可能慢慢等那七分鐘的……！我不禁因此感到著急，可是……下一發子彈卻遲遲沒有射來。我原本以為對方如果是用手動供彈式的狙擊槍就需要一點時間重新裝彈，或者可能是正在換彈匣。但我錯了。對方沒有再做出下一步動作。難道那狙擊手的目標只有茉斬一個人嗎？

「……！……」

不管怎麼說，由於茉斬遭到排除而讓現場狀況一口氣改變了。在尼莫發動跳躍前的這七分鐘內，必須由我們阻止老爸。但是透過戰鬥絕對無法辦到這點，所以要對他講話，靠對話設法拖延時間。而在場的人物中有可能辦到這種事情的人，只剩下身為他兒子的我了。

「寂靜之鬼」有如重新打檔起步的重坦克般，開始走向尼莫——

「——老爸！是我！雖然你或許認不出來——但我是金次啊！」

我終於來到了他面前擋住去路。一邊提防著狙擊的GⅢ也跟著過來了。

面對眼前兩個兒子的老爸……

……毫無反應。

別說是發出聲音回應了，就連他嚴肅中帶有平靜的表情也絲毫沒有改變。

既不驚訝也不歡喜，只是用有如神佛般的眼神看著我們。

但不管怎麼說，總之我們成功阻止他前進了……！

我才剛這麼想，老爸就用左手抓住我的右肩，用右手抓住GⅢ的左肩。

他沒有特別使力，可是我們卻甩不掉他的手。那手就像有某種吸引力般捉住了我們。

這是——遠山家以柔道中稱為「破勢」的技巧為基礎開發出來的合氣招式。觸碰並瞬間掌握對方身體些微的動作，透過施加微小的力量便能隨心所欲誘導對方動作的技術。我們的身體是**被自己的力量固定**在老爸那又重又粗的手指上。

即便如此還是想設法甩掉那個手的我和GⅢ接著——

「——嗚——！」

「——嗚喔！」

在空中劃出頂點約四公尺，不，五公尺高的拋物線，摔回剛才我們看著茉斬與老爸見面的場所。藉由我們自己的力量，以及老爸輕輕把手心轉向上方的力量。

如果是普通人應該會摔到地上好一段時間都無法動彈。不過——

「哈！咱們家的老爹——連『Up up high（拋高高）』都不同凡響啊！」

在半空中如此嘀咕的GⅢ「轟！」一聲靠著腿部護具的噴射器安全落地。至於現在只是普通人類的我朝下掉落的臉部——被從樹蔭下沿著影子移動現身的風魔穿著水手服的胸部抱住，在地面上滾動好幾圈分散了衝擊。

因為這個動作讓沒戴胸罩的雙峰在我臉上彈跳了好幾次的風魔接著……

「師父！——請下覺悟。自古以來，武門世家父子交鋒乃常有之事。看招！」

單腳半跪，朝踏出腳步的老爸鞋尖前方「磅！」一聲發射火繩槍，阻止他往前踏出下一步。隨後就像耍舞棒一樣旋轉火繩槍，裝入下一發「早合」——而多虧她那對既柔軟又有彈性的可愛肉球，我爆發模式的開關被打開了。GⅢ也將一片紅色小紙片——腦內神經傳導物質亢奮劑含入口中。

「……到頭來，還是只能靠戰鬥阻止嗎？或許這樣也比較符合遠山家就是了啦。」

「畢竟老哥十一年沒見，我也是今天才初次見面，老爹認不出來是自己兒子也是沒辦法的事情。」

「那就讓他認出來。」

我說著……放低下盤，高舉右拳，將右腳往後退下。微微張開的左手則是有如槍械的準星般，放在我的慣用眼與老爸相連的直線上。

ＧⅢ則是擺出蹲踞式起跑的姿勢，然後將雙臂像翅膀一樣往後伸展。

「櫻花──」「──流星！」

磅！踏出腳步有如地雷爆炸般掀起一片沙塵的我以及ＧⅢ先後往前衝出。但面對我們兩人瞬間達到亞音速的拳頭，老爸卻瞧也沒瞧一眼──

──啪、啪──

分別用左右兩手接住了。彷彿是接住兩顆輕輕拋向自己的軟式棒球。

（……「絕宮」……！）

這是遠山家代代相傳的一套系統招式──伍絕之一。就好像用鐵鎚敲打釘子的時候釘子本身不會壞掉一樣，在受到攻擊的瞬間把自己全身像釘子般完全硬化對抗衝擊力道就是「絕」的招術原理。讓釘子旋轉傷害敵人便是絕牢，讓受到敲打的釘子陷入地面便是絕鬥。絕宮則是這些招式的前題技巧，在體內改變攻擊的向量，靠腳底的摩擦力抵銷力道的招式。而一如我的推測，老爸站立的位子稍微偏移，從動能轉化成的熱能也產生出淡淡的煙霧。

老爸，爺爺應該也有告訴過你吧，絕宮是會伴隨後退的招式。既然你要使用絕宮……

「ＧⅢ，繞到正面！」

那我們就不客氣了。自己同樣也繞到老爸正面的我接著施展那由多──也就是櫻花的循環打擊。ＧⅢ也盡自己所能朝老爸擊出流星。

每次我施展那由多總是會發出如夯實機般的連續打擊聲響，可是這次卻沒有聲音。包含流星在內，我們施加的所有衝擊都被老爸的絕宮消除了。

「——？」

幾公分、幾公分地被推離尼莫的老爸輪廓深邃的臉上稍微浮現出疑惑的神情。然而他似乎還是認不出妨礙他工作的我們是他的兒子。畢竟櫻花並不是遠山家相傳的招式啊。既然這樣，我就靠不外傳的招式告訴他我是遠山家的人。

於是——

「這招要不是老爸或大哥，我可不會用喔！」

我「轟磅——！」一聲朝老爸的心臟擊出掌底。

——羅剎。藉由非貫穿性的震動導致心臟震盪，進而引發心跳停止的必殺招式。

「這可是你繼承給大哥的四十八招攻擊技之一啊……！」

在遠山家的招式之中，其實有幾招是利用**同樣的招式**就能輕易防守。例如我和閻以前陷入「千日手」狀態的絕牢就是其中之一。而這招羅剎也是一樣，因此老爸不出我所料地立刻把手繞到自己背後，對自己身體施展羅剎，抵銷了震動。換句話說，老爸的身體沒有發生任何事情。

但取而代之地，發生了另一件事情。

老爸他——對我說話了。

「Who?」

——居然對一個睽違了十一年的兒子問說「是誰」啊。明明我都拿出身為家族的證據了說。

我原本還做好覺悟，無論遇上什麼事情都絕不受到打擊，但這件事對我來說還是衝擊太大……讓我產生了破綻。而且明顯到連我自己都有自覺。為了填補我造成的失誤而亂了攻擊步調的GⅢ也是一樣。當然老爸不可能放過這樣的機會。

——磅——！——啪唰——！

我跟GⅢ再度被打飛了。我朝著老爸的右斜前方，GⅢ則是朝著右方。

好厲害。老爸剛才是用右手施展攻擊技——矢指，用左手施展防禦技——扇霸，而且是同時出招。

矢指製造的空氣子彈通常只能發揮戳眼程度的效果，但我剛才承受的威力簡直有如砲彈。把GⅢ炸飛的扇霸技巧同樣讓我吃驚。我施展那招需要靠雙手，但老爸卻只用了手指而已。用食指放出衝擊波，用中指放出反位相的衝擊波防止自傷，而且還轉動手腕縮小圓錐形衝擊範圍的頂角，製造出直線性而且威力衰減較少的射擊。那簡直就像衝擊波的雷射。我記得書卷中也有提過，是叫「扇貫」的招式理論。

「還真是受益良多的一場戰鬥啊。喂，GⅢ，你鼻血都流出來啦。」

「痛死了……」

然而，我們受到的傷害卻很小。老爸他——只是**輕輕把我們推開**而已。他一下子就看出我們的實力，並施展對我們來說只是推開程度的攻擊。

這可是教人高興的失算啊。只要他繼續那樣放水，我們就能獲得戰術上的勝利。即使不需要打倒老爸，只要再拖住他六分鐘，尼莫就能靠瞬間移動逃走了。

尼莫的藍色光霧——我靠目測推斷雖然還只有瞬間移動四人份質量所需亮度的百分之十五而已，但明顯比剛才濃了。

若光看人數，這場戰鬥是七對一。而且多虧我和GⅢ被打飛到不同方向，讓我方的陣型也變得更佳了。從老爸的角度來看左邊被瀑布阻擋，前方是尼莫她們四個人，右前方是我，右邊是GⅢ。風魔也已經悄悄繞到他背後。是包圍陣型。

我和大哥分別繼承了遠山家的攻防百招，老爸則是全部知道。換句話說，老爸的招式中約半數是我已經知道的東西。我肯定有辦法對付。形勢不算差。

就在這時……

……咚、咚、咚……

老爸彷彿感到焦躁似地用皮鞋的鞋頭敲起地面。

同時把一隻手放到他的大下巴上，露出些許傷腦筋的表情。

但是……不對……那並不是他感到不耐煩在敲鞋頭。

（……陸、「陸奧」……！）

在擾鄰招式眾多的遠山家奧義之中，那可是尤屬對周圍傷害重大的招式啊……！

現在外圍還有觀光客沒注意到我們這場戰鬥的說，居然要使用那招嗎？明明老爸自己的口頭禪就是不要給別人添麻煩啊。

我的額頭不禁滲出冷汗，的同時——現場開始些微震盪起來。

由大哥負責繼承，我只是從書卷讀過的這招陸奧……是**引起地震**的招式。

招式原理相當單純，誰都做得到。或者說，誰都有在做。人光是在走路，就無時無刻會產生極其細微的震動——也就是地震。陸奧只是將那些震動**累積起來**而已。由於震動是屬於一種震動，因此只要在地面振盪回來又準備盪回地底的瞬間用腳施予下一波震動，就能使振盪增幅。接著對增幅的振盪又進一步用腳施予振盪，如此不斷反覆，使震動增幅到地震的規模。就好像盪鞦韆時抓準適切的時機反覆將鞦韆推回去，就能漸漸使鞦韆的擺盪幅度增加一樣。

從垂直震盪的速度振幅與震源距離計算出的局部性地震規模——的上升節奏相當快。老爸的那招並不只是單純的踏腳，而是零距離擒抱技「秋水」的前提招式「秋草」。利用寸勁的極短距離腳踢，持續反覆往正下方打擊。

……隆隆隆……隆隆隆隆隆隆……

現場地面開始發出聲響。現在大約是震度二級，漸漸增強為震度三級。

「嗚……！……？」

「發、發生何事——」

面對達至有感地震，而且繼續增強的陸奧，GⅢ與風魔都慌張起來。

陸奧的效果半徑雖然很小，不過還是可以讓此刻我們所在的十～二十公尺範圍內增幅到震度六～七級的強震，尼莫她們所在的距離應該也能達到震度五級以上。如果只是因此跌倒而已倒還好，但陸奧還有透過調整震動頻率震盪對手的腦袋導致昏厥的陸奧轟醉，以及讓地底分子間摩擦產生靜電使周圍所有人觸電的陸奧雷土等等版本。

要是被老爸使用了那些招式就會很棘手——不過知道陸奧的我同時也知道迴避的方法。就好像飛在空中的鳥不會受到地震影響一樣，只要在最強的一震到來的瞬間不要接觸地表就可以了。

……隆隆隆隆隆隆隆隆……

冷靜，冷靜下來，金次。現在震度四級，還只是前震。凝神觀察，豎耳傾聽，看出主震到來的瞬間吧。就這樣……當我所站的位置達到將近震度五級時，老爸朝前方抬起一隻腳——就是現在——！

「——大家跳！」

我雖然如此大叫，可是我看穿時機的事情反被對方看穿了。老爸唯有最後的一腳加快節奏……

——轟轟轟轟隆隆隆隆隆隆隆隆——！

陸奧的強震霎時襲擊周圍。甚至連尼加拉瀑布都有一部分倒流，化為雨滴般的飛沫使現場下了一陣豪雨。風魔當場跌倒，尼莫她們發出尖叫癱坐在地上。靠跳躍及時迴避的只有我——以及GⅢ。

我因為是靠腳部櫻花使出略帶前滾翻的跳躍所以看到了自己的背後，原本還在專心欣賞歷史劇表演的觀光客們感受到震度四級程度的地震都紛紛驚慌逃跑了。畢竟在這地方，地震是很稀奇的現象。原來老爸一方面也是為了驅趕人群而使用陸奧的。

（也就是說，接下來他可能不會再手下留情。遠山家的攻防百招要來了……！）

啪嘶！GⅢ在空中利用腿部護具的噴射器使出兩段跳躍，同時轉向我的方向。從他有如準備擲出棒球的動作我便看出了他想做什麼事情。

「──老哥！」

「──來！」

就在我撲向老爸的瞬間，GⅢ的流星拳撞擊我張開的左手。於是我將接收到的動能加成到自己放出的右拳櫻花上。這就是兩馬赫的兄弟技──櫻星。只要老爸像剛才對付櫻花時一樣使出絕宮，我們就能靠這招大幅把他推回去了。

轟磅────！面對我有如隕石般落下的拳頭，老爸他──用彷彿接住一顆輕飄飄飛來的爆米花一樣的動作擋了下來。

這個像是毆打晒在竹竿上的棉被一樣的觸感……是「萬旗」。不是絕宮。我們的企圖被看穿了。

萬旗這招首先是讓使用於防禦的手掌鬆弛力量，變得有如布旗，使物質衝撞瞬間的打擊力暫時化為零。緊接著每萬分之一秒注入力氣，用整整一秒的時間將衝擊力道分散成一萬次承受。也就是將衝擊細分，**靠時間分散接住**，是難度極高的古老密技。萬一失敗就會直接承受整個衝擊力道，是風險相當高的招式，我還不會用。

從老爸背後二十公尺處傳來「喀嚓！」一聲，半跪起身的風魔扣下火繩槍扳機的聲響。然而她的這項狙擊行動最終只有導火繩落下，並沒有引燃火藥。我有清楚看到，剛才老爸為了不讓火藥被點燃，用小指擊出矢指熄滅了導火繩上的火。風魔接著慌慌張張掏出廉價打火機，但是在老爸可以看到的地方——雖然我不清楚原理，但老爸的視野有三百六十度——做那種事情肯定也只是白費力氣吧。

然後，不妙。現在我的手接觸著老爸的手。他又再度使出合氣，讓我無從抵抗地「咚……」一聲站立到他的面前。老爸大而溫暖的手掌接著輕輕放到我的右手臂上，就像一名父親準備對年幼的孩子說些什麼話似的動作。

——我霎時變得臉色蒼白。這、這個氣息是……

（——「大和」——！）

這是四十八招攻擊技中根據使用方法搞不好是最凶狠的一招！

秋水是在毫無前置動作之下將自己的全身重量撞擊到接觸對手身上的招式——而將秋水當成前提招式的奧義「大和」則是——能夠從自身另外接觸的物體借重撞擊到對手身上。

舉例來說，即使是一輛轎車，只要把自己的背靠在停車場的牆壁上就能意外輕鬆地靠人力推動。這是因為將包含停車場在內的整棟大樓的重量借用一部分當成自己的體重推動車子的緣故。

大和便是利用這個方式，在毫無前置動作之下借用外在重量加成到撞擊力道上。只要是任何具有重量，而且自己身體的某個部位接觸的東西，都可以當成借重的對象。用手觸碰的岩石、用背部觸碰的建築物、用腳接觸的大地——也就是說，這招最大可以將**整個地球的重量施加在攻擊力道上**。

想當然，那樣的打擊威力會遠遠超出絕牢或絕花能夠反擊的限度。大和是沒有反擊技的招式啊……！

——嘶砰————！

遭受大和攻擊的我當場被橫向撞飛，連同途中試圖接住我的GⅢ一起朝著水平方向飛去。我使用身體中所有能夠使用的骨頭，靠那由多的訣竅反覆施展橘花。藉此被分散到空中的衝擊力道「磅磅磅磅磅！」地讓我身體周圍發出有如我本身爆炸似的炸裂聲響。雖然我感到很抱歉，不過GⅢ身上的護具也被我當成分散衝擊力道的目標，被炸得四分五裂了。

我們接著「砰唰……」一聲滾落的位置……是比剛才我們看著茉斬與老爸再會時的地點更遠的地方，距離上剛好是兩倍。這是在暗示下次會把我們撞飛到三倍距離的意思嗎？不過……

（身……身體……並沒有、到……無法動彈的、程度……）

即使全身上下都痛得可以，但我還是能勉強撐起身子到半跪的姿勢。GⅢ也是一樣。

大和可以自己決定要從接觸物體借用的重量。老爸這次同樣把威力調整到只會讓我們陷入無法戰鬥的狀態，以大和來說幾乎等於是空包彈的程度。

接二連三的手下留情——我不清楚是因為老爸除了對暗殺目標的尼莫之外不想痛下殺手，還是因為我們年紀還輕，或者這兩種理由都有。但我至少可以確切感受到一件事情。

——那份溫柔**並不是對兒子的心意**——

通常父親是會明確將自己的小孩與其他小孩分開思考的。對待自己小孩的時候會根據時機場合而有時候比對待其他小孩時更加疼愛或者更加嚴厲。這是對任何人來說都不用文字描述，而是靠體會就能知道的事情。

而現在我因為爆發模式而變得敏銳的感覺明確告訴我——**老爸並沒有把我認為是自己的兒子**。他只認為我是個素昧平生、擁有強大戰鬥力、不知道為什麼會使用跟自己一樣的招式又莫名耐打的神祕少年而已。這就是那句「Who?」的真意。

「……尼莫……！」

因大和造成的傷害而只能站得搖搖晃晃的我看向尼莫——

「現、現在只累積四分之一左右……！雖然我設定只要光量超過質量就立刻跳躍……可、可是還需要一段時間……！」

——不行了。我本來打算爭取時間到我自己耗盡力氣為止，但現在亮度完全不夠。已經無人阻擋的老爸從尼莫除了瀑布以外無處可逃的方向漸漸逼近她。風魔的打火機似乎已經沒有瓦斯，正淚眼汪汪地摩擦著石頭嘗試點火。

老爸與尼莫之間的距離，只剩十公尺……！

「住、住手啊，老爸……！」

束手無策的我只能如此懇求──

然而現在背對著我的老爸毫無回應。

取而代之地──嗶嗶嗶嗶嗶──從老爸的西裝胸前口袋發出了電子聲響。

……這是……手機的鈴聲。

老爸是個絕對會接電話的人，以前甚至正在和銀行搶匪打槍戰的途中也接起電話讓搶匪等他講完話。於是他停下腳步，從胸前口袋掏出一臺Motorola RAZR。

趁著這個機會，尼莫的部下們──精靈女恩蒂米菈、獸娘菇菇蒂與列菇蒂同時行動了。

她們從藍色光霧中衝出來，擋在老爸面前。那三人的表情看起來彷彿從一開始就有講好如果遇到這樣的狀況就要這麼做，但尼莫倒是「呀！」地發出完全像個女孩子的驚訝叫聲──

「──妳、妳們在做什麼！這、這樣只剩下我一個──光暈會超過質量……啊！啊、啊！……要、要跳、要跳躍了……！」

在光暈似乎已經達到足夠讓一人份的質量瞬間移動的光霧中，尼莫表現得驚慌失所措。

發光粒子的流速加快、亮度增加，可以清楚看出視野外瞬間移動進入了最終階段。那團光霧雖然不足夠讓四個人跳躍，但足夠讓一個人跳躍──恩蒂米菈她們就是看出這點，而自己跑出來的。就算自己會被丟下來，也要讓尼莫逃走。

「這樣就好。尼莫大人請逃吧！」

看起來最弱的恩蒂米菈站在前頭，葩葩蒂與列葩蒂分別站在她左右兩側。臉上帶著做好覺悟的表情，成為最終防衛線拚死也要爭取尼莫消失前剩下的一點時間。

相對地，老爸則是……

「——我明白了，總統大人。」

用低沉的聲音只講了這幾個單字，便掛斷電話。

然後將手機輕輕放回夾克的內口袋……看向尼莫。

完全無視於把手槍舉在腰部的高度瞪著他的恩蒂米菈，以及握著短刀露出利齒的葩葩蒂與列葩蒂。

——教人窒息的幾秒鐘過去。

可是……

老爸沒有動作。他釋放出的殺氣一秒接著一秒減弱，看著尼莫的眼神也漸漸變成只是看到什麼珍奇東西似的樣子。

他會產生這個變化的理由——怎麼想都是剛才那通電話。如果我沒有聽錯，老爸剛才是接到稱為「總統」的人物打來的電話，並接到了某種命令。與老爸有關係、能夠命令老爸、而且被稱為總統的人物——

——巴拉克·海珊·歐巴馬二世，也就是歐巴馬總統。除了這個人以外沒有其他可

能。而從那道命令導致老爸變得不再與尼莫敵對的結果推斷……內容應該是中止暗殺計畫之類的命令。

——接著——尼莫消失了。隨著那團藍色光霧。最後用那對琉璃色的眼眸不安地看向恩蒂米菈她們、難過地看向我。

就在這時，太陽剛好沉入了加拿大的地平線。而有如以此為暗號般，一群人從昏暗的廣場右側現身了。

彷彿會溶入深藍色天空似的海軍藍防彈衣、頭盔、防毒面具配上M4卡賓槍的全副武裝，甚至還帶了警犬，是特殊部隊SWAT。雖然他們看起來似乎是來幫基於某種理由中斷任務的老爸收拾善後，但人數竟足足有一個中隊——三十個人。

不知不覺間，老爸已經若無其事地穿過恩蒂米菈她們身邊，與特殊部隊會合了。只能看著幾名大概是小隊長的人敬禮迎接老爸的我……

「——風魔、GⅢ！我們逃！」

一方面因為感受到爆發模式的時限將近，而快速做出撤退的判斷。

「我們雖然沒能阻止老爸，但最起碼妨礙他殺害尼莫了。這趟旅行的目標可說達成了一半。雖然我個人是很想再跟老爸多說幾句話——但也只能到此為止了！」

「就算你說要逃，要逃到哪裡啊！」

「左邊、右邊、後面都有人……無路可逃呀……」

正如風魔所說，從這座懸崖的左側也出現了一個中隊。從上風處的背後似乎也來了一個中隊，接連傳來「啪嘶、啪嘶」的低沉開槍聲。滾向我們的方向並放出白煙的那些子彈，從即使稍隔一段距離也開始感到眼睛刺痛就能知道，是CN催淚瓦斯彈。

被三個中隊逼得只能奔向瀑布懸崖邊的我、GⅢ與風魔，與留在崖邊的恩蒂米菈、菈菈蒂與列菈蒂會合了。

「GⅢ，你問我要逃到哪裡？難得SWAT的隊員們好心幫我們放煙霧遮住了我們的身影，要是朝他們的方向去等於是辜負人家的好意啦。風魔，妳說左邊右邊後面？給我記好，我最喜歡的方向是前面啊。」

我說著——看向尼加拉大瀑布。

「這座瀑布的高度是五十六公尺。夏洛克從高度兩百五十公尺的萊辛巴赫瀑布掉下去都生還了。妳們家的大將莫里亞蒂教授也是掉下去平安無事對吧？」

我對用碧藍色眼睛瞪著我的恩蒂米菈如此說道，GⅢ接著「果然是這樣啊」地開口埋怨，風魔則是「遵命」地跟著我們一起跨越了柵欄。恩蒂米菈她們也帶著傷腦筋的表情，默默跟在我們後面。最後——我轉回頭望向隔著催淚瓦斯還能看到身影的老爸，留下一句：

「Catch you later.（下次再見）」

雖然我們之間的距離不到可以聽見聲音的程度，但我看到原本只是默默看著我們的老爸似乎跟我同時做出了完全一樣的嘴部動作。

因此不禁苦笑的我接著「踏！」一聲往腳下的黑色岩石一蹬，跳向瀑布上空。G

Ⅲ、風魔也跟在我後面，用手壓著裙子的恩蒂米菈、把雙手雙腳與尾巴伸展成「木」字型的菇菇蒂、列菇蒂也隨後跳了下來。

無限的落水形成我至今人生中見過最轟動的景色——我沿著由水構成的山脈陵線往下掉落。來自四面八方的飛沫濺灑在我身上，散射月光產生無數的虹彩，震盪腦袋的流水轟響讓人的平衡感與距離感都錯亂了。即便如此，我還是靠爆發模式掌握自己的落水地點，用貝瑞塔——「砰！」一聲擊發出設定了時限的氣囊彈。

通常是用來減緩衝突或衝擊用的超高強度橡膠氣囊這次則是在水深五公尺處展開成為一顆浮球。我接著掉落在那浮球近處，GⅢ、菇菇蒂與列菇蒂也掉落在周圍濺起水花。我們四個人拚命抵抗著捲起漩渦流向瀑布潭的水流，抓住浮在水面上的氣囊。話說，獸娘雙胞胎菇菇蒂與列菇蒂抓住的是我的身體啊！不要這樣！我的手會鬆開啦！

我找不到掉落軌跡偏移的恩蒂米菈以及風魔的身影。不過很快地，正當我們連同氣囊一起浮在水面上被瀑布沖走的時候——在一片水霧之中，我看到了風魔。她雖然被瀑布激起的波浪沖打，卻還是挺普通地用踩水游泳的姿勢朝我們的方向游過來。真不愧是從幼年期就在洶湧的海邊或暴漲的河水中遊玩訓練的忍者家小孩啊。

「——師父，讓您久等了。」

風魔最後游到了緊抓著漂流水面的氣囊、有如被菇菇蒂與列菇蒂同時施展鎖喉與頭蓋骨固定的我面前……而她手中握著一根粗繩，慢慢拉回來便看到末端是——用鉤爪部分打結綁住腰部、失去意識的恩蒂米菈。於是萜萜蒂與列萜蒂用狗爬式與尾巴打水的獨特遊法撲到恩蒂米菈旁邊，扶住她以免讓她的頭沉入水中了。

在有如一片積雲覆蓋在水面上的水霧掩飾下，我們穿過漸漸變暗的尼加拉河到了加拿大方向的河岸。氣囊雖然逐漸洩氣萎縮，不過被當成浮板搬運昏厥的恩蒂米菈直到最後都發揮了用處。人說從尼加拉瀑布摔落的人只有百分之五的生存率，不過我們這下應該算是非官方性地稍微提升了那個機率數據吧。

風魔快手快腳地爬上河邊的岩岸，再從上方垂下繩索……於是我們抓住繩索爬上Niagara Parkway的車道邊，靠在被汽車廢氣燻黑的車道護欄後面——總算才鬆了一口氣。

因為瀑布的冷水徹底讓爆發模式血流平息的我，將一路背到這裡來的恩蒂米菈放到長有雜草的地面上，讓她仰天躺下。由於她的身材只比我稍微小一點——是一六五公分多的模特兒體型，害我光是把她搬到這裡來就費了好一番勁。

「這女的還活著嗎？……哦！耳朵好長。這些傢伙是跟九九藻一樣屬於那一類的嗎？」

「似乎是那樣吧。她還有呼吸，也有脈搏。看來應該是掉到水面的角度不好，結果受到衝擊昏倒——也就是血管迷走神經反射性昏厥吧。多虧這樣讓她幾乎沒有吃到水的樣子。」

我為了把脈而抓起恩蒂米菈的左手，發現她纖細又白皙如雪的手指上……沒有戴N的指環。不過有留下似乎直到剛才都還戴在中指上的痕跡，所以應該是她在掉落途中覺悟自己將死而把指環丟掉的吧。另外也找不到她的手提包，可見她是把會跟自己的真實身分扯上關係的東西全部丟到瀑布中湮滅了。

反正她的毛瑟手槍跟藏在背後的軍刀都已經被風魔沒收……我就別再檢查她衣服裡面的持有物品了吧。畢竟我之前在無人島上就因為這種行為差點被尼莫打爆腦袋。而且剛才背著她的時候我就知道了，恩蒂米菈的喇叭裙底下修長的大腿超有彈性，在爆發方面相當糟糕。更重要的是貼在我背上的雙峰有白雪．萌．麗莎．米澤麗等級，讓我超用功地複習了一堆質數跟難讀漢字啊。

就因為我想著這些事情而不自覺看向恩蒂米菈的胸部，發現她溼透的針織衣完全貼附在身體上，讓形狀曲線都展露無遺。由於是仰天躺在地上的緣故，那對史萊姆球延展成兩個圓形，柔軟的肉甚至往她的腋下部分延伸。也太巨大了吧？妳是乳牛嗎？所謂的精靈不是應該更纖細苗條才對嗎？

就在不喜歡這種景象的我露出彷彿從鼻子喝了青汁一樣苦澀的表情時……

「——喂～遠山金次。這邊這邊。我來救你了，過來吧。」

我忽然聽到背後稍遠處有人如此叫我，立刻從槍套拔出貝瑞塔……之前，趕緊住手了。

因為那段話是用日文講的，而且我注意到是自己認識的聲音。

於是我看向車道護欄的另一側，發現有一臺日本車……本田 Stepwgn 停在那裡，為了避免被零星往來的車輛追撞而打著閃黃燈。車子前站著一個大衣幾乎要拖在地面上、頭髮綁成麻花辮的嬌小眼鏡女——用袖子過長的手對我招招手，臉上還帶著嫌麻煩的表情。

「是……錢形嗎？」

那是外務省的官僚——錢形乃莉啊。她是個在日本曾有一段時間負責監視亞莉亞的行動避免造成國際問題，但由於亞莉亞實在太過自由放縱而一點都沒派上用場的女人。

我用手制止GⅢ、風魔以及把手放到短刀上的蕾蕾蒂與列蕾蒂……並接近確實沒有用五元硬幣對我投擲攻擊，所以現在應該不是敵人的錢形。

「身為歐洲局事務官的妳為什麼會在加拿大？而且是怎麼知道我們的——」

「我勸你最好別問。來，日本駐加拿大大使館會保護你們，所以大家上車吧。順道一提，我從四月開始已經晉升為總務局的組長了。名片給你。」

錢形明明對我提出的問題毫不回答，卻特地講出自己升官的事情嗆我。不過……

看來我們的行動已經被外務省知道了。而且既然這傢伙會從日本來到這裡，代表是從相當早之前就知道了。然後從「最好別問」的發言可以知道，那個諜報路徑是非法性的管道。八九不離十——應該是FBI（美國聯邦調查局）中有日本政府派出的間諜吧。看來那些政府高官們雖然假裝一副愣頭愣腦的樣子，但其實做事還挺犀利的嘛。

畢竟我們打敗了那個FBI的祕密王牌貝茨姊妹，又妨礙了似乎隸屬於美國國防部的老爸的任務，因此美國也有可能要求加拿大警方協助搜查。在這樣的狀況中，能夠藏身於擁有治外法權的日本大使館可說是幫上大忙了。而且也必須趕快救治恩蒂米菈才行。就算她是N的成員，現在也是個意識不清的重患嘛。

「我們這裡有人需要救治，所以就恭敬不如從命了。但畢竟過去跟妳有過那樣的事情，我可不會解除武裝喔。」

我向錢形如此表示，並同時對GⅢ他們招招手。結果……

「要帶槍還是帶什麼都隨便你啦。反正你這傢伙就算兩手空空也跟戰車一樣。」

錢形把嘴凹成「ㄟ」字形，把人講得像是什麼人間兵器。而且一如她「合法蘿莉」的綽號，用如果讓喜歡那種女人的男性聽到應該會當場著迷、像個女幼童一樣咬字不清的講話方式。

「原來您是師父的熟人呀。感謝您的協助。然而您的車輛如果坐七個人恐怕有點擠，不知是否可以分坐到其他車子，例如哪一臺深藍色的轎車呢？」

對於就某種眼光來看或許算可愛的錢形與我交談的景象不知道為什麼皺起眉頭的風魔——毫不客氣地對錢形指出這點。其實我也有注意到，跟這臺 Stepwgn 隔了相當一段距離的昏暗陰影中還停了另外一輛深藍色車子，車窗貼有反光膜讓人看不到車子內部。

「那不是外務省的夥伴，是政府方面派來的特務，名叫猿田。我不能介紹，也不想介紹他給你們認識。喂，忍蛋。聰明的處世之道就是別跟那種傢伙扯上關係。總之你們別在那邊抱怨了，快點上車。受不了……要我接送你們什麼的，居然把這麼危險的工作推到我身上……」

三排七人座的Stepwgn中——如果讓恩蒂米菈躺在第三排座位，萜萜蒂與列萜蒂就只能蹲坐在踏腳墊上。因此坐在第二排的我跟GⅢ稍微把座椅往前移，讓後面的空間比較大了。

垂下尾巴的萜萜蒂與列萜蒂非常安分，始終只是擔心著恩蒂米菈的身體狀況。另外或許是她們有接到這樣的命令，跟我們一句話也不交談。

我望著只能夠隔窗欣賞的移民都市——多倫多的大廈群夜景……的同時，錢形駕駛車輛沿著安大略湖畔的四〇一號高速公路不斷往東急馳。那臺深藍色的轎車也隔著一段距離跟在我們後方。

不但擁擠又因為衣服溼透而必須忍受寒冷的這趟兜風持續了五個小時……到了深夜兩點，車子總算進入渥太華。雖然因為是黑夜讓我看不清楚詳細景象，不過從住宅區的房屋間空地莫名寬敞就能知道——這裡是個次級都市，講難聽一點就是個鄉下小鎮。新歌德式建築的議會所在的城市中心也是規模小到讓人驚訝，實在難以相信這裡是世界大國加拿大的首都。

Stepwgn 抵達位於渥太華河畔的日本大使館後門，閃了幾下車頭燈後，電動閘門便打開了。剛才那臺轎車也跟著我們開進只有些許燈光的停車場，停在跟我們稍隔一段距離的黑影中。

我是第一次來到大使館之類的設施，感覺這裡建造得相當豪華，給人一種像是資產家的豪宅或五星級飯店的印象。咱們國民繳的血汗稅就是被花在這種地方啊。

「今晚你們在這裡過夜。喂，忍蛋，妳跟我一起把那金髮大姊搬到醫務室。」

我們隨著如此表示的錢形一起下車後——

那臺深藍色轎車也打開車門……一名男子從裡面靜悄悄地下車了。他身上穿著一套有如喪服的黑色西裝，是個瘦得很不健康的男人。由於他的動作讓我感到有點奇怪，於是我在一片昏暗中注意凝視，發現他左右手都拄著拐杖，是個雙腳不自由的人。這個人似乎就是日本政府的特務——猿田。

隨著吹拂的晚風，從他車內有一股微弱的火藥味飄進我鼻子。透過打開的車門可以看到無人乘坐的車後座放著一個大箱子。拆解收納還占有那麼大的體積，可見那裡面裝的是**反器材步槍**。

開槍射擊茉斬的——原來是那傢伙。

用日本不太常見的黑色布口罩遮著嘴部的猿田「咳、咳」地咳了幾聲……從又捲又長的蓬鬆瀏海底下瞪大一邊眼睛看向我。那毛骨悚然的樣子讓我背脊頓時不寒而慄。真是個像幽靈或是死神的男人。

「你是從車子上狙擊的吧。」

雖然錢形警告過不要扯上關係，但我還是稍微試探了一下對方。結果——

「……真是了不起的少年。居然在現實中跟遠山金叉接觸了。就讓我誇獎你吧……」

猿田用沙啞的聲音如此回應，沒有否定我的提問。

「畢竟我們被茉斬騙了，當時對那場面也很傷腦筋，所以我或許沒資格抱怨什麼。但是——我認為應該不至於要殺掉她吧。」

「……以前的公安零課現在在我們底下。收拾家醜之類的骯髒工作，就是由像我這樣的下級人員負責……」

……知道關於老爸的事情，又在零課上頭的組織……

「武裝檢察官——你是武檢啊。」

「……不，是武檢補。你們給了我這個機會可以殺掉國際通緝犯伊藤茉斬，就讓我道個謝吧……」

「雖然關於新的制度我了解得不詳細，但武檢補也能得到殺人許可證嗎？」

「能夠殺害的權限是警察以上，武裝檢察官以下。這次的狀況是合法的……」

猿田縮起他乾瘦的身體，又「咳咳咳……」地咳了起來。雖然我不是醫生所以沒辦法很確定，不過他感覺是長期患病的樣子。講這種話或許不太好，但這位殺手到地獄接受茉斬報復的日子可能不會太遠吧。

由錢形帶路介紹的大使館中，有一間大概是當有職員要過夜工作的時候可以使用的小浴室，也設置有洗脫烘衣機，於是我們輪流沖澡並烘乾已經半乾的衣服。至於躺在醫務室床上的恩蒂米菈則似乎是錢形從女性職員的衣櫃中擅自借了一套便服，讓風魔她們幫忙換穿了。

我和GⅢ用同樣是錢形拿出來的職員用折疊床在小會議室稍微補眠……

到了隔天早上，一名日裔加拿大人女性職員買了雞肉三明治與卡布奇諾給我們當早餐，接著我們便準備與前來上班的大使會面了。然而由於不願離開恩蒂米菈身邊的萜萜蒂與列萜蒂以及負責監視她們的風魔都留在醫務室——因此只有我和GⅢ出席。

我們穿過陳列有武士鎧甲、女性和服、和紙扇、日本人偶以及為加拿大日僑準備的活動傳單等等東西的走廊，進入大使室後……便看到向大使館借輪椅來坐在牆邊的猿田，以及坐在皮革沙發上的錢形。

房間深處的辦公桌後面則是有一名身穿雅致全套西裝的中年男性……

「——本人是日本駐加拿大特命全權大使，名叫芳賀敬一。」

他向我們如此自我介紹後，請我們坐到沙發上，自己也拿著一份似乎是什麼報告書的文件走過來，坐到我們對面的座位。

於是我們也分別「我叫遠山金次。」「我是GⅢ。」地報上名字並坐下後，看起來完全是個普通人的芳賀大使依序看向我們、猿田與錢形——露出彷彿在抱怨「你們能不能早點回去啊」似地、搞不太清楚狀況的表情。大概猿田和錢形都沒有向他說明過什麼詳細的內容吧。

接著猿田武檢補擺出一副反而像是他把大使叫來見面似的態度，用不太容易聽清楚的低沉沙啞聲音說道：

「……那麼就由我來口頭報告吧。這些話最好不要留下紀錄。我昨天在美加國境附近殺害了一名日本人恐怖分子，而這些人是當時也在現場的人物。由於事情的性質特殊，我希望能讓這些人盡快回國……」

「……需要協助的部分我們自然會提供協助，但也請您不要把太多麻煩事扯到我們這邊來喔？」

大使從胸前口袋拿出 du Maurier——加拿大的香菸並如此抱怨。大概是感覺不太平靜的案件被帶到這個和平的國度，讓他感到壓力很大吧。

「老哥，怎麼辦？」

「如果是討厭國際問題的錢形講這些話我還可以理解，但是猿田——為什麼是你想要讓我們回日本去？既然你已經把家醜茉斬殺掉，那不就夠了嗎？別管我們的事情。」

其實對我來說——要我現在回國我也不是不願意。

反正我們已經拯救了尼莫的性命，也親眼確認了老爸的生死。另外雖然關於這點上我希望能聽聽看超能力者的見解，不過就我自己的推測……即使我現在重新去逼問老爸，他應該也不會告訴我關於對卒的事情。

然而我還是為了稍微套點情報，所以才讓猿田多講話，想藉此試探武裝檢察局的內情。畢竟旅行總要帶點紀念品回去嘛。

「……遠山金次，你可知道關於『門』與『砦』的事情？」

沙啞的嗓音讓人會聯想到魔物的猿田如此說道——大使與錢形都疑惑地歪了一下頭，不過我和GⅢ頓時稍微緊張起來。而這個態度便形同肯定了對方的提問，於是……

「日本政府並沒有明確表明自己的立場是門還是砦，而這點就惹得屬於砦派的美國不太高興。他們之所以會派身為日本人的那個男人去攻擊那個女人，就是在暗示日本快點選擇站到砦派……」

猿田用「那個男人」暗指老爸，用「那個女人」暗指尼莫，如此對我們說明。

「不過向那男人指派這項任務的，是五角大廈（美國國防部）高層的獨斷。而就在千鈞一髮之際，**更高層**的人似乎向他下達了中斷任務的指示。雖然我不清楚理由，但那位人物或許是不希望曾經擔任過自己護衛的人弄髒雙手吧……」

比五角大廈更高層的人只有總統。所謂「那位人物」就是在講巴拉克．歐巴馬。

「……總之，就是你們製造出了這個『千鈞一髮之際』。多虧如此，讓日本在外交上稍微比較好做事了……咳、咳……」

現在全世界在水面下分成了希望讓超自然存在們劇增——也就是讓「接軌」發生的門派，以及想阻止的砦派。而屬於砦派的美國政府似乎是想藉由指派身為日本人的老爸去暗殺門派的激進派——N的尼莫……一方面抑止N的活動，一方面也對立場不定的日本施壓，要日本站到呰派來的樣子。

「……現在那個男人是五角大廈的頂級特務之一。不只是跟N相關的事情，在決定世界趨勢的各種遊戲盤面上都是會被使用在關鍵地方的重要棋子。然後日本——對那枚重要的棋子**非常了解**。這在外交上是很有利的事情。雖然日本政府遲早會透過政治性手段將他奪回來……但現在還不是那個時候……這次是為了要殺掉茉斬才會放任你們行動，但如果你下次又試圖與他進行接觸，我可能就會接到殺害你的指令了。順道一提，這同樣是『合法』的……」

「喂，猿田，我是對那種嚇唬人的講法已經習慣了，倒還沒什麼關係。但是——」

「嘿，老哥，你不介意我把這渾蛋的門牙折斷個兩、三顆吧？」

看吧。你好心告訴我那麼多事情，我甚至還想道謝的說。可是你講出那種要傷害我的發言，就會惹我家老弟變成這樣啊……畢竟他不知道為什麼異常地黏哥哥嘛……

「……哦？你辦得到？」

猿田雖然連站起身子都很困難，但面對起身瞪向自己的GⅢ卻一臉輕鬆——可見這傢伙的能力不是只有狙擊，毫無疑問還有其他東西。而且我完全看不出來那是什麼能力。就算是下級人員，他也不愧是武裝檢察局養的殺手啊。

「別這樣啦。跟狙擊手結怨決沒好事。」

我說著，把起身的GⅢ又拉回座位上。

「請、請你們要打架去別的地方喔？呃～遠山先生？外務大臣有透過錢形小姐向您傳話，要您別做可能導致日美關係惡化的行為。另外雖然老實講，我是完全聽不懂你們在講什麼，不過——」

芳賀大使吸著菸，隔著白煙注視我。

「我看你的表情就知道，你是希望帶『那個男人』回日本去對吧？然後你應該也聽到了，猿田先生他們將來也有打算那麼做。聽起來你因為過於想要把那個男人帶回去，似乎一路採取危險又非法、違反規則的手段到了這裡。但真正正確的手段——應該是與他們合作，透過官方正式的手段將那個男人帶回去吧？」

芳賀先生……不愧是一國的大使，只從剛才這些片段的對話就看出大致上的狀況，並向我提出了正確的主張，要我跟猿田他們攜手——也就是成為武裝檢察官，遲早透過正式手段將老爸奪回來。

以前在學園島遇到的那位武裝檢察官也說過，「武檢的事情只有武檢才知道」。那句發言的深意，就是指能夠與「武檢」這個國家機密扯上關係的人只有武檢。正如芳賀大使所說，在接近老爸的事情上與如今甚至連前公安零課都被收為部下的武裝檢察局對立，搞不好還會與其成員為敵的手段——可能造成犧牲者的手段，或許不應該再做了吧。

錢形雖然說會幫我們準備回國的機票，但GⅢ卻表示「我自會找門路回去。畢竟要是對你們外務省欠下人情，老哥以後應該會很麻煩啊。」而拒絕了。然後據說把那個所謂的門路找來需要一天的時間，於是我們暫時留在大使館休息……我借用電腦從雲端下載補習班的講義念書，到了晚上……

「——師父，恩蒂米菈大人醒來了是也。」

就在GⅢ教我數學的時候，風魔來向我如此報告。

據她說，那個精靈女恩蒂米菈表示只願意跟我方的領隊……也就是我對話，接著就與菇菇蒂和列菇蒂一起保持沉默了。

於是我姑且帶著手槍，與GⅢ和風魔來到醫務室門前……

「你們留在走廊待命，要是聽到打鬥聲響就進來掩護我。」

就算現在對方是手無寸鐵，但我如果一個人進去就是一對三。因此我如此指示他們後——進入房內。

「……」

一如大使館其他的房間，這間醫務室同樣很豪華。牆上掛有描繪天空的油畫，床邊還裝飾有有田燒的花瓶。

房間深處有一扇打開的門通往種植有波斯菊的狹小中庭，而在那扇門外——恩蒂米菈站在一片星空下。左右兩側也能看到菇菇蒂與列菇蒂的身影。

我走到中庭後，恩蒂米菈她們……露出雖然不算很友善，但似乎已經放棄一切、做好覺悟的表情看向我，並沒有表現得畏怯或憤怒。

「謝謝妳特別指名啦。如果妳是想跟我決鬥，我最起碼會把毛瑟還給妳喔？」

「我不會跟你戰鬥。而且手槍並不是我擅用的武器。」

我試著用日文搭話，結果恩蒂米菈就跟以前在無人島時一樣用流暢的日文如此回應了。

「那妳打算怎麼樣？」

「我出師未捷便落入了敵人手中。既然沒有交戰手段，我只能選擇投降。把我殺了吧。不過我希望你們能保障、保護我的部下萜萜蒂與列萜蒂的性命。」

把身體轉向我的恩蒂米菈在星光下白皙透徹的臉蛋帶著認真的表情講出了這種話。

「妳不要隨便糟蹋好不容易救回來的性命。生命可是比任何東西都要寶貴啊。雖然這話輪不到已經死過兩、三次的我來講就是了……」

「我是N的提督輔佐文官，只要殺害我就能使N的力量衰減，間接使你得利。敗者必須有所失，勝者必須有所得——要是違背這個道理，戰鬥只會變得野蠻。」

「如果要講道理，讓妳們接受法庭審判，遵從判決結果償贖罪行，重返社會後就不分敵我才叫符合道理。嗯？……可是就我的認知，妳們好像還沒有犯下任何罪的樣子……頂多就是在美國的妨礙公務？但根據那個罪名逮捕、起訴妳們的權限又不在我手上……」

看到我把手臂交抱胸前陷入思考的樣子，恩蒂米菈輕輕嘆了一口氣後……

「那樣獲得勝利的你不就沒有任何戰果了嗎？要是沒有在這裡把勝敗得失清算乾淨就讓我們回到了N要怎麼辦？到時候你想必會感到火大，而更加激進地攻擊N吧。」

哎呀，她想表達的意思也有幾分道理啦。可是……

「現在又不是戰國時代，把抓來的敵方武將砍頭才真的叫野蠻吧？話說根據日本法律，要是我殺了妳反而會被判死刑啦。給我用其他方式清算得失，例如說……」

「我身上可沒有錢。因為你現在做出『く』的嘴型所以我就先跟你講清楚了。另外我也不會告訴你關於N的情報，因為那以戰果來說過多了。」

恩蒂米菈……妳會不會太任性啦？

「那不就沒轍了。」

「還有一個方法。因為我們之間存在有一項幸運的偶然。」

「幸運的偶然……？」

「我們是女的，然後你是男的。」

「？」

「——把我們收為你的奴隸。只要把我們本身當成戰利品奪走就行了。」

恩蒂米菈說著，擺出向前展開雙臂的姿勢。那究竟算什麼幸運又有什麼好處，我可是一丁點都無法理解啊。話說更重要的是……

「什麼奴隸？現在可是二十一世紀啊。別說奴隸了，階級身分這種東西本身就——」

「沒有其他選擇了。畢竟我們身上沒有任何東西，能夠給予你的戰果就只有這個身體。而萜萜蒂與列萜蒂是我的奴隸，所以在這場合下就跟著我一起成為你的東西了。」

恩蒂米菈如此表示後，用不知道是什麼語言對菇菇蒂與列菇蒂傳達了幾句話，接著又正經八百地特地翻譯成日文告訴我「我向她們正式告知——我們被救回了性命，因此身為女人成為了這個男人的戰利品」。而且那兩個獸娘也點了點頭。我總有一種事情好像漸漸往對我來說是不幸的方向在發展的感覺啊。

……不過……

像玉藻、希爾達或緋鬼們都有一種共通的傾向，然後像古蘭督卡或是瓦爾基麗雅等等N的成員們又更加顯著的是——這些半人半妖們在很多狀況下的思考方式跟我完全不一樣。文化不同的人之間不管再怎麼爭論，終究只會是平行線吧。

再加上恩蒂米菈的個性很頑固。要是我在這邊強硬拒絕，她搞不好會為了給予我戰果而選擇自殺。就好像戰爭輸了便主張要切腹以示負責的武士一樣。

「那——總之暫時隨妳們高興吧。但我可沒有把妳們看作是什麼奴隸喔。」

因此現在……對於這個有點像是收她們為部下的提議，我就暫時表示妥協了。

畢竟我至今已經擊敗過好幾名N的上級成員，N想當然會盯上我吧。而要是我因此遭到襲擊或是被抓的時候，N的文官——恩蒂米菈或許可以發揮交換俘虜的價值。雖然只是鐵指環的菇菇蒂與列菇蒂我就不清楚就是了。

「——謹遵您的指示。菇菇蒂，列菇蒂，自此刻起，妳們也要真心誠意服侍主人（Master）。」

恩蒂米菈……忽然改變了講話方式。明明日文應該不是她的母語，她卻能如此靈巧變換遣詞用字，也太厲害了吧。話說「Master」是指誰？我嗎？

就在我不禁愣住的時候……啪吋啪吋、啪吋啪吋。把摩卡棕色毛的尾巴捲在裙子裡的萜萜蒂與列萜蒂忽然對著恩蒂米菈擺動起雙手。

「這兩個傢伙怎麼忽然在那邊甩手啊……怎麼回事？」

「雖然我也是一樣，不過由於萜萜蒂與列萜蒂並沒有侍奉過男性——所以她們用手語表示她們很擔心能不能好好表現。」

「……手語……她們不會講話嗎？」

「是的。不過主人要向她們說話時只要正常講話就可以了。不論是什麼語言，這兩人都有能力可以靠氛圍聽出大致上的內容。」

這、這樣啊。是類似動物親近人之類的能力嗎？

……話說，我也一樣感到很擔心好嗎？萜萜蒂和列萜蒂雖然因為個子很小，乍看之下很像小孩子，但仔細觀察就能知道她們胸部都很有肉啊。這就是所謂的童顏巨乳吧？和恩蒂米菈合起來總共有六顆爆發性炸彈跟在身邊侍奉，簡直難以預料何時會發生大事……

「那麼主人，首先請對我們進行搜身檢查吧。」

現在就要發生大事啦！

面對不知道為什麼展開雙臂擺出「請觸摸我全身上下」姿勢的恩蒂米菈，我當場臉色發青。

「妳、妳們的武器已經被沒收了，不用再搜身啦！再說，為什麼要現在——」

「這是收奴隸時的規矩。我們之間還沒有建立信賴關係，要是我們在這個庭園撿了石頭或樹枝藏在身上要怎麼辦？」

「管妳是石頭還是樹枝，就算妳們身上藏有槍械刀劍我也無所謂啦！做為證明，我等一下就會把武器還給妳們了！要是連這種事情都要害怕，根本沒辦法幹我這行業啊。更何況現在這個時代如果要搜身也是由同性的人負責。觸摸女性身體這種事情，我——」

「在您眼前的這三個身體都是主人的所持物，是**物品**。請您不用介意。」

「什……什麼所有物。既、既然這樣，選擇不檢查也是我的自由吧？女性武偵有時候也會在衣服上暗藏塗有毒藥的針讓任務目標的男性觸摸自己身體。妳要說什麼信賴關係的話，我也絕對不會觸碰自己不信賴的女性的身體……就算是信賴的對象也一樣就是了啦！」

把自己剛才背著恩蒂米菈的時候就摸過她大腿的事情完全當作不算數的我如此氣憤表示後……

「原來您是如此小心謹慎。這是很好的觀念。」

恩蒂米菈莫名對我露出有點不安的眼神……靜靜把一邊的膝蓋跪到腳下冰冷的瓷磚上……嗚哇！妳的裙子！又肉又有彈力的大腿之間的空隙！不要！不要啊！

「——我的主人，我謹在此向您宣誓我的忠誠。由於我背後的兩人無法發出言語，因此請容許我代替她們一併向您宣誓。」

把另一邊的膝蓋也跪下的恩蒂米菈擺出跪坐的姿勢後將手指放到地面上……有如趴下身體似地將頭往下放低。

她那頭金絲般的秀髮……沙啦沙啦地……在突起的耳朵部分描繪出優美的曲線，往下滑落。是下跪磕頭的姿勢——她大概認為這就是對日本人來說的奴隸姿勢吧。菈菈蒂與列菈蒂也有樣學樣地擺出同樣的動作，雙雙朝我磕下頭。

雖說是形勢使然，但這下我被迫**所持**了——據她們本人所說是——奴隸。我長久以來都被亞莉亞稱作是奴隸，但奴隸的奴隸又是怎麼回事？我該怎麼辦才好啊？

錢形開車送我們到孤零零地位於一片田園地區中間的渥太華機場，可是……

「真受不了……負責照料你們都會害我縮短壽命呀。既然是高中生就給我安安分份在學校念書啦。」

走夜路一直到空曠的機場為止，她不斷如此嘀咕抱怨。而且就在進入寬敞空蕩的航廈時我說了一句「……我已經從高中退學，現在沒有職業啦。」之後，她又忽然變得心情愉悅，「噗噗噗！順道一提，我可是以首席成績通過國家一級考試的菁英。要我教你功課也是可以的喔。畢竟我從小就很會念書。噗噗噗！」地嘲笑起來。什麼「從小」？妳現在還不是很小？

「……那三人也要跟你一起回日本嗎？我當時看到她們似乎是跟遠山金叉的目

標——那個N的女人在一起……她們究竟是什麼人？」

一方面也因為耳朵和尾巴的緣故，跟我們同行的猿田武檢補想當然地對於恩蒂米菈她們感到很奇怪——但如果我說她們因為是戰果成為我的奴隸所以要跟我一起回去，對方搞不好會懷疑我跟N之間的關係。於是……

「你稍微動動腦筋吧。如果她們是N的夥伴，當時應該就會一起逃掉才對吧？這三人是被N下咒成為傀儡的一般人。而且她們清醒過來之後就呈現『這裡是哪裡？我是誰？』的狀態。不過日本有個傢伙能夠解除那個咒術，所以我要帶她們去解咒，再向她們索取酬勞。錢形，這件事我已經告訴過妳了吧？既然你們都是公務員就好好共享情報啊。」

我慎選用詞——把告訴過錢形的捏造故事重新又講了一遍。

「……你要是在日本知道了什麼情報，就向東京地檢報告一聲。」

「如果政府願意支付酬勞，而且把我平日來繳交的稅金退還一部分給我，我就考慮看看。話說，為什麼連你也要跟著一起到機場來啦？」

「因為我也要回日本去。本來的預定應該是跟你們搭同一個班機回去的……不過哎呀，我們應該不會再見到面了吧……」

「但願如此。」

與我如此交談的猿田接著把裝有步槍的箱子背在肩上，拄著兩根拐杖從機場大廳走進了優先搭機口。

至於不想把國際問題的火種——也就是我繼續留在外國的錢形則是「你可要真的乖乖給我回國去喔？下次我可不會再救你囉？我是說真的喔？真的喔？」地再三再四警告我之後，才離開了機場……

留在機場的我們於是在大廳角落等待GⅢ所謂的「門路」。

我不經意看向併攏雙腳端莊坐在長椅上的恩蒂米菈，發現看不到她那對尖耳朵——於是問了她一句「妳的耳朵怎麼了？難道是可拆式的嗎？」結果……

「我可以照自己的意思把耳朵往後倒。畢竟這和人類的耳朵形狀不一樣，所以我保險起見會藏起來。」

用發音比日本人還標準的日文如此回答的恩蒂米菈從金色長髮底下「唰」地露出耳朵，又馬上「沙」地讓耳朵往後倒，並且用左右手指撥一下秀髮，重新把耳朵藏了起來。萜萜蒂與列萜蒂同樣把長有毛的長耳朵小露一下，把藏在裙子底下的尾巴前端也稍微露出來給我瞧。看來她們多多少少可以聽懂我們之間的對話。

雖然我不知道一般人如果看到這景象會有什麼感覺，但據理子說是「逸般人」的我早已看慣這類的東西，所以倒也不會感到慌張。總之她們就是精靈與獸娘，其他事情我還是別再深入思考好了。

不過……這三個人跟玉藻、猴以及另外同樣很類似的古蘭督卡的女兒伊歐之間有決定性的差異，就是我模模糊糊可以感受到的「魔度」的濃度。這三個傢伙跟瓦爾基麗雅、阿斯庫勒庇歐斯、墨丘利、色金三姊妹以及貝茨姊妹一樣，是屬於魔度超過八十的集團。雖然如果靜靜坐在這裡，看起來就只是個美女和一對美少女而已就是了。

「我對你們的業界不是很清楚，所以如果這問題很失禮，我先道歉……我想妳們在分類上應該是人屬沒錯……但是就種族來講，究竟是什麼？」

「是elf（精靈）。如果用日文也可以稱作『惠人（e-jin）』。」

恩蒂米菈用白皙美麗的手指在空中寫漢字給我看，同時清楚明白地講出了這個種族名稱。

「呃、原來還有那種日文嗎？我第一次知道。」

「這是我自創的日文單字。另外像dwarf（矮人）叫努人（do-jin），Hobbit（哈比人）叫步人（ho-jin）。」

還真有創意，不愧是N的文官。或許她是為了當引發「接軌」讓奇幻世界的居民們侵略日本時方便使用而創造這些詞的吧。

「另外這問題或許也很失禮，但如果是在漫畫或遊戲的設定中……所謂的『精靈』應該很長壽吧？妳現在幾歲？」

「主人，對待奴隸時的任何言行都沒有所謂失不失禮的問題，因此請您不用在意。但很抱歉，我並沒有計算過自己的年齡。因為對於精靈來說，知道自己的年齡並不是什麼好事，因為那只會讓自己大致知道何時會死，是只有壞處沒有好處的知識。不過我想我應該活得比主人稍微久一些才對。」

嗚！原來她是大姊姊啊。

……本來立場上應該比我高的年長女性……卻是我的、奴隸……

不、不妙。我這樣一想就不知道為什麼忽然好像要爆發了。真是危險。

後來聽說大約是十四～十五歲的菈菈蒂與列菈蒂……雖然眼神或身高上比起實際年齡感覺年幼，但胸圍或腰部附近的曲線倒是比實際年齡還要成熟。或許她們是性成熟的時期比人類更早的種族吧，雖然乍看之下不太容易發現，但仔細觀察就會注意到那樣的不平衡感——讓人感受到某種特殊的誘惑，實在是讓人傷腦筋的存在。然後，這樣的存在們同樣又是我的奴隸……嗚哇，不要用那水汪汪的大眼睛看我啦。童顏巨乳真恐怖。

「——GⅢ，你所謂的『門路』是你的部下嗎？畢竟回程就跟N沒什麼關係，應該不會給拖累你的部下們吧。」

由於心理壓力讓我的胃都痛了起來，於是我背對那些奴隸們，轉向GⅢ逃避現實。

「但我也不想被安格斯碎碎念啊。所以我是叫了個欠我人情的傢伙。以前一起和惡徒交戰的時候，我在那傢伙陷入危機時救過那傢伙一把——結果那傢伙三不五時就用推特的DM糾纏我，要我找機會讓那傢伙還我人情。所以這下一方面也能讓我擺脫那傢伙繼續糾纏，算是一舉兩得啦。」

美國的英雄們……居然還有推特的帳號啊……

話說回來，原來是GⅢ的英雄朋友嗎？真不曉得是怎麼樣的人。會不會是上半身呈現倒三角形的肌肉男呢？我不討厭那樣的傢伙喔？真是期待。

「那麼，請問那位人士現在在何方……？」

「我想應該已經抵達機場了吧。差不多要到約定碰面的時間了。」

與風魔如此對話的GⅢ接著拿出手機撥電話，把我們的所在地告訴似乎只響了一聲就接起電話的對方……接著等不到三分鐘……踏踏踏踏……

一名年紀大約跟我們一樣的白人女性朝我們跑過來了。身穿美國女高中生的制服，戴著只遮住眼睛周圍、活像個SM女王的面罩。我是不曉得那是不是為了隱藏自己的長相啦，但怎麼看都像個變態。

話說，我見過那傢伙。就是以前在紐約的英雄工會派對中把我誤認為是GⅢ、當時穿著一套像多龍芝的緊身衣的傢伙。也就是說，那英雄、或者應該說女英雄就是GⅢ所謂的「門路」嗎？真是教人失望。

「嗨，Ⅲ！」

表情無比開心地朝我們奔來的迷你多龍芝……在我們眼前莫名其妙扭到腳，「啪唰——」地往前跌倒，把包包裡的東西都撒到地上了。於是我和恩蒂米菈們幫忙撿起那些東西……發現其中居然還有裝在套子裡的學生證。名叫桃樂西·所羅門，還貼有沒有戴面罩的大頭照。短短五秒就讓自己的真實身分曝光了嘛。

她接著在風魔幫忙下把歪掉的女王面罩重新戴好後……

「——我、我只是剛好而已喔？只是剛好人在附近，剛好有事情到渥太華來，然後剛好有事情要到日本去，所以才讓你們搭我私人飛機的便機的喔，Ⅲ。」

「反正這下咱們互不相欠了。妳可別再用ＳＮＳ纏我啦。」

總算站起身子的桃樂西與我家老弟如此交談起來。雖然這門路讓人感覺有點失望，但至少可以確定我們似乎有手段回日本去了。

渥太華機場的出境審核相當鬆，恩蒂米菈她們裝在防水夾鏈袋中隨身攜帶的法國國籍偽造護照也輕輕鬆鬆就通關了。接著我們乘坐代步車來到停機坪的角落……搭上了外觀呈現刺眼粉紅色的桃樂西私人飛機。機體是龐巴迪．挑戰者六〇五，可容納十個人的乘客艙只有前半部有座位，後半部則是鋪有地毯的三坪大空間。然後在那地毯上有個裝有加倍佳棒棒糖的袋子，裡面還有澳洲雪梨機場的賣場店家收據，日期是今天。她根本是被我家老弟一叫就從地球的另一側立刻飛來的嘛，哪裡算「剛好」啦。

「咦！你們擊敗了貝茨姊妹嗎！」

「主要是老哥啦。」

「這位哥哥不是人類呀……」

「喂，多龍芝，我是人類好嗎？雖然我最近也變得有點沒自信就是了。」

「多龍芝是誰啦？也就是說，今後俄國系超能力者在美國國內會比較方便活動了吧。畢竟貝茨姊妹如果發揮全力戰鬥，似乎會需要好幾個禮拜的時間才能復原的樣子。」

坐在駕駛座的桃樂西對於貝茨姊妹的話題表現得非常有興趣，但我倒是因為會回想起「絕門」這個新鮮的恐懼症而感到不太愉快。然而話雖如此，要是去跟似乎不習慣搭飛機而表情緊張地坐在座位上的奴隸美女、美少女們聊天也很恐怖，因此我只對恩蒂米菈她們交代一句「為了防止時差，妳們給我睡覺。」之後，就把她們交給風魔監視了是也。

「由於成田機場很塞，羽田機場也只能申請到黃昏的降落時段，所以會花比較久的時間喔。途中會經過溫哥華調整時間。」

含著加倍佳的迷你多龍芝如此說明的同時，刺眼粉紅色的噴射機發出尖銳的渦輪聲響——從渥太華機場起飛了。

洛杉磯、亞利桑那、華盛頓ＤＣ、尼加拉……漫長又驚險的北美之旅就此落幕了。不過旅途結束之後感覺依然會很驚險，畢竟我可是背負了恩蒂米菈、萜萜蒂與列萜蒂……這三個名叫「女奴隸」的傷腦筋伴手禮啊。

在有如追著太陽飛行的噴射機中——我與ＧⅢ躺在機體後半的空間，恩蒂米菈她們則是在座椅上睡覺。風魔雖然也盤著腿補眠，但萜萜蒂與列萜蒂醒來去上洗手間的時候她還是有睜開眼睛確認那兩人的行動。

我看了一下手錶，發現不知不覺間已經來到日本時間早上十點左右……因此走到駕駛艙一直開著沒關上的門邊。

「喂，多龍芝，這飛機有機上電話嗎？我想打一通私人電話。」

「……Ⅲ？不對……是哥哥呀，你們還真難分辨。要打電話的話，這裡有加密式衛星電話。還有，我的名字是桃樂西。」

桃樂西說著，把一臺像是厚重型平板電腦的對講機交給我——於是我毫不客氣地輸入以「＋81」開頭的日本電話號碼。然後想說或許可以用而按下視訊電話的按鈕後……

『——是遠山呀。手機顯示是未知來電，還好我有接起來。』

畫面上確實顯示出來了。那個對我來說光是看到就會產生巨大精神壓力、有如冰雪精靈般的——時任茱莉亞學姊的美人臉蛋。

「我現在人在北太平洋上空，所以這電話是跟人借來的，不過應該是安全的線路。我是為了支付之前的額外酬勞所以打電話給妳的，學姊妳還記得嗎？」

『我怎麼可能忘記。兩、三年前的照片中拍到了十一年前死亡的人物——你有見到那個人了嗎？』

時任茱莉亞學姊用那對跟她母親——T夫人一樣瞳孔清楚可見的碧藍色眼睛盯著畫面。我接著遵守之前的約定，把那張照片之所以會存在的理由——也就是老爸過去被當成已經死亡但其實那是他自主性假死，而他後來依然生存在美國，所以被人拍到了那張照片的事情告訴了學姊。而身為一個推理宅的時任學姊「嗯、嗯」地聽我說完後……

『假死的招式——這倒是我完全沒預想到的答案呢，實在很有趣。我上次聽完你的話之後感到很在意，所以後來自己也試著想了一下答案。同時找了些類似的過去案例，整理了起來。』

似乎是在自己房間的她從資料架上抽出一個資料夾。

『像你父親那樣，在時間或空間上存在矛盾、不可能拍到的照片——通稱「不可能照片」中拍到的人物，其實在世界各地都偶爾會存在。例如這些照片是同一天同一個時刻，在幾個不同地點被拍攝到的中國傳教師。這是拍攝到青年姿態的照片之後卻又拍攝到少年姿態的印度修行者。哦哦，另外你看看這照片，很有趣喔。這是在俄羅斯分別於一八九八年、一九四七年跟二〇〇八年拍攝到完全同一個人物，但是年齡卻完全沒有改變的女性。雖然是假造的可能性很大，但如果不是假造，就是讓人非常感興趣的謎團——』

也許是因為透過電話就不會有無意間讀出對方的思考而變得不愉快的風險吧，時任學姊一反平時的態度，變得非常多話。透過鏡頭一張接一張地拿資料照片給我看，而且講話方式是上句緊接下句，中間幾乎沒有換氣。這……就跟武藤在講車子的話題、理子在講動畫的話題時一樣，是御宅族特有的快嘴，如果不找個機會插話制止就會永遠講下去的那個現象啊。

「呃~時任學姊，其實在這次的調查行動中，我產生了新的疑惑。為了解開這項疑問，我想請教妳三個問題。我也準備了一項情報可以當成酬勞。」

『……哦？好，你問吧。』

「在新宿的廢棄大樓請妳幫忙掃描那名美國諜報員的大腦時……學姊有說過妳可以從那傢伙腦中任意選擇記憶進行消除對吧。那種事情真的可以辦到嗎？」

『哦哦，雖然在很少數的情況下也可能透過什麼契機回想起來，不過消除記憶是有可能辦到的事情。』

「那麼消除記憶之後，可以把偽造的記憶加寫進去嗎？」

『雖然很難，但也是可以辦到的。』

「……除了時任學姊以外，還有其他超能力者能夠辦到那種事情嗎？」

『雖然我不清楚現在是否還活著，不過我知道一個人。就是我母親。除了她以外，我想應該沒有了。』

——這下……我知道了。

老爸在尼加拉瀑布既不理會茉斬，也不把我當自己兒子的理由。

他是被T夫人……被時任學姊的母親**消除了記憶**。而且只消除了「自己是什麼人，經歷過什麼樣的人生」的部分。

在他腦中唯有留下那嚴格正經的人格與天下無雙的技術——也就是「寂靜之鬼（Orgo）」的部分。

而T夫人是用「殺害」這個詞表現了那個行為。

將由於對卒陷入假死狀態的老爸救活的美國……就是藉由這樣的手法，把戰鬥力世界首屈一指的日本武裝檢察官遠山金叉改造成了自己國家的特務。

然而根據時任學姊的說法，這個消除並加寫記憶的超能力並非十全十美。T夫人之所以會與老爸共同生活一段時期，或許就是為了確認是否有順利發揮效果吧。

在華盛頓DC的郊外，T夫人那句「他已經不在」的發言……就跟以前亞莉亞的人格被緋緋神取代的時候，白雪用「亞莉亞已經不在」來表現的講法很類似。雖然身體還留著，但靈魂已經喪失的狀態——然而就我來看，那根本不叫什麼死亡。是可以跨越的障礙。神崎．H．亞莉亞就是個活生生的證據。

老爸，你等著。我總有一天必定會讓你回想起來。回想起自己的事情，回想起我的事情，還有我無論如何都要問出來的、克服對卒活下來的方法。

『三個問題我都回答你了。那麼你說可以當成酬勞的情報是什麼？』

「——我有見到T夫人。她在得知時任學姊過得很好時感到很放心。然後她現在也過得很健康。」

聽到我這麼說，時任學姊頓時驚訝地瞪大那對碧眼……沉默一段時間後……

『——這酬勞已經十分足夠了。如果你下次又遇上什麼問題就來委託我吧。』

她如此說著，酷酷的臉上露出了微笑。

「—— Tokyo Tower, Bombardier 3333, on your frequency…（羽田機場管制塔，這裡是龐巴迪 3333，調整至您的頻道）」

桃樂西駕駛的噴射機進入著陸程序，於是我們都坐到了座椅上。在後排座位的風魔隔著恩蒂米菈的肩膀眺望著或許由於溼度的關係看起來比美國更鮮明的東京黃昏景象。

坐在我旁邊的GⅢ則是聽完時任學姊說過的話以及我的見解之後，「原來如此，那麼下次咱們就把一切事情都重新告訴老爹吧。」地將手臂交抱在胸前點了好幾下頭。

接著，他就像是為這次的旅行作總結似地……

「不管怎麼說——總之他還活著。而且我原來也是有爹啊。」

或許到頭來能夠親眼確認這點對GⅢ來說才是最開心的事情吧，他揚著嘴角對我如此說道。

「那我另外再告訴你一件事。一件我知道關於老爸的事情。」

「什麼事？」

「老爸跟我們交手的時候，他並沒有進入HSS——爆發模式。」

老爸的存在可說是作弊之中的作弊，即使在非爆發模式下也能使用遠山家的所有招式。然後一旦他進入爆發模式，那強度就會增加到完全不同的境界。由於我曾經看過那樣的景象——所以在吃了老爸第一招的時候就立刻知道他當時並不是爆發模式了。

也就是說如果老爸拿出真本事，可是會比當時還要強好幾十倍的意思。

「……唉～……老爹還真強。對咱們放水再放水，根本就是當成小孩子嘛。」

「畢竟我們真的就是他小孩啊。下次我們找不會妨礙他工作的時候再去找他吧。」

只要想到老爸的強度，就讓人覺得一切都莫名其妙起來……

我們忍不住笑了。

老爸還活著。而且他真的很強。這點讓人覺得開心，又覺得莫名其妙，所以笑了。

就在GⅢ彷彿對待什麼珍貴的寶物般摸著自己額頭上因為吃了老爸的扇霸而腫起來的腫包時——噴射機有點粗魯地「隆隆」一聲在羽田機場的C跑道上著陸了。

2彈　金錢、人類、精靈

從國內線班機下機的大量日本人來來往往的黃昏羽田機場入境航廈——大家都講日文的場所果然就是給人有種安心感啊。而且廣播也都是用日文。

「我暫時會留在日本一陣子，所以你要招待我去觀光也可以喔，Ⅲ。」

「那我叫我的部下來，妳就跟九九藻去參觀神社之類的吧。」

「為什麼偏偏要叫九九藻啦！你不能叫部下來呀，這不是當然的嗎！」

「什麼叫當然啦……話說，妳來日本不是有事要辦嗎？」

如此對話的GⅢ就這樣被迷你多龍芝帶走，或許註定要關照對方好一陣子了吧。

還有，老弟啊，你再遲鈍也該有個限度，小心哪一天會被人捅喔？

風魔透過牆上的世界時鐘確認現在的日期後……

「由於跨越了國際換日線，日本的日期比從加拿大出發時還要新是也。師父……在下也為您祈禱，祝您今後能迎接全新的日子。」

見過了老爸，今後才更加重要——

她如此暗喻後，「那麼，在下告辭。」地準備雙手結印消失。於是……

「──啊，風魔，妳等一下。」

我把剛才完成入境手續後到SEVEN銀行的ATM提來的現金交給她。

「師、師父，這是滿額……不，看起來稍微更多是也。師父，呃……」

風魔看了一下信封裡，發現金額比一般正常酬勞還要多，而表現得有點慌張。不過……

「說到底──這次是除了妳以外沒有其他人能夠委託的危險旅途。和貝茨姊妹交手後我現在還能活在這裡，也是因為有風魔協助。妳就收下吧。而且過於擔心師父的錢包狀況也很失禮喔。」

她聽到我這麼說，便「遵命。在下感激收下……」地鞠躬把錢收下了。

畢竟這次的北美遠征是一毛錢也沒賺到，而我雇用風魔的費用本來只能準備一般市場價格的三成左右而已。因此不夠的部分……是我從自己的生活費擠出來的。即便如此，我還是認為這筆錢應該付給她。哎呀，錢這種東西只要省著點用還是可以活下去啦。

「下次如果又必須藉助妳的力量時，我會去找妳。反正妳家只要從品川搭新幹線很快就能到了。」

「感激不盡。那麼──告辭。」

身為一對師徒，我們帥氣地如此互相道別。可是──啊！她又給我來這招了！花霞！

「嘩唰──」地噴出來旋轉飛舞，一瞬間把風魔的身體隱藏起來的向日葵花瓣……朝著透過玻璃窗將光線照進航廈的夕陽飄飄飛去。一如「向日葵」的名字，彷彿要將花瓣歸還給太陽一樣。哎呀，雖然風魔本人是朝著京急機場線的方向跑去就是了。而且背影還完全被我看到。

……就這樣，現場只剩下我一個人……才怪。

雖然我努力不去看、不去想，試圖逃避現實──可是坐在黑色長椅上的那三個人依然看著我。精靈恩蒂米菈，獸娘萜萜蒂與列萜蒂，也就是我的「奴隸」們。

（是說，這……到底該怎麼辦才好啊？完全超出了我的處理能力啦……）

就在我用傷透腦筋的眼神看向那些逼不得已面對的行李們時──

恩蒂米菈忽然轉頭看向一群正在聊天的女大學生們，從金髮的縫隙間把她的長耳朵微微露出了一半。

「呃、喂，妳別露出耳朵啊。要是被人拍到照片上傳到 Instagram 不就糟了嗎？」

我趕緊伸手把那尖耳朵往後壓下去，結果──

「──！咿嗚嗚……！主人……？」

恩蒂米菈就像是感到驚訝似地抖了一下，忽然變得滿臉通紅地慌慌張張看向我，然後……

「……那種事情……請、請您等到晚上吧……！」

講出這種話並且把臉低下去，用手指「沙、沙」地梳理長髮，把耳朵藏了起來。

「我是搞不懂妳要我等什麼啦……總之妳把耳朵藏起來就行了。」

「啊！不、不好意思，因為我想學習日本當地人所講的純正日文。」

那還真是有好學心啊。另外雖然從外觀上就可以知道這點，不過看來日文果然不是她的母語。

可是她卻能講得如此流暢，可見這精靈的學習能力很強喔。

「然後呢？妳們……在日本有認識的人，或是可以寄宿的地方嗎？」

一點都不想要讓這三個胸部這麼大的傢伙跟在身邊的我，抱著碰碰運氣的心情如此問道。

「沒有。」

好，失敗。我本來也想過乾脆丟下一句「就此解散！」然後拔腿逃跑的，但在大使館時就已經可以知道，這些傢伙的文化差異程度是跟緋鬼同等級。要是放任她們行動，絕對會闖出什麼禍。而到時候被問到監護人是誰時，恩蒂米菈想必首先就會講出我的名字。接著警察伯伯就會找上我啦。

「該死，真是沒轍。那妳們就跟我來吧。啊～可惡，這下電車費用也要四人份啦。」

剛剛才想過要節省開銷結果就立刻多出一筆額外費用，讓我忍不住一邊抱怨一邊走向羽田機場車站。結果……

「請問主人在金錢上有困難嗎？那麼今後我們會負責工作賺錢的。」

恩蒂米菈從一旁對我講出這種話，萜萜蒂與列萜蒂也「嗯、嗯」地點點頭。

「我說妳們啊……現在的日本可沒那麼好找工作。就連我都沒工作了，更不用說是連工作簽證都沒有的妳們好嗎？簡單來講，妳們只是空有奴隸身分但什麼忙也幫不上的廢物啦。」

聽到我焦躁不耐煩地如此說道後，恩蒂米菈們一開始露出「？？？」的表情，接著三個人一起臉色發青。

「那請問現在是要往哪裡去呢？是要把我們帶到奴隸市場賣掉嗎？」

「沒有奴隸制度的國家哪來的奴隸市場。現在沒有其他選擇，所以只好帶妳們到我家來啦。」

我這麼一說後，恩蒂米菈頓時露出鬆了一口氣的表情……然後又紅起臉頰，「主人的、館邸……」地小聲呢喃，變成一臉期待興奮似的緊張表情了。那臉色變化到底是搞什麼啦？一下發青又一下變紅，還真忙碌啊。

如果要回台場，搭東京單軌電車會比搭京急機場線一個人便宜幾十元左右，因此我選擇了單軌電車。而萜萜蒂與列萜蒂雖然身高很矮可是胸部很大，所以也沒辦法用小孩半票含糊過去。因此我咬牙切齒地買了車票搭上單軌電車後……便看到東京的白色街燈們盛大迎接我們進入都市了。萜萜蒂與列萜蒂甚至半跪到窗邊的座位上，開心眺望著彷彿延伸到地表盡頭的夜景。

而就在我把她們隨便亂脫的鞋子整齊排好的時候——

「主人，那裡有馬呢。又大又美麗，看起來應該跑得很快。那匹棕毛的馬尤其這兩、三天會跑得很快吧。至於那匹白毛馬可能狀況不太好。不過每匹馬以軍馬來說都有點太瘦了。」

恩蒂米菈看著窗外，語氣有點開心地如此說著，於是我抬起頭一瞧。哦哦，是大井賽馬場啊。

「那些馬的管理方式雖然感覺像軍馬，但牠們其實是賽馬。那地方是賽馬場——是賭博用的場所啦。恩蒂米菈，妳喜歡動物嗎？」

反正沒事可做，於是我在「喀噹、喀噹」響的單軌列車廂中漠然地對坐在對面座位的恩蒂米菈如此詢問。就算把她們想成是人質或俘虜，我對她們究竟是什麼樣的人物也認識不多啊。

「是的。我原本是生活在森林之中。」

「哦～森林嗎？不錯啊。那妳要不要找個機會回去那森林好了？旅費方面應該有辦法幫妳……」

「精靈的森林已經不存在了……被龍的魔女、被凶暴的敵人全部燒光了。」

呃～……我好像一下子就選錯對話的選項囉？恩蒂米菈頓時露出心靈創傷被刺激似的表情，把頭垂了下去。龍的魔女——大概是某個魔女的稱號吧。但現在的氣氛感覺不太好對恩蒂米菈繼續問下去啊。

後來好一段時間恩蒂米菈都表現得很沒精神，不過就在我們轉乘臨海線到達東京電訊車站時，她又恢復原本凜然的態度了。或許是身為奴隸的自尊心之類的心情讓她不想破壞主人周圍的氣氛吧。

我們接著經由跨越東京灣岸道路的陸橋——電訊陸橋朝DECKS台場的方向走的時候，在我與恩蒂米菈前面手牽著手的萜萜蒂與列萜蒂——對映在高樓大廈上的調色盤城遊樂園的大型摩天輪吃了一驚，轉回身子朝我們比起手語。

「她們在說『請問哪是什麼』。」

「那是摩天輪。但是現在沒錢，沒辦法搭喔。話說恩蒂米菈，妳告訴她們不就好了？」

「不好意思……我也是第一次看到實際的東西。」

沮喪垂頭的恩蒂米菈側頭部的頭髮明明沒有風吹過卻微微凹了下去。正當我疑惑為什麼會那樣的時候，她接著又睜大眼睛看向道路對面，頭髮微微鼓了起來。看來是精靈的耳朵當感到沮喪的時候就會垂下去，然後當注意到什麼東西或感到驚訝的時候就會豎起來的樣子。

「——主人，我們進那座城堡去吧。」

恩蒂米菈如此說著並伸手指向的是……日航飯店。那不就是巴士劫持事件時理子當成據點的高級飯店嗎？

「為、為什麼啦？我才不要帶著三個女人進什麼飯店。更何況我現在沒錢——」

「透過窗戶從室內的樣子看起來，那應該是某位知名貴族的城堡。如果能接受謁見，根據講話的內容或許可以分到什麼工作呀。」

呃……？恩蒂米菈這傢伙，明明有語言學和科學方面的知識，但社會方面的知識會不會太過缺乏啦？哎呀，畢竟她說自己以前是住在森林裡嘛。或許那是跟外界文明隔絕的土地吧。

「我說妳啊，現代的日本根本沒有像妳說的那種遊戲世界中的城堡好嗎？」

「那請問那是屬於誰的建築物呢？」

「要說屬於誰……就是日航飯店的董事長……但也不能算私人財產吧。呃～我記得應該是屬於一間叫東京 Humania Enterprise 的公司。」

「公司？請問公司又是什麼？」

「這也很難回答啊。所謂的公司就是，呃～……不是人，也不是東西。是指那些存在們聚集在一起的狀態，是一種概念啦。」

「概念……也就是像神一樣的東西嗎？」

「為什麼會解釋成那樣啦？」

「就像這座都市一樣，人類建造了許多巨大到讓我們精靈感到難以置信的建築物。這是由於人類所信仰的神明與我們精靈進行交流的神明們在意義上不同，是一大群人共同信仰想像中的神明，進而發揮出大家能夠同心協力的神奇力量──我小時候是如此被教導的。」

「嗯……或許古早以前是那樣沒錯，但現在已經不一樣了。畢竟現在沒有宗教信仰的人也很多啊。」

「那麼請問人類是共同相信什麼存在而聚集在一起協力合作的呢？」

恩蒂米菈望著遠處的日航飯店如此詢問我，但這種事情我從來沒思考過。

同一間公司裡的人共同相信的存在……是什麼？

「如果撇開表面話不談，企業應該是大家共同在追求利潤……要講到最根本的部分，就是金錢了。由於大家相信賺來的金錢具有價值，所以就會協力合作賺錢。」

「金錢——人類相信的是那些金屬片或紙片嗎？」

連這點也要問？恩蒂米菈這傢伙簡直就像個充滿好奇心的小孩子嘛。

「那些並不只是單純的金屬片或紙片，是國家承認具有強制通用力的信用貨幣。人們共同相信國家會保證那些貨幣的價值，所以拿來使用在買賣或儲蓄上。話說妳至少也應該有使用過金錢吧？那透過感覺應該就能理解啦。」

我走在長長的電訊陸橋上如此說道後……

「我們雖然是有使用過，但那僅限於使用在與人類交流的時候。其實——我們精靈在使用金錢的時候並沒有真的很了解那是什麼東西。至少在我的部落中，精靈之間是不會使用金錢的。」

恩蒂米菈給了我一個如此意外的回應。原來精靈不會使用金錢啊……

「那你們是怎麼派工作給別人的啦？買賣東西的時候又要怎麼辦？」

「精靈之間只會與打從心底信任的對象交換物資，或是互相幫忙工作。因此我們只會與家族、親戚以及這些人們所信任的四～五等親親族——大約一百人左右的對象協力合作。」

……這還真是我個人史上聽過差異最大的異種文化。那樣當然再怎麼努力都不可能建造出像日航飯店那樣的高樓大廈啦。這下也能理解他們為什麼在現在這種時代還住在森林中了。

「……只要利用金錢，就算是面對沒有信任到那種程度的對象也能做到最起碼的合作行為喔。像剛才我們搭的單軌列車，我跟駕駛員根本連話都沒講過，但由於我們互相都相信金錢的價值，所以能夠進行錢財與服務的等價交換。精靈也多多利用金錢，進行文明開化吧。」

聽到我這麼說，恩蒂米菈什麼也沒回應——或許是身為奴隸不想對主人提出否定性的發言吧——只是從陸橋上瞥眼看著排放出濛濛廢氣來來往往的車輛，以及別說是森林了，連樹木都幾乎沒有幾棵的東京。用一副彷彿看著什麼汙穢的東西般感到厭惡的眼神。

我們抵達購物中心—— AQUA CiTY 台場後……

「妳們，呃～……那個、自己去買自己用的貼身衣物。」

我雖然害羞得沒辦法看著對方的臉，不過還是如此交代那三人並交給她們各自兩千元。

以前金天跑到我家來住的時候，我為了預防洗澡誤闖事件而在這裡買了件泳衣給她——雖然那件事最後大失敗就是了——不過在這次的狀況中，我又必須為另外的問題進行準備。

那就是內衣褲的問題。

這三個人都是只有身上穿的這套衣服來到日本，也就是說當在洗衣服的時候就會沒衣服可穿。我可不能讓她們在等待衣服洗好的期間全身光溜溜地在主人的館邸到處走動啊。

我的房間有以前茉斬鄄寄給我的朝日向胡桃的水手服、金天的水手服以及金天的備用水手服。雖然感覺很像什麼超級喜歡水手服的人的房間，但不管怎麼說，最起碼還有衣服可以給這三個人換穿。

然而問題在於內衣褲。要是洗衣服期間讓她們裸身穿水手服，反而會因為特殊的爆發感讓我坐立難安吧。因此雖然又會進一步削減生活費，但這個購買內衣的橋段可說是強制進入的劇情。但就算只是陳列在賣場的女性內衣我也一點都不想看到也不想摸到，而且聽說如果不是本人就無法知道那玩意該買什麼尺寸什麼形狀的樣子，因此我才會命令她們自己去購買。結果……

「……請問主人喜歡什麼顏色呢？」

緊張得讓美人臉蛋緊繃僵硬的恩蒂米菈忽然對我問起這種事情，萜萜蒂與列萜蒂也用雙手壓著她們忽然泛紅的臉頰。這到底是搞什麼？

「為什麼要問那種事？」

「因為，呃，買來的貼身衣物是為了今天晚上要用的吧？」

「沒錯。」

畢竟她們三個人現在身上的衣服已經穿了一整天，要是回到家不馬上換衣服很不衛生啊。

「那個……我們希望能夠更加提升主人對我們感受到的價值。提高主人的滿意程度，是身為被當成戰果收來的奴隸應盡的責任。」

「我搞不懂妳在講什麼啦。顏色這種事情妳們自己決定，快點去買買快點回來。」

由於我根本連想像都不願意想像什麼女性內衣的顏色，於是態度冷淡地如此打發她們後——

「我、我明白了……萜萜蒂，列萜蒂，妳們顏色要選白色喔。白色雖然感覺像是無色，但也會被人類使用在新娘禮服上，被視為是帶有女性意義的顏色。還有布料挑選較小較薄的應該會比較好。」

恩蒂米菈一邊如此說明，一邊帶著萜萜蒂與列萜蒂小跑步進入購物中心了。雖然那發言內容讓我感到有點危險，不過無論顏色或質料如何，女性內衣本來全都一樣是危險物品。只要小心慎重，抱著警戒心生活，就不會讓我看到，所以管他是什麼顏色質料都無所謂啦。

雖然我要鄭重發誓我從來沒有懷抱過這樣的夢想，不過擁有女奴隸——也就是花錢買來、對自己唯命是從的女孩子似乎是男生們會偷偷懷抱的夢想之一。

可是這樣的夢想除了人道上的問題之外，其實還存在另一個重大的問題。

在現實中，所謂的奴隸是非常花錢的存在。我光是到這邊就已經花費了龐大的電車費與服裝費。而且因為家中人口增加，也必須多買糧食才行。

（咦？……可是亞莉亞明明把我叫作奴隸，她讓我吃過的東西卻頂多只有酸黃瓜跟加了鋁箔的巧克力而已喔？這樣根本沒有當主人的資格！給我交出糧食！）

如此這般，只會在本人不在的地方而且只會在腦中態度強勢地抱怨抗議的我——與買完內衣褲的恩蒂米菈她們重新會合後，接著來到了 Maruetsu 超市台場店。

「被扶養人增加了三個人……對我來說可是相當致命啊。該死！不管什麼花費都增加為四人份也太貴了吧……搞不好在無人島還比較容易獲得糧食呢……」

就在我不禁一邊埋怨一邊看著麵包與優格的時候，恩蒂米菈從一旁對我說道：

「既然這樣，到剛才那個日航飯店請對方分點食物來不就好了嗎？我有看到他們在一樓餐廳準備了多到吃不完的麵包、肉類跟點心。」

她居然能看到距離五百公尺遠的餐廳裡的料理，視力真好。

「不用想也知道做那種事情只會被趕走。如果不付錢，人家也不會給我們東西吃啦。」

「人類明明為了錢會願意大規模協力合作，但是卻不會協助飢餓的人嗎？」

恩蒂米菈又露出了彷彿在厭惡人類社會的表情。

「政府應該是有用稅金在幫助貧窮人啦，但我沒有實際感受到就是了。就只是不斷付稅金而已，也不曉得那些錢到哪裡去了……嗯～就算買家庭包，四人份的肉還是很貴呢……」

我在肉類區挑選商品的時候，恩蒂米菈再次露出感到討厭的表情。這次又是什麼問題了？

「請問主人也吃死屍肉嗎？」

「什麼死屍肉。哎呀，有錢的時候我是會吃啦。」

「萜萜蒂與列萜蒂雖然也會吃，但我不吃肉。」

「呃、是喔？」

「精靈不吃肉的。魚也不吃。雖然也是有些和人類有深入交流的精靈會吃，但只少我不會吃。」

她是素食主義者嗎？那就跟颱風的莎拉——弓箭手莎拉・漢一樣了。

「哎呀，雖然我也因為魚或肉很貴所以不太會吃，不過既然這樣，煮飯時也要好好考慮菜色才行啦……」

我如此說著並看向蔬菜區……發現萜萜蒂與列萜蒂在堆有玉米的地方……呀哇！居然拿起來啃了！直接在賣場裡！

「喂！妳們！」

大概是很喜歡吃的關係，菈菈蒂與列菈蒂啃得開心無比……而我伸手想要從她們口中把玉米搶過來，但她們卻似乎用尖牙緊緊扣住，拔也拔不出來。

「玉米我也很喜歡吃。」

「不是喜不喜歡吃的問題！沒有付錢就不可以吃啦！」

面對態度驟變的我，菈菈蒂與列菈蒂都頓時愣住了——看來她們跟恩蒂米菈一樣，對於金錢沒有概念或是觀念很淺薄的樣子。說真的這些傢伙究竟是從哪裡來的啦？再怎麼鄉巴佬也該有個限度吧。

「菈菈蒂，列菈蒂，這裡是人類的國度。雖然從我們的角度來看會感覺像是心裡有病——不過人類是會把食物採收、囤積到自己都吃不完的程度，然後用金錢買賣的種族。所以妳們不可以擅自把食物拿來吃喔。」

對於我講的話總感覺不太聽從的奴隸2號和3號對於奴隸1號恩蒂米菈的命令倒是立刻服從……「啪」「啪」地張開嘴巴，放開玉米了。

是說，什麼叫心裡有病啦？不過……印象中以前我在便利商店打工時，擅自拿走飯糰和酒的閻也講過類似的發言呢。不知道為什麼，精靈和緋鬼的價值觀似乎是共通的呢。

「話說回來，這玉米還真大呢。而且沒有被蟲咬過。請問是這附近有優質的農園嗎？」

「這大小應該很普通吧……農場是在遠處，靠運輸把農作物送過來的啦。」

「這也是利用金錢結交的同伴種植並運送過來的嗎？」

「妳這講法還真難聽啊。不過哎呀，就是那樣沒錯。這就是人類所謂的『經濟』。」

聽到我這麼說，恩蒂米菈用鼻子「嗯」了一聲……似乎針對人類與金錢在認真思考什麼事情的樣子。用她那對看起來很聰明的碧藍色眼眸深處的腦袋。

最後我們從超市買來的東西有……因為已經啃過所以只好付錢的玉米、菠菜、布丁、豆腐、看起來很硬的素食麵包。還有蕎麥麵因為快要到賞味期限而半價拍賣，所以買了比較多一點。但畢竟是四人份的食材，實在是很痛的一筆開銷。再加上五％的消費稅，簡直是地獄。要不要乾脆加入共產黨算了。不過我記得家裡還有白米跟味噌，所以加上今天採買的份，應該勉強足夠讓四個人吃上一陣子吧。

晚上七點左右，我們提著超市的塑膠袋……搭東京臨海單軌電車從台場到武偵高中站，最後抵達了位於人工浮島南端第二十區的第四公寓——所謂主人館邸的二〇四號房。由於這裡的租金極端便宜，而聚集了包括我在內有各種隱情的居民，因此又通稱「低民度公寓」。啊～從非先進國家來到日本打拚的居民們房間今晚還是老樣子飄來各種香辛料的氣味。聞到這味道就讓我體認到自己真的回到自己家了呢。

「主人的房間是在二樓嗎？我以前是住在樹上的家，不過這裡比那個家矮呢。」

「妳還真囉嗦。住在低樓層當遇到火災的時候比較容易逃難啦。」

我與恩蒂米菈如此交談並穿過公用走廊，來到二〇四號房的門前。

雖然光是去跟自己父親見面就必須克服重重的生死難關也是很誇張的事情，但不管怎麼說——我活著回到自己家來啦。這件事讓我不禁鬆了一口氣，感覺緊繃的神經總算放鬆了。

雖然多帶了三個女奴隸回來，不過我以前可是經歷過最多被五個女人賴在家裡不走的生活。要講到對女人視而不見、忍耐女人存在的各種訣竅，我精通得甚至可以開班授課呢。

更重要的是現在我餓得要命，所以超期待今天的晚餐啊。今晚就來煮一大桶白飯，享受在美國很難喝到的味噌湯，飽餐一頓吧。至於菠菜就做成涼拌菜好了。

「哎呀，總之妳們進來吧。」

恩蒂米菈們聽到我這麼說便抬頭看向上方（註1），但我不理會她們——轉開鑰匙打開家門，發現金天大概是不在家，裡面空空無人又一片黑暗。

於是我「啪」一聲把家裡的電燈開關打開……打開……咦？

……燈不亮。我重新按了兩下、三下牆上的開關，還是不亮。

「？」

……啊！……被擺了一道啦！

（——那傢伙找上門過嗎……！——東京電力那傢伙！）

註1　日文中「進房子裡來吧（上がれ）」，若照字面上直接解釋的意思為「爬上來吧」。

我趕緊推開恩蒂米菈她們，打開門上的收件信箱。結果從裡面「嘩啦！」一聲撒出來的大量傳單中——不出所料，果然在裡面。上面寫有「斷電通知單」的明信片。

我家被斷電了。電費的繳費期限是上個月下旬。這張最後通牒是在我潛入阿尼亞斯學院的期間寄來，然後在我前往美國的這段期間被斷電了。

雖然我手機有收到未繳電費的催繳通知訊息，所以我知道這件事，但因為當時還有其他的錢要花，而且遲繳罰款感覺也不會太多，所以我決定暫時先放著不管，結果就完全遺忘了這件事，最後落得這個下場！

「嗚哇哇哇……」

我慌慌張張扳開手機，把還夾在裡面的尼加拉瀑布河水「呼、呼」吹掉後，準備打電話給東京電力公司——但立刻想到我家是被斷電。即使現在跟東電哭訴也不會恢復供電，人家只會叫我先繳錢而已。但就算要去便利商店繳費，現在如果從ＡＴＭ提款可是會被吃掉幾百元的夜間手續費啊。所以我只能等到明天一大早去提款繳費，然後再打電話給東電了。

於是我趕緊把電量所剩不多的手機關了起來。畢竟既然沒有電也就沒辦法充電嘛。

「啊嗚哇！……冰箱……！」

忽然想到這點的我接著在一片黑暗的室內衝到廚房的冰箱前。一想到裡面搞不好已經變得像風之谷的腐海——我就忍不住捏著鼻子、退開身體，把手伸長打開冰箱，結果……

『因為哥哥大人的房間變得沒有電，所以我把裡面的東西清空了。我現在住在金女姊姊的地方。金天』

我看到冰箱裡放著這樣一張留言便條紙。雖然蘿莉妹妹不在家對於爆發方面來講是好事一件，但家裡忽然被斷電肯定讓金天嚇了一大跳吧。真是對不起她。

我把當成手電筒用的手機又趕快關上後──與只能勉強看到藍色、褐色與褐色眼睛的恩蒂米菈、萜萜蒂與列萜蒂面面相覷。在一片黑暗之中。

──別慌。我由於爺爺的嚴格教育，是個防災意識非常高的人。因此家中隨時都會準備好防災道具。雖然根本不是什麼災害的狀況下拿出來用也很奇怪就是了……

於是我從流理臺下的櫃子裡拿出蠟燭──用點火槍點著後，想說最起碼要先照亮腳邊的地板而把蠟燭放到矮桌上。雖然不算明亮但帶有暖意的蠟燭光……哎呀，其實這樣感覺很有氣氛，也不錯嘛。

「……嗚……！」

我才剛這樣想，就看到昏暗之中彷彿在強調自己存在般浮現的是──恩蒂米菈白皙閃耀的美腿。還有萜萜蒂與列萜蒂雖然很短但肉肉地很可愛的小腳腳。我家現在不可以有氣氛啊！快點給我電燈的光吧！

（──啊！對了，自來水呢……？）

想到這點的我趕緊撲向廚房的流理臺打開水龍頭，發現有水流出來。如果是幫浦加壓式的供水系統，遇到停電的瞬間就會斷水了。不過看來這棟公寓是直接利用自來水管水壓的樣子。

我因為嫌浪費而把流出來的水也用杯子接起來，結果——恩蒂米菈走到我旁邊，探頭看向我的臉。搞什麼啦？我不喜歡被一個美女這樣盯著看啊。

「請問主人是要跟我分水喝嗎？謝謝您。」

「……？」

她到這邊第一次露出開心的表情雖然是好事，但這句話是什麼意思？

就在我一臉疑惑的時候，恩蒂米菈接著說明道：

「水是一種可以分成好幾部分，也可以由好幾部分融合在一起的存在。因此對精靈來說，分水的行為是對雙方之間的重要關係進行祝福的意思。像朋友、師徒、男女、主僕——當遇到命運的邂逅或是別離的時候，就會進行這項神聖的儀式。」

只不過是用個塑膠杯喝自來水而已，怎麼被她講得好像很隆重的樣子。

話說，她的意思是要跟我用同一個杯子喝水嗎？那不就是所謂的間接接吻了……

「聽起來有點像結義酒啊。那我先喝——」

「不，應該由身分較低的人先喝。」

恩蒂米菈說著，從我手中搶走杯子……用優雅得讓人不禁看得入迷的動作「咕嚕」地喝了一口。接著，她把杯子又還給我，並且用一副真的像是與重要的對象……進行結婚典禮似的眼神看著我。彷彿在說「今後請您好好關愛人家喔」一樣。

「……」

要是用這個被美女沾過嘴巴的杯子喝水，我很擔心自己會爆發啊。可是如果現在不喝，又莫名覺得對不起對方。於是我施展出迴避間接接吻的密技——取名為「華嚴瀑布」！

把臉往上抬高，把杯子裡的水「嘩啦——！」地倒進張開的嘴巴裡。

對於恩蒂米菈來說這樣的喝法似乎也OK的樣子，而就像是自己身為奴隸在我身邊生活的事情順利確定下來似地露出鬆了一口氣的表情。以前在與這傢伙初次見面的那座無人島上，我為了喝水經歷過千辛萬苦，但沒想到在這裡也需要這麼辛苦啊。

在蠟燭的光亮中，我用瓦斯爐煮水燙熟蕎麥麵。另外雖然萜萜蒂和列萜蒂似乎生吃也無所謂的樣子，不過我還是姑且把玉米也煮熟了。那兩人始終一副「還沒好嗎？」似地流著口水，用睫毛修長的大眼睛一直盯著我看，害我感到心理壓力超大的。

唉～如果可以使用電鍋，就能吃到白米飯的說。雖然用一般的鍋子也是可以蒸飯啦，但萬一失敗就會有浪費白米的風險，因此我作罷了。

就這樣，對於我姑且做好的晚餐——因為沒錢所以極度偏向碳水化合物的餐食內容，這三名女奴隸倒還是表現得很開心。萜萜蒂與列萜蒂甚至笑容滿面地一口接一口啃著玉米，從裙子底下露出來的尾巴還不斷擺動。

「這味道……聞起來感覺很美味呢。」

恩蒂米菈則是——用叉子捲起少量的蕎麥麵，在桌面上的蠟燭光芒中仔細觀察。

「這是日本的當地食物——蕎麥麵。哎呀～還好家裡還有一罐未開封的蕎麥麵沾醬啊。」

我說著，在小碗中倒了一些蕎麥麵沾醬，遞給恩蒂米菈，結果……

「嗚……請問這材料有用到魚吧？那我不用了。」

她光是聞到味道就皺起眉頭，拒絕了沾醬。看來她不喜歡鰹魚露的樣子。

「那妳要怎麼吃蕎麥麵啦？」

於是我把那沾醬拿回來自己用，並嘟著嘴如此問她後——恩蒂米菈什麼也沒沾就把蕎麥麵直接放進嘴巴。

「嗯……這是我沒吃過的味道呢……嗯……」

稍微咀嚼幾下後，她的耳朵忽然「啪！」地撥開頭髮往兩側豎了起來。嚇死我啦。

「好美味！蕎麥麵……蕎麥麵！好美味！真是太美味了，主人！」

平時酷酷的恩蒂米菈突然變得興奮無比，笑咪咪地一口接一口吃了起來。而且真的什麼也沒沾。哎呀，雖然我有聽過行家們為了品嘗蕎麥麵的風味是會那樣吃啦，但我想他們應該不會用叉子吃蕎麥麵就是了。話說，原來精靈喜歡吃蕎麥麵啊……

明明身材很苗條的恩蒂米菈，卻吃掉了大量的蕎麥麵。或許是因為她不吃肉類和油脂，所以就像草食動物一樣，除了碳水化合物以外的營養也必須從植物性食品中攝取吧。

由於冰箱不能用的關係，布丁只能直接開封來吃了。結果菈菈蒂與列菈蒂有如作夢般——「嘩～」地發出感動的嘆息聲吃了起來。不過她們又是用握的方式拿湯匙，又是用舌頭舔布丁的蓋子，這部分需要好好管教一下就是了。至於恩蒂米菈則是不喜歡布丁有牛奶的氣味，所以把自己的份給菈菈蒂與列菈蒂吃了。這同樣很類似莎拉以前在羅馬因為義式奶凍裡有加雞蛋而不吃的行為呢。

「感謝這頓美味的晚餐。料理的步驟我們已經記起來了，所以從明天開始請交給我們。主人……請用水。」

恩蒂米菈說著，為坐在地板坐墊上餐後休息的我倒了一杯自來水，可是……因為她跪坐在我側面，害我超害怕她把塑膠水瓶伸過來的動作會不會讓她圓滾滾的雙峰碰到我的手臂。而且再加上蠟燭光的效果，讓我再次體認到——她從近距離看著我的臉蛋簡直就像什麼著名藝術家親手製作出來的美術品一樣。

雖然這也許只是恩蒂米菈個人的特質……不過精靈的五官容貌真的和人類不一樣。人類不管再怎麼整容肯定也無法變成這樣吧。

「話說回來……主人，請問您剛才是怎麼回事呢？您進到家裡的時候，看起來非常慌張的樣子。請問是您不在家的這段期間被小偷闖空門了嗎？」

「闖進這種根本沒有值錢物品的家裡來偷東西的小偷只會失業啦。不用我講妳也應該知道吧？我是因為被斷電所以才那麼慌張的啊。妳看這家裡這麼暗。」

「到了晚上本來就會變暗呀。」

如此表示的恩蒂米菈確實剛才就算看到電燈不亮也不為所動。萜萜蒂與列萜蒂也是一樣。

「妳們都無所謂啊？在這又窄又沒電的家，既沒電視可看也沒網路可用。我倒是覺得又冷清又無聊，快受不了啦……」

「這裡不是有屋頂嗎？光這點就是很幸福的事情了。我在森林被火燒之後，每天晚上都是睡在荒野上。而萜萜蒂與列萜蒂也原本都是戰爭孤兒，所以我很高興能讓她們在這樣安全的地方過夜呢。」

恩蒂米菈一邊為我倒水，一邊瞇起她妖豔的雙眼。

原來這三人的出身地不只文明未開化，而且還是戰亂地區啊。那麼恩蒂米菈或許是來自巴爾幹半島或東歐，而萜萜蒂與列萜蒂是來自中東或非洲的土著半人半妖吧。

總覺得現在的氣氛應該比較能問出這方面的事情，於是……

「……話說回來，妳們究竟是從什麼地方來的？聽起來感覺是什麼內戰國家的樣子。」

「雖然國家的分界線有點模糊，不過我故鄉的森林是位於諾魯桑加爾納往南走一天，再往西走兩天的地方。至於萜萜蒂與列萜蒂的故鄉我雖然不是很清楚，但似乎是雷克汀德的某個未開發地區的樣子。」

……那是哪裡的地名啊？聽起來感覺是什麼城鎮或地區的名字……可是如果用手機搜尋又會耗掉電池，搞不好明天會變得沒辦法打電話給東京電力啦……

「不過這兩人的故鄉也已經不存在了。據說是被龍的魔女燒掉的。」

「……跟燒掉妳森林的是同一個傢伙啊。既然叫龍的魔女，意思是像瓦爾基麗雅那樣會騎乘飛龍的魔女嗎？」

「不──龍的魔女・拉斯普丁納是喜好將下等龍族收為奴隸役使的魔女。她到處搶奪我們這些古代人民持有的魔書，並燒毀我們的土地，將除了她自己以外知曉書中祕術的人全部毀滅──是絕代的惡女。據說她還會將古代人民之中價值較高的人囚禁起來當成她的奴隸，最後甚至還賣出去的樣子。雖然我曾經發誓要復仇，然而拉斯普丁納聽說已經死亡了。據說是被魔書吞噬消滅的樣子。」

「……」

她講的話太過偏向超能力方面，讓我聽得不是很懂……但我至少可以理解過去曾經有個叫拉斯普丁納的魔女，無差別地到處襲擊半人半妖。

「萜萜蒂與列萜蒂的故鄉也是遭到拉斯普丁納的龍襲擊，而且她們當時目睹了相當悽慘的場面。我想她們之所以失去講話能力，可能就是因為這起事件。後來她們到處流浪時與我相遇並交手，輸給我之後便成為了我的奴隸。」

原來恩蒂米菈與萜萜蒂和列萜蒂之間一開始也互相戰鬥過，而最後成為主僕關係互相協助合作了。瓦爾基麗雅和阿斯庫勒庇歐斯・海卓拉也是曾經對立，總覺得他們這些像是奇幻遊戲角色的種族們很容易互相鬥爭呢。

不過我很快就明白那個理由了。

我們人類是透過錢——也就是透過經濟與全世界的所有人互相連結。無論去到哪個國家，只要付錢就能得到其他人協助。相對地，這些傢伙沒有金錢的概念，或者就算有也很淺薄。因此他們在同族之中只會根據血緣的信賴關係，在非同族之間只會根據主僕關係互相協力合作。N也是用指環明確彼此的上下關係，這乍看之下很像是模仿軍隊的做法，但其實——是因為他們這些傢伙沒有跨越種族分隔互相合作的文化啊。

另外還有一點讓我感到驚訝的是——

「原來恩蒂米菈比菇菇蒂和列菇蒂強嗎？」

「是的。因為當時我拿的是精靈擅用的武器，而且聖靈准許我為了在荒野中求生而使用武器戰鬥。如果要說那是我運氣好也沒錯，但勝負就是勝負。話雖如此，不過現在我和菇菇蒂與列菇蒂同樣都是主人的奴隸，您只要認為我們之間有些微的上下關係就可以了。不管怎麼說，現在的生活遠比那時候還要好得多了——甚至像這樣還有光亮照明呢。」

恩蒂米菈看著我移到矮桌上的蠟燭，露出心懷感激似的表情。

只不過是一根災難用的蠟燭就被她感謝到這種地步，讓我不禁感到害臊起來。於是……

「在日本，有光亮照明是很理所當然的事情。大家晚上可是在更明亮的照明下生活啊。」

「請問這也是金錢的力量嗎？」

「沒錯。」

「可是因為主人沒有那個金錢，所以光亮就比較微弱了。」

「嗚……」

這個自稱奴隸不同於一般奴隸給人的印象，偶爾會做出欠缺忠誠心的發言或舉動呢。不過從她自然的表情看起來，她應該是沒有惡意吧。她是真的不理解關於金錢的事情啊。

後來，隨著夜晚越深……恩蒂米菈的話語變得越來越少了。

不過她看起來應該不是因為剛才提到過去的事情而心情低落的樣子。在燭光中也能清楚看出來，她的臉頰莫名發紅。跪坐在即使感到無聊也除了對話之外無事可做的我旁邊，一分一秒地——漸漸露出彷彿感到悸動緊張的表情。坐立不安的感覺就像是在等待什麼命令，或是在窺探什麼時機契機的樣子。一下跑到我跟恩蒂米菈後面，一下又縮進廚房的菈菈蒂與列菈蒂也是帶著同樣的表情。這氣氛到底是怎麼回事？

就在我們漫無主題的閒聊告一段落的時候，恩蒂米菈隨處亂飄的碧眼不經意看向牆壁……發現了牆上有個巨大的凹陷處。

「呃……主人，請問那是什麼？怎麼有個呈現人的形狀、教人毛骨悚然的痕跡呢？」

「那是我以前被大哥揍飛撞到牆上時留下的凹痕啦。那邊的地板上還有我被他使出反鎖強力摔結果撞出來的凹陷喔。」

我說著並指向恩蒂米菈旁邊的地板，結果——

「……呀！……」

嗚哇！她、她竟然抱住我的左手臂了。奶、奶、奶胸胸部！好、好軟，壓在我的手臂上！噫！萜萜蒂跟列萜蒂也抱住我的右手臂跟背後！話說恩蒂米菈被嚇到的感覺跟抱過來的動作，總覺得好像很刻意的樣子？我猜她其實並沒有那麼害怕吧。

（……嗚……！）

如此緊密接觸下我才發現，這些傢伙們不只是壓到我身上的六顆肉球很柔軟而已——女性氣味也是暴力性地強烈。恩蒂米菈雖然或許是飲食習慣的緣故體味較淡，可是全身上下都散發出有如雪松般清爽而讓人有安心感的香氣。萜萜蒂與列萜蒂則是像用巧克力或蜂蜜調味的花生一樣，散發出讓人會上癮的甜膩氣味。

我口水都流出來了。

對我來說，女性身體的氣味是可能引爆性亢奮的毒氣，其強度主要會因為汗水中含有的分泌物在皮膚、毛髮或衣服上分解、累積而隨著時間越來越強烈。對於鼻子很靈敏的我而言，女性的香氣，也就是性費洛蒙可是攸關生死的問題。

而要將這些東西歸零的方法——就是洗澡跟換衣服。這個只要有女生入侵到我房間就必定發生的慣例橋段，真是討厭啊。

可是既然精靈和獸娘似乎也跟人類一樣有外泌汗腺和頂泌汗腺等等的汗腺，這個橋段就無可避免。而且雖然我是絕對、絕對、絕對不想跟她們一起洗，但我自己也很想洗個澡啊。

我轉開浴缸的水龍頭準備洗澡水，並且又點了一根蠟燭放到平常放洗髮精之類東西的地方——對三個人排在一起看著我的女奴隸們「妳們給我聽好，在我進去洗澡的時候妳們不准過來。絕對不准過來。絕對喔。」地再三警告後……進入浴室，脫光衣服，從稍微打開的門縫間把衣服排出到外面。

接著，我雖然很想沖洗身體……但如果用蓮蓬頭或水盆沖水，會把蠟燭給澆熄。真沒轍，今天就只泡澡洗掉汗水吧。於是我將右腳伸進浴缸——

「——好冷！」

這是冷水啊！發現這點的我不禁垂直往上彈跳起來，差點失去平衡摔進那整缸的冷水中。但是沒問題，我立刻像熱水諧星上島龍兵一樣把雙手雙腳撐在浴缸邊緣的四個點上，迴避了悲劇。

（對了，既然沒電，熱水器就不會燒水啦……！）

趴在水面上空的我這時聽到浴室外面——

「在日本這個國家有一種叫『客氣』的文化。越是不自然地提出『別過來、別過來』的注意，我想就是要我們過去的意思。」

傳來恩蒂米菈對萜萜蒂與列萜蒂如此說明的聲音。嗚哇哇，怎麼好像連她也用像是駝鳥俱樂部（註2）的思維在解讀我的發言啊。

「我們必須果斷做出覺悟。由於這個國家的法律規定，我們似乎沒辦法工作的樣子。既然如此，要讓主人感受到我們的價值就只能透過這個方法了。」

什麼？她到底在講什麼？這個方法是指什麼方法？還有我究竟該怎麼從這個狀態回到浴缸外面才好？總覺得雙手雙腳不管放掉放開哪一點都會讓我摔進冷水中，我沒辦法動啦……！

「主人想必是打算在這間浴室中確認我們的身材，判斷我們的價值。雖然不清楚主人今晚會挑上誰，不過根據主人的身體狀況，或許我們所有人都會被用上。因此必須謹記在心，我們所有人都必須給主人良好的印象——妳們也要把全身上下直到尾巴末梢都清潔乾淨，向主人展示自己的價值才行。」

總覺得……恩蒂米菈的發言內容給我一種往恐怖的方面發展的預感……！

或者說，那三人在門外的昏暗光線之中浮現的影子……脫、脫起衣服來了……！

一件、接著一件……！

「就算我們都沒有經驗，根據N的圖書室收藏的日本製漫畫的內容，似乎也可以靠人數彌補的樣子。我們要仔細觀察主人的反應，將他覺得不錯的行為反覆進行。不用

註2「駝鳥俱樂部」指日本的搞笑藝人三人組，前文提及的上島龍兵為成員之一。上島趴在熱水缸上警告另外兩人「不要推！絕對不要推！」卻反而被推進熱水中，是這三人的經典搞笑段子之一。

擔心，我會負責打頭陣。為了生存下去，讓我們展開一場女人的戰鬥吧——」

我擔心死啦！不要打頭陣啊！不要展開戰鬥呀！話說N的圖書室到底收藏了什麼書啦！我雖然在心中如此吶喊，可是——有如內衣模特兒般完美的身材以及宛如蘿莉系偶像的身材組合而成的三個人影實在恐怖得讓我只能發出「啊、啊、啊」的聲音。嘻嘻……！那人影做出脫掉內衣褲的動作了！

「——哼哈！」

就在這時，我展開了起死回生的動作。讓右手右腳彈起來，用像是啦啦隊「扇形」動作中左半邊的人的姿勢將自己全裸的身體豎立在浴缸的長邊上。接著順勢往後翻，「啪踏！」一聲落到外面，從浴缸上空脫逃出來。然後……

「主人，打擾了。請讓我幫您洗背。」

「——等等！等等！等等——！」

我「砰！」一聲用橄欖球選手的衝撞動作壓在浴室門上，阻止恩蒂米菈的入侵。這就是慣例的戰鬥舞臺——浴室的第一防衛線之戰！可是……

「請您、再次……與我分水，我將感到……無比、榮幸……！」

恩蒂米菈放在門上的手開始使勁，「嗯～嗯～」地推了起來。不曉得為什麼，她好像以為跟我一起入浴為我服務就是身為女奴隸為我貢獻的行為。哇！就連葩葩蒂和列葩蒂也跟恩蒂米菈組成橄欖球列陣，一口氣推起門來了！

即使男女之間有力氣差距，一對三還是不成勝負……結果我當場往後摔倒，讓恩蒂米菈隊達陣得分了。

　不過我在浴室可是有豐富的比賽經驗。為了不要讓水灑到蠟燭，我將蓮蓬頭固定在較低的位置，雖然是男孩但擺出小女孩蹲的姿勢，讓冷水「嘩——！」地從頭上淋下來。好冷！好冷！不過如此一來我就有很自然的理由可以閉起眼睛，而且冷冰冰的水也可以抑制爆發性的血流，可謂一舉兩得的招式。再加上從我身上濺開的冷水想必也會灑到恩蒂米菈的裸體上——如何呀？恩蒂米菈，這下妳想逃了吧？給我逃出去吧。

「主人，請問我可以使用肥皂嗎？」

　該死，她無動於衷。原來精靈不怕冷水啊。總覺得現在這個生活會讓我累積豐富的精靈小常識呢。

「管他是沐浴乳還是洗髮精都隨便妳用啦。拜託請妳趕快出去啊……」

　用敬語對自己的奴隸如此懇求的我，即使已經洗完全身還是沒意義地繼續沖著冷水。好冷好冷。我發現這招有個致命性的缺陷，就是體溫會下降！現在我的體溫搞不好只有十六度了吧？但我還是只能忍耐下去。因為在這狹小的浴室中，我可以感受到那三個人還在我背後用塑膠水盆仔細清洗自己的頭髮跟身體。

　順道一提，以前還住在男生宿舍時，我房間的浴室中有亞莉亞她們自己擅自拿來放的洗髮精，而我抱著當自己的用完時可以借來用的打算，把那些洗髮精也拿到這個家來了。然後恩蒂米菈她們似乎是從中挑選自己喜歡的氣味使用的樣子。根據我的鼻子判斷——恩蒂米菈用的是蕾姬的清爽型洗髮精，而萜萜蒂與列萜蒂用的則是理子的香甜氣味洗髮精。

接著……傳來「撲通！」的聲音……恩蒂米菈似乎進到浴缸裡去了。

「呃、喂，泡冷水澡可是會感冒喔。」

「不，這水溫對我來說是剛剛好。噢噢，主人的身體顏色漸漸從紫色轉為青色了呀。萜萜蒂，列萜蒂，妳們幫主人關掉蓮蓬頭。」

在恩蒂米菈的命令下，我自己給自己淋浴的蓮蓬頭被停水了。

「……」「……」「……」

大家一片沉默之中，把頭夾在膝蓋中間的我朝著下方微微睜開眼睛——怎麼辦……該怎麼辦啊，金次？雖然現在三十六計走為上策，但是在這場夜戰中如果沒有先掌握好敵艦與我艦的相對位置關係，就沒辦法擬定逃跑路線。不得已了，我必須讓全身像雷達一樣旋轉一圈，確認周圍狀況才行。只要一圈就好。

於是我做好覺悟，站起身子——用臉盆遮住男性身體的關鍵部位——悄悄地、悄悄地……雖然怕得要死，但還是抱著豁出去的決心……觀察三百六十度全方向的狀況……！

首先，恩蒂米菈泡在冷水浴缸中。她大概是不曉得日本這種長度較短的浴缸該怎麼泡的樣子，而把身體彎成V字型，讓屁股沉在浴缸底部的樣子。雖然如此一來修長的雙腿會露出水面，不過胸部頂端剛剛好沉在水面底下，加上光線昏暗的緣故，讓我驚險過關。

並肩站在靠門邊的萜萜蒂與列萜蒂身上沾滿沐浴乳的泡泡，原本蓬鬆的頭髮也因為沾溼而黏在臉上。雖然女體的重要部位都被泡泡遮住可謂是上天保佑，然而……另一個原因讓我的爆發血流稍微退潮了。那兩人嬌小的身體上──有好幾處舊傷痕。與刀劍或戰槌戰鬥所留下的傷疤，以及看起來應該是被鞭打留下的痕跡從肩膀一路延伸到背部。聽說她們應該還只是十四～十五歲而已，究竟是經歷過多嚴酷的人生啊？

我因為那肌膚上留下的傷痕而忍不住停下來看了一下……結果萜萜蒂與列萜蒂兩人同時「咕嚕」地用緊張的神情嚥了一下喉嚨。就在我疑惑是怎麼回事的時候……

「主人也請進來吧。分水使用乃是友好的證明。而這是最佳無比的形式了。」

泡在浴缸中的恩蒂米菈用彷彿在主張「請用我不要用她們」似的聲音，向我強制推銷精靈文化。雖然日本也有所謂「赤裸社交」是指男性之間一起到公共澡堂洗澡的行為，但如果是男女之間做那種事情可是超越友好程度的證明啊……！話說妳用那種姿勢泡在浴缸裡，是要我怎麼進去？跨在妳腹部上嗎？總覺得那樣好像是顛倒的，可是連我自己都搞不太清楚是什麼東西顛倒，反正應該是很珍奇的男女陣型吧。

說到陣型，現在我和那三個人的相對位置也非常糟糕。前有恩蒂米菈，後有萜萜蒂與列萜蒂。不但遭到前後夾攻，而且我的逃跑路徑還被那對泡沫雙胞胎擋住了。如果站在她們的立場思考，萜萜蒂與列萜蒂可能採取把我推進浴缸的戰略。我敏銳的危機管理能力瞬間想到這點，於是為了防止這樣的發展……

「妳們不要推喔，絕對不要推喔！」

我轉回頭朝菈菈蒂與列菈蒂突然如此大叫，結果被嚇得尾巴都豎起來的那對雙胞胎全身微微彈了起來，其中一方接著踩到腳邊的肥皂一滑，用前踢的姿勢把光腳丫朝我伸過來。另一方為了阻止自己的另一半跌倒，立刻撲向她抱住對方的尾巴與腰部——但畢竟自己本身也是全身溼溼滑滑的緣故，當場失去平衡了。喂喂喂！雙胞胎揪成一團朝我撞過來啦！

「呃喂……！」

嘩刷——！我們一起掉進恩蒂米菈在泡的冷水浴缸中……在雖然很深但不寬的日式浴缸裡塞成了沙丁魚罐頭。我和那三個人糾結在一起，根本搞不清楚誰的什麼部位與自己接觸的程度了。辭世遺詩，這次改用自由詩體吧。這裡，雖然水很冰，但大家的體溫好溫暖是也……

「主、主人……！噗哈……！啊嗚……！」

由於和我們糾結在一起而一時沉到水中的恩蒂米菈拚命擺動她修長的手腳，陷入驚慌狀態了。然而浴缸中的水因為溢出我們四人分的體積而減少了許多，我也已經站起身子，菈菈蒂與列菈蒂則是爬到浴缸邊緣擺出石獅子的姿勢，所以現在水深根本連五十公分都不到。可是恩蒂米菈卻讓臉沉沉浮浮地溺水了。

「妳還好吧？冷靜下來啊。雖然我聽說過人一旦陷入驚慌，就算是小水灘也可能溺死，原來這說法是真的。」

我如此說著——由於必須用臉盆遮住胯下的關係，只能用另一隻手勉強抱起恩蒂米菈的上半身，結果……

「咳！咳！真、真是抱歉，主人，讓您見醜了。我其實、呃……雖然喜歡泡水……但不會游泳……實在丟臉……」

我是希望她對其他事情──例如說現在自己全裸之類的事情感到害羞啦，不過在尼加拉瀑布時之所以只有她一個人溺水原來是因為這樣啊。哎呀，雖然當時那狀況通常應該都會溺水才對啦。

「……啊……主人……」

被我抱起上半身的恩蒂米菈──頓時變得臉紅，從沾溼的頭髮之間豎起耳朵。看來……她應該是感到興奮的樣子，於是感到害怕的我立刻放開她在浴缸中變成小鳥坐姿勢的身體。一時退潮的血流又再度流向我身體的中心、中央──這場攸關我能否從浴室脫逃生還的比賽，現在距離終點變得比剛才更遠了，讓我再度露出陷入危機的表情。

緩緩地……原本在石獅子位置的菇菇蒂與列菇蒂保持著青蛙蹲的姿勢……帶著野獸般的眼神在浴缸邊緣上移動。用毛色比玉藻深濃的尾巴巧妙保持平衡，移動到擋住出口方向的位置上。看來她們是企圖在這間浴室裡讓我跟恩蒂米菈以及她們自己發展某種關係的樣子。

由於這對蘿莉巨乳獸娘們身為守門員擋住球門的關係，讓身為前鋒的我在這場浴室脫逃賽中的得分力被大幅削弱。雖然同時有兩名守門員感覺很奇怪，而且現在變得搞不清楚到底是在比橄欖球還是足球了。不過我即使在美少女機器人＋風魔四對一的局面下也成功生還，堪稱是浴室戰鬥身經百戰的男人。沒問題，所有比賽都有所謂的黃金時段，而對我來說，那就是現在——幾近於爆發而能夠施展低等級的遠山招式，但又在完全爆發改變人格之前的短短一瞬間。我要趁現在決定局勢！

「水槍！——濠蜥蜴・守宮！」

我首先在浴缸中單腳跪下，舀起水含到口中之後，將水從口中高壓射出，熄滅、或者應該說粉碎蠟燭。接著……啪答！唰唰唰唰——！

濠蜥蜴的衍伸招式，首度大公開！將雙手雙腳貼到浴室牆上，雖然只有二十根手指腳趾的摩擦力，不過靠著超高速爬動無限增加次數，使摩擦力超越自身體重。我利用這招垂直往上爬之後，連我自己也搞不懂為什麼竟然連在天花板都能像蟑螂一樣爬動，把半開的門完全推開，脫逃到更衣室的天花板了。

隨後由於無法繼續抵抗重力的緣故，我當場摔了下去。嗚！怎麼回事！某種如夢境般散發出香氣的軟綿綿物質把掉下來的我包覆了起來，可是現場一片黑暗，讓我一時搞不清楚是什麼玩意！啊！這、這是剛才恩蒂米菈、萜萜蒂和列萜蒂脫下來的衣服！我伸手把那玩意從頭上拿掉的時候，透過指尖的觸感知道了，恩蒂米菈的內衣是精緻的手工蕾絲質料，顏色大概是黃綠色。居然靠觸覺就連顏色都能知道，還真厲害啊我。不過這玩意，沒有標示洗衣符號的標籤。明明在世界貿易組織的國際整合之下，衣物都必須要有那個標籤才行的說。就像這樣，從我一瞬間即能詳細掌握這玩意的細節便能知道——我這次的輕微爆發是相當接近於完全爆發的準爆發狀態。真是太驚險啦。

——糟了！我忘記還要準備那些傢伙的睡衣啊！

正當我一手拿著蠟燭從衣櫃中拿出自己的睡衣時想到了這個問題，不禁在只穿著一條內褲的狀態下臉色發青了。現在還能聽到恩蒂米菈她們淋浴的聲音，但應該不消多久她們便會出來了。雖然也是可以讓她們穿水手服睡覺，可是萬一她們的睡相很差，我又比她們早起的話，我就會目擊到她們凌亂的裙襬周邊，從早晨爆發演變成一場大災難了。然而她們三個人原本穿的衣服又因為我剛才全身溼淋淋地摔在上面而被沾溼，所以我有必要為她們準備其他衣服才行。

就在這時我忽然想到一件事，立刻撲向從男生宿舍搬來時裝了亞莉亞她們個人物品的箱子。就像遇到緊急狀況時陷入驚慌模式的哆啦A夢一樣「不是這個、也不是這個」地從呈現四次元口袋狀態的箱子中翻出桃饅罐頭（？）啦、符咒啦、任天堂DSi啦、卡洛里美得等等雜七雜八的東西——

最後在箱子的底部，我摸到像是布料的東西了！是衣服！我挖到衣服了！正當我這麼想時……發現那是去年在台場金字塔擔任警衛的時候亞莉亞跟白雪穿的兔女郎服裝。而且另外還有一套全新的兔女郎裝，大概是蕾姬的份。那傢伙當時是變裝成莊家，但原來那是違反營運公司委託內容的行為啊。

話說，讓女奴隸們穿兔女郎的裝扮在自己家睡覺，也未免興趣太特殊了吧。不過至少這打扮不是穿裙子。水手服跟兔女郎，究竟哪一邊比較不會爆發？這簡直是最終極的選擇啊……！

「主人，請問您在哪裡？」

——恩蒂米菈小姐從浴室出來了！恐怕有全裸的可能！於是我把兔女郎裝一丟，趕緊跳到床上裝睡。畢竟奴隸應該不會把正在睡覺的主人叫醒才對。雖然我以前有過七次把亞莉亞叫醒結果被她開槍的經驗就是了。

「萜萜蒂，列萜蒂，把……把這個穿上。這裡有三套看起來似乎是為了嬉戲用的女性夜裝……也就是說，這應該是主人命令我們穿上的意思。從剛才洗澡時的樣子看起來，主人大概是不穿衣服就不起勁。不管那是再怎麼教人害羞的服裝……我會一起穿，所以妳們也要忍耐穿上才行。時辰已到，妳們要做好覺悟。」

不對不對不對！這並不是那麼拐彎抹角的命令好嗎！還有什麼時辰到了啦！雖然我有很多話想吐槽，但現在正在裝睡，不能發出聲音……！

「萜萜蒂，列萜蒂——主人只是在裝睡，並不是真的睡著了。我想這或許是一種夜事的規矩。首先由我來，然後妳們跟著陪睡到主人旁邊……接下來的行為就交給主人了。不管過程有多痛苦，妳們都要記得保持惹人喜愛的表情喔。」

我裝睡被發現啦！而且從剛才這段話聽起來，她們打算要進到我的被子裡。我看我還是逃吧，從窗戶逃到東京灣去——可是如果我現在起身，那奇幻世界三人組搞不好還是全裸狀態。因此我把注意力集中在她們「沙沙、嘶、啪」等等穿上兔女郎服裝以及扣上袖釦的聲響。好，她們差不多快穿好衣服了。雖然沒有船不過距離出港前……還剩三秒、二、一——

「就是現在！出航！——嗚呀啊啊啊啊啊！」

我彈起身子準備衝向窗前，卻在一片昏暗中「啪嘰！」一聲扭到腳啦啊啊啊！

「主、主人，請問您沒事吧……！」

「噫……！」

在朝兩旁豎起的精靈耳朵上方又有一對朝上方豎起的兔耳朵的恩蒂米菈——把下半身是高叉、上半身是半罩的兔女郎服裝完美無缺地穿在身上看著我。由於體型嬌小再加上有尾巴的緣故，要說是兔女郎有點勉強的感覺同樣很可愛的萜萜蒂跟列萜蒂也是！

三個人營造出高䠷美人與小不點任君挑選的景象——緊身胸衣般的服裝更加強調出女性身體的妖豔曲線。由於肩膀與背部都完全裸露的設計，可以知道她們沒辦法穿內衣。那樣大膽外露的肌膚與黑色光澤布料形成誘人的對比色。這個女奴隸後宮感……簡直是地獄……！

「主、主人，您的腳尖朝向後面了，然後腳跟朝著前方……」

「那種事不重要！話說那衣服、呃、妳們還是別穿了！那本來應該是那個、在酒吧、或是酒館、給女性店員穿的衣服……！」

「那麼請讓我為您倒酒吧。我是主人的奴隸，早已做好晚上什麼事情都願意做的覺悟了……」

「覺悟還真徹底啊喂！還有我在香港就因為喝酒犯下大錯，所以絕不喝酒啦！」

對於我明明讓她們穿上酒館的衣服自己卻不喝酒的支離破碎發言，恩蒂米菈感覺很聰明的雙眼露出「？」的眼神……接著大概是有點陷到肉裡的關係，她拉了一下衣服屁股部分，「啪！」一聲把像是芭蕾舞緊身衣的布料拉回原位。由於這個動作稍微扭轉的蠻腰上，布料光澤映出豔麗的褶皺。

不但讓身材曲線展露無遺，裸露面積又大的衣服或許有點移位讓恩蒂米菈感到在意——結果她接著又捏住胸前只有遮到危險邊緣的布料左右兩邊頂端，往上一拉。可是她質量傲人的雙胸依然還是把布料又往下撐開……於是她只好放棄，有如用兔耳朵對我鞠躬似地把頭低下去。她自己的耳朵則是整個泛紅到末梢。

「……我明白主人是要我穿著這套服裝。只要稍微下點工夫，我想應該可以辦到。但還是為了不要傷害到彼此的身體——我在途中可能會把衣服脫掉。這點還請見諒。」

脫掉！為什麼要脫掉！就在我頓時慌張起來的時候……

恩蒂米菈跪坐下來，把指尖放到地板上。這是她在加拿大的大使館向我表示順從時也做過的動作。這個姿勢讓我從上方只能看到她那對又白又圓的胸部的上半球，而且因為那部分沒有布料遮掩，讓我的眼睛有種恩蒂米菈忽然變得上半身赤裸的錯覺。再加上萜萜蒂與列萜蒂也跟她穿著同樣的服裝做出同樣的動作，搞得我陷入心悸又難以呼吸的狀態。給我救心藥啊。

「那麼……主人，恕我失禮了……」

大概是省略掉絲襪而雙腿光溜溜的恩蒂米菈半跪起身子——爬上我因為扭到腳而終究沒能脫逃出去的床上，朝我接近過來。菈菈蒂與列菈蒂則是有如在等待打預防針的小女孩一樣畏畏縮縮地排在她後面。

「……等等！等一下等一下，恩蒂米菈，Ｓｔａｙ！」

我把逼近眼前的妖豔身體推了回去，結果——

「……請您不用對我們客氣。我們的身體從髮梢到腳尖全部都是屬於主人的**東西**。在主人帶我們來到有臥房的屋頂下時，我便明白是什麼意思而做好覺悟了。」

「是、是什麼意思啦……？」

「我本來也有所覺悟，蒂氏族精靈的純正血統會斷送在我這一代。不過既然可以獲授人類勇者的小孩，我也心甘情願了。菈菈蒂與列菈蒂也請您多多關愛，畢竟她們終於成長到性成熟的年紀，也巧逢發情期的樣子。」

她她她她她倒底在講什麼好恐怖好恐怖。什麼小孩，什麼性成熟，什麼發情期，她那感覺比胸部還要柔軟的雙唇，難道是什麼恐怖詞彙的機關槍嗎？

「……我想主人該不會是……覺得由於今晚的事情，可能會讓您今後遇上麻煩的事情吧？請您放心。避免對主人懷抱沉重的戀愛感情這種不敬的行為，也是身為奴隸的規矩。說到底，我並不是那種會跟人談戀愛的個性，只是無論何時何地都願意回應主人的所求而已。我不會對主人糾纏不清，或是自己主動要求的。」

「但我覺得……您現在就是自己在主動要求喔……？」

忍不住連自己講話都變成敬語的我，始終拒絕著兔女郎精靈過於刺激的服務。

然而——當我發現時，萜萜蒂與列萜蒂已經用劍客般靈巧的動作朝左右兩側展開，把我漸漸逼到牆邊了。就算我想靠濠蜥蜴逃跑，那招如果沒有沾溼手指摩擦力就不夠啊……！

「請問主人該不會是……因為我們的外觀姿態而感到不起勁呢？人類相信人類自己才是神的形象，而認為精靈或狼人不是那樣的存在而加以鄙視……不過雙方身體構造上的差異其實微小到驚人的地步。因此請您將我們當成人類的女性盡情利用，讓我們能有所貢獻吧。敬請透過肌膚接觸，明白我們是放在身邊能夠為您帶來好處的奴隸……」

「對、對我來說，呃、那種事情根本不是稱得上什麼好處的價值啦！反而是一種損害啊！我——因為體質之類的原因，不能接受女性啦！」

事情發展到這個地步，我才把這丟臉的事情自白出來。結果恩蒂米莁頓時臉色發青……

「……您、喜歡、男性、嗎……？」

把我的發言誤會成另一種自白了……！

「那也不對啦！呃——說到底！就算妳們是我的奴隸好了，我如果濫用那樣的立場對妳們做那種事情，也未免太差勁了吧！太不合倫理了吧！」

「看來主人還太年輕，不明白所謂的奴隸究竟是什麼……既然這樣……雖然冒昧——不過就請讓我教導您女奴隸的利用方法吧。雖然我們因為沒有被男性收為奴隸的經驗，所以可能有些笨拙，不過我有透過書籍獲得的知識。菈菈蒂、列菈蒂，妳們壓住主人的手腳。」

居然給我來硬的了！恩蒂米菈把手放到我的四角內褲上啦！

「——不、不要啊～！」

被菈菈蒂與列菈蒂左右纏住的我，只能把背部緊貼在牆上不斷發抖。

話說，這應該是通常男女顛倒的反人道情境吧！

就在這時……喀答喀答喀答……喀答喀答……！

屋內開始微幅搖盪起來。我一瞬間還以為是顫抖著身子的自己在無意間學會了陸奧，但並不是那樣。

——是地震。震度四級左右。最近還真多呢。

就在我看著掛在牆上的月曆微微搖盪的時候……

「嗚！這……明明不是那個盯上尼莫大人的男人在發招……大地卻、震盪起來了……！」

恩蒂米菈有如面臨世界末日般臉色蒼白地看向四周後，「啪踏！」一聲在我的雙腳之間縮成烏龜的姿勢，用手保護自己的頭部。大概是感到恐怖的關係，連她的耳朵都往下貼了。菇菇蒂與列菇蒂也不只是放開我的身體，甚至彈到床下四處逃竄起來。即使五秒鐘左右的地震結束後，她們也依然繼續跑來跑去。

看來這傢伙們……是從沒有地震的國家來的。聽說來日本觀光的外國人光是遇到震度三級的地震就會陷入恐慌的樣子。

這下暫時可以避免讓恩蒂米菈她們的肚子同時大起來的大事業啦……正當我內心如此鬆了一口氣的時候，由於菇菇蒂與列菇蒂深夜中跑來跑去的腳步聲，讓樓上、樓下、斜上下方的房間有如環繞音效般紛紛傳來「尼以為現宰是幾點啊——！」「又素你啊——！」「小心偶殺了尼！」等等從世界各國來到日本打拚的居民們生硬的日文怒罵聲。

於是我趕緊抓住菇菇蒂與列菇蒂的尾巴，讓她們不要再亂跑之後……

「對、對不起！スミマセン！माफ़ कीजिए! Mil disculpas!」

把手掌圍成擴音器，朝因為牆壁很薄而容易發生噪音問題的這棟公寓各方向拚命道歉了。

啊～受不了！我不管是收奴隸還是自己成為奴隸，女人對我來說都是瘟神啊……！

膽顫心驚的兔子們以及對那些兔子們膽顫心驚的我……最後各自蓋著毛毯或被單睡著了。到了早上醒來時，我因為菇菇蒂與列菇蒂不知何時從左右兩側緊緊貼著我的身體而差點心跳停止——不過從窗戶透進來的光線中可以看到她們身上的兔女郎裝不凌亂，可見我並沒有犯下什麼過錯。應該沒有犯下過錯吧。

在陽臺可以看到預先設定時間洗好的每個人的衣物都已經晾了起來——大概是習慣早起的恩蒂米菈身上穿著原本收在衣櫃中不知該說是克羅梅德爾還是朝日向胡桃的防彈水手服，表情莫名悲傷地盯著裝在杯子裡的水。

「早安。謝謝妳幫忙晾衣服啦……妳那樣盯著水看，是怎麼了嗎？」

由於沒有電也不能用烤麵包機，於是我把素食用的麵包從袋子裡拿出來直接吃著，並戰戰兢兢地對她如此搭話。這麵包雖然有點乾，不過意外好吃嘛。

「……主人，早安。我這是……在看自己的臉，思考這張醜陋的臉究竟該怎麼化妝，才能讓主人在臥床上使用我……」

「妳的顏值已經夠高了，不要再化妝讓它變得更高啦。話說……從妳昨天講過的話聽起來，妳也並不是對我感到喜歡之類的吧？可是卻，呃……被利用在那種事情上，或者說被我做那種事情……妳也不願意吧。雖然我對那方面的事情不是很了解，所以只是靠想像在講的就是了。」

由於這是我不擅長的話題，因此我的講法變得有點模糊不清，不過聰明的恩蒂米菈還是理解我的意思——沮喪地連同耳朵一起垂下頭。

「那個、其實……我也不是很了解。因為我……幾乎沒有、跟男性講過話……」

「呃。妳明明年紀比我大的說……為什麼啦？難道妳以前是住在什麼精靈族的女子修道院嗎？」

「我們的種族在出生時所有人都是女的。只有當中特別聰明的人後來會變性，與其他人留下許多小孩之後夭折。而我住在森林的時候，還沒有那樣的人……」

太驚人了，原來恩蒂米菈她們是雌性先熟的種族啊。這個機制就跟人類有很大的差異了。嗯？不過……總覺得、我好像在哪裡聽過……啊，對了，就跟閻告訴過我的緋鬼幾乎一樣——這下又讓我發現精靈和緋鬼之間有奇妙的共通點了。為什麼？

「主人。」

被一個超級美女眼眶含淚地轉回頭——讓我忍不住「啊、是。」地立正站好。

「這樣下去的話，我們簡直就像是食客一樣了。既無法工作，又無法當成女人，身為奴隸卻什麼用處都沒有……主人，請您使喚我們吧，這是身為勝利者的義務呀。」

……哪有什麼像不像，妳們根本就是食客啊。而且就算妳跟我說那是義務，我也沒有其他辦法……

不過恩蒂米菈的主張有一部分我也能夠理解。畢竟在我沒工作的時候……其實現在也是一樣啦……我就體驗過那種內心強烈不安的感覺。貧困的生活以及隨之而來的生存危機分秒逼近似的恐懼——即使是不使用金錢的恩蒂米菈她們，大概也會感受到同樣的心境吧。而讓她們有這種感受的原因，就是我雖然當時是狀況使然但接收了她們三個人卻完全沒有想到要讓她們做什麼的計畫。話雖如此，我又不能像把狗放生一樣把她們野放到山中，到底該怎麼辦才好？這道難題，不是爆發模式的腦袋可想不出什麼解決方案啊。

「嗯～……就算要我想辦法……說到底，妳們到底會做些什麼？啊、除了像昨晚那種事情以外喔。」

「我腦袋很聰明，在精靈森林的時候也擔任過學者的職位。我能夠巨觀性地觀察並理解事態現象，對大王、酋長、將領或提督之類的人物提供意見。」

雖然會自己說自己腦袋聰明的傢伙大半其實腦袋都很笨，不過恩蒂米菈感覺是真的很聰明。雖然她沒有什會常識，但那是兩碼子事情。而且她在N的時候似乎也是跟同樣腦袋很好的尼莫組在一起。

「至於菇菇蒂和列菇蒂則是武人，只要將她們帶到戰場上，她們肯定能夠為您立下功動。我雖然也有一定程度的實力，但那僅限於我持有擅用武器的時候。在這裡是槍械武器比較發達，我想那武器應該不存在吧。」

「妳說的『擅用武器』到底是什麼啦？」

「對不起，在我的部族中，稱呼那個名字是一種禁忌……總之，主人，請問近期內會有什麼戰事嗎？如果有，就在那時候——」

「妳說的『戰事』是指戰爭嗎？不……我想暫時、或者說今後永遠應該都不會有吧……」

「沒、沒有、戰事……？」

「畢竟現代的戰爭太花錢了。而且現在全世界都透過經濟互相聯結對吧？要是因為戰爭讓哪個國家毀滅了，就會減少一個靠貿易或投資賺錢的地方，反而會吃虧啦。」

雖然這有一部分是我跟梅露愛特學來的，不過聽到我這麼說後——恩蒂米菈立刻理解意思，並露出這下真的確定自己失業而大受打擊的表情。

接著，她雙腳跪到我面前……對我苦苦哀求起來：

「——主人，拜託您。我們絕對會很快為您立下什麼功勞的。所以……請您不要丟棄我們……！」

恩蒂米菈她們——不只是沒有工作而已，肯定也沒有自己的容身之處吧。

她們三人就像是故鄉遭到燒毀而被N收容的難民一樣。而現在就連那個收容處都喪失，讓她們無處可去了。話雖如此，基於倫理上又不能讓她們回到N去。

看來……站在人道立場，我必須保護她們才行啦。

我透過手機的網路銀行將未繳的電費轉帳繳款後，打電話給東京電力公司。而對方說最晚在三個小時之內會恢復供電的樣子。這倒是沒什麼問題，但現在更重要的是……

我破產啦。

無論我的錢包裡，或是銀行戶頭，都沒有錢。一點都不剩。

（……今後四個人到底該怎麼活下去啊……）

用有如埴輪（註3）般的表情呆坐在椅子上，全身癱到椅背上仰望天花板的我……發動當我遇上不幸時的習慣，也就是尋找好事，結果馬上就想到了。電力很快就會恢復啦，真是太好了，太好了。

——喀嚓……喀嚓喀嚓……喀嚓喀嚓喀嚓！咚咚、咚咚咚、砰砰砰！

就在這時——傳來不知是誰按了我家門鈴但因為沒有電的關係不會響，於是轉為敲門的聲音。因此我立刻把頭轉過去。恩蒂米菈以及雖然換上了水手服但因為尾巴的關係讓迷你裙背後被掀起來刺激我眼睛的萜萜蒂與列萜蒂也一樣，四個人一起把頭轉向門口。

「遠山先生～」

……嗚……！

這、這個、溫和又緩慢的成人女性聲音是……！

「——妳們三個人都別發出聲音，隱藏氣息！把窗簾拉上，盡可能躲在昏暗的地方！該死，那傢伙居然發現我回來了……！」

由於看到我臉色變得比之前跟老爸交手時還要蒼白地躲到書桌底下，於是恩蒂米菈她們也——「沙沙！」地躲到客廳矮桌或是紙箱後面，用伏臥姿勢隱藏身子。

註3「埴輪」是日本古代的陪葬品，用黏土燒製成各種人物、動物或器具的形狀。這裡指的是當中最有名的形象，即雙眼與嘴巴為圓形空洞的人形埴輪。

「——請問是敵人嗎？」

小聲如此問我的恩蒂米菈從槍套中拔出手槍，萜萜蒂與列萜蒂也無聲無息地同時拔刀。然而我則是用氣音回答：

「是大魔王。不，比大魔王更恐怖。」

「……請問是什麼人？」

「是房東。我遲繳房租了。」

大矢弘美。大矢（Oya）跟房東（oya）發音一樣讓人容易混淆，不過此人就是這棟低民度公寓的所有權人。二十六歲，單身，容貌美得教人火大。而且擁有一對甚至超越恩蒂米菈、簡直應該要課徵固定資產稅的巨乳。而且不只是那對目測G罩杯的雙峰，還擁有C級的武偵執照，是個危險的女人。

「又是錢嗎？請問您遲繳多少呀？」

「我當初只有繳付斡旋金，所以還有保證金、禮金加上三個月份的房租，總共半年份。」

「這樣主人幾乎就是非法住戶了嘛，跟我們一樣。」

「我有想要繳啊！可是我沒錢……」

正當我們如此講悄悄話的時候——

「遠山先生～我知道你在裡面喔～」

從玄關又傳來大矢小姐的聲音。即便如此，我們依然繼續假裝不在家……結果過了一段時間……

敲門的聲音停息了。房東的聲音也是。她回去了嗎……？

「不好意思～我是警察。我們收到通報說這個房間被裝了炸彈，所以從灣岸警局趕過來了。請您開門～」

門外忽然傳來這樣的聲音……

「主人，她說這裡裝了炸彈呢。」

「那完全是大矢的聲音啦。她是想騙我們開門，別理她。」

我對恩蒂米菈這樣小聲說道後，接著又……

「那個～……我是住在隔壁房間欲求不滿的寡婦～今天午餐不小心做太多了～好希望有年輕的男孩子來我家幫忙多吃一點呢～」

「有個人類女性好像遇到什麼問題了喔？」

「雖然那感覺是男生會喜歡的設定，但對我無效！而且隔壁房間是空房啦！繼續假裝不在家……！」

「我是稅務局～來退還全額的消費稅了～」

「主人，她好像說會給我們錢呢。」

「已經繳給政府的消費稅永遠都不可能再退回來啦！」

「好啦～我要使用備份鑰匙囉～哼哼哼～哼哼哼～」

喀嚓。房東終於決定行使強制執行權了。隨著家門敞開而吹進來的風，可以聽到那傢伙不知道為什麼經常在哼的「無仁義之戰的主題曲」。

相對地，由於我們很巧妙地躲在昏暗房間中的陰暗處，如果運氣好一點應該不會被發現才對……正當我這麼想的時候，「啪！」的一聲電力恢復點亮了日光燈，讓大家的身影都曝光了。東京電力啊，你們也太有效率了吧！

發現我們四個人的大矢弘美……雖然本來就是個無時無刻面帶笑容的人物，不過這時更像個幼稚園老師找到捉迷藏的小朋友們一樣露出溫柔的微笑。蓬鬆的頭髮用大大的緞帶綁成一束，上半身是讓那對特大雙峰的形狀展露無遺的毛線衣，下半身則是把修長的雙腿都遮蓋起來的長裙——手中還抱著一把AK47自動步槍。因為她是個武偵房東。而那個槍口接著指向我……讓我只能從書桌底下爬出來，乖乖跪坐在大矢小姐面前了。於是恩蒂米菈她們也分別跪坐到我的旁邊與後面。

「嗨～你好呀～今天天氣不錯呢～」

用步槍的前端「唰！」一聲拉開窗簾的大矢小姐，即使看到這些精靈跟獸娘們也依然我行我素。

「遠山先生～您今天還是老樣子一臉黯淡呢～唉呦～您太太跟小孩也在一起呀～？」

「我們看起來像家族嗎……？父母女兒的人種都完全不一樣吧……話說我們明明昨天才剛回來，真虧您會發現啊。呃～可以請您告訴我是怎麼發現的嗎……為了今後不再讓您發現。」

「因為我在晒日光浴的時候發現遠山先生偷偷摸摸地出去倒垃圾呀～」

該死……如果房東是個武偵，就連去倒個垃圾都不能安心嗎……

「呃～話說，大矢小姐……請問您今天是有何貴幹……？」

我帶著苦笑如此詢問後，大矢小姐保持著微笑「砰！」地踹了一下椅子……

「這世界上或許沒有所謂的神明呢～因為我明明向神明祈求了好幾次，希望遠山先生會繳房租，可是遠山先生卻一直都不繳呀……」

把頭稍微歪向一旁，可愛地露出傷腦筋表情的大矢小姐——今天來的目的過然是為了房租啊。

「呃～我是有想要付您房租啦，可是現在我有點缺錢。您聽，就算我這樣跳也聽不到零錢的聲響對吧？」

我說著，施展出向白雪偷學來的奇技——保持跪坐的姿勢跳了兩三下。可是……

「嘿呀～」

砰磅！大矢小姐用AK47的槍托把我的客廳矮桌翻倒了。

「啊啊啊！大矢小姐，請您不要動粗啊！」

「請問您在說什麼～？」

一臉疑惑的大矢小姐畢竟是個武偵房東，一點都不認為這種程度的事情算得上粗暴。

順道一提，就是在這種時候我希望可以對我有所貢獻的恩蒂米菈和菈菈蒂與列菈蒂卻都直覺感受出對手的強度，結果保持著跪坐的姿勢「沙沙沙」地往後退下了。現在主人正陷入危機，妳們應該不惜犧牲也要把大矢趕走吧！

「明明不繳房租卻住在房子裡，真是驚奇怪奇好稀奇呢～」

「呃不，我並不是不想繳，是我真的沒錢……甚至直到剛才都被停電了啊……不過，讓我想想，我下個月一定會……」

「——我的忍耐已經到極限了～我現在馬上就要收到錢～小心我告你呦～？」

大矢小姐這次又用ＡＫ的準星勾住書桌抽屜一抽，「唰啦！」地把裡面的原子筆啦護照啦印章等等東西都撒到地板上。再這樣下去我的家具財產都會被她全數破壞啦。而且要是她真的告我，可是武偵三倍刑，很不妙啊。該怎麼辦？

「嘿～我插～～」

「請、請不要把槍口塞到人的嘴巴啊啊啊啊！付不出來的錢就是付不出來嘛！」

「嘿！嘿！嘿！嘿！請問這裡是空屋嗎～？腦袋先生的入住率好像很差喔～」

大矢小姐「咚！咚！咚！」地用鋼鐵槍口戳我的頭，而且手指還放在扳機上。

「嗚呵呵，遠山先生也真是的～就算您現在沒有錢，還是有方法可以馬上付錢不是嗎～？」

「呃、有那種方法嗎……？」

我忍不住瞪大眼睛，而大矢小姐則是始終保持著笑容——

「那麼就讓我好心告訴沒腦袋又沒錢的遠山先生吧～就是消費者貸款呀～」

「消……消費者貸款……！」

——消費者貸款，那是不需要抵押品就能對個人戶進行少額借貸的業者。在我國像是PROMISE、ACOM、AIFUL等等公司較為出名。然而……

「可、可是，應該沒什麼借貸業者會想借錢給我吧……」

進行借貸的時候通常應該要把「當我還不了錢的時候可以把這拿去賣掉」的東西當成抵押品交給借貸業者，但是我並沒有足以當成抵押品的財產。像這種時候也可以選擇請對方酌量我的收入，基於「將來應該有辦法還錢到這種程度」的信用之上進行借貸。這就是所謂消費者貸款的機制。

在這過程中會有審核的步驟，確認借款人能賺多少錢來決定借貸的金額。但……我沒有工作，是個只會不斷消耗子彈錢與餐食費卻毫無收入的男人，有如破了洞的水桶。像之前借錢給我的貝瑞塔就沒能把錢回收回去。

「沒關係的～我認識一家腦袋超～笨，即使對遠山先生這種人也願意借錢的地下錢莊喔。就去那邊借錢吧～」

「妳現在說是『地下錢莊』對吧？不是消費者貸款啊……」

地下錢莊——也就是高利貸，以高額利息借錢給沒辦法通過消費者貸款審核的人，而且會採取殺人性的討債行為，沒有正規登記營業的借貸業者。一如字面上的表現，可說是地下社會黑暗面的代表象徵。

「那除了跟地下錢莊借錢之外你還有其他方法馬上付錢給我嗎？有的話就請你三秒

之內說出來三二一好沒有對不對？那我們就走吧～」

大矢小姐一把抓住我的手腕，把我從地上拉起來——

「呃不、那個、我家有條家訓是、『絕對不要跟人借錢』啊……！」

由於我實在不想去地下錢莊，而忍不住往後退下。這時候恩蒂米菈她們才總算幫我的忙，從背後拉著我的衣服了。

「既然這樣～我還有另一個方法喔～」

大矢小姐依然抓著我的手腕不放，並用她看起來溫柔的下垂眼對我拋了個媚眼。

「還有其他方法嗎？那就請您讓我用那個方法吧，嗯。」

「我呀，認識一個密醫……一個醫生啦～只要撇開因為酗酒的關係手會發抖這點不講，是個非～常有實力的外科醫生呦。」

「我覺得那種事情不可以撇開不講吧……話說，為什麼要在這邊提到醫生的事情？」

「畢竟人的腎臟跟肺臟都有兩個——」

「啊啊啊啊請讓我去借錢請讓我去地下錢莊吧！」

「好～就這麼決定～那麼就來逮捕移送不繳房租的男嫌犯囉～來，身分證件～來，印章～」

大矢小姐從剛才她翻倒抽屜撒出來的東西中眼尖地找到我的護照以及當成登記用印章的百元印章，於是用槍口指示我去把那些東西撿起來。

嗚嗚，雖然我以前在武偵高中也因為任務去向一個借錢不還只會上男公關酒店的壞女人討債過……但原來被人討債的心情是這樣啊。真是因果報應。

被槍口抵住背部的我，將分別拿著護照與印章的左右手舉起來，保持「請不要開槍」的姿勢走出家門後——

「主、主人、主人，請不要丟下我們！」

恩蒂米菈與萜萜蒂、列萜蒂搖盪著水手服底下的六顆肉球，追到我後面來了。真是不幸的一天啊！

大矢小姐用繩索綁住我的脖子跟她自己的腳踏車後……

「Let's GO♪　GO GO♪　噢～！錢呀錢～♪」

唱著糟糕透頂的自創歌曲，單手騎起腳踏車，另一隻手則是上下搖著高舉的ＡＫ47。被拉著脖子的我只好乖乖追在後面，左右手各拿著護照跟印章。恩蒂米菈、萜萜蒂和列萜蒂則是像在慢跑一樣追在我的後面。還真是個末日怪旅團的畫面啊。

就這樣，大矢小姐完全不以為意地騎著腳踏車通過即便是機車也應該禁止通行的東京港隧道，最後帶我來到的是……品川。以前我和當時還叫ＧⅣ的金女以及ＧⅢ見到面的那座地下城的附近，在整個品川之中也屬於治安很差的地區。在那裡有一塊由於泡沫經濟的崩壞而別說是再開發工程中斷了，甚至只有預定計畫而已就被丟置不管的古老住商大樓區——可說是被捨棄的一條街。

龜裂的柏油路，折斷生鏽的車道護欄，磨損看不清楚的道路標示，骯髒的積水灘。成為烏鴉天堂的垃圾丟置處甚至可以看到溝鼠亂竄。

笑咪咪地騎著腳踏車穿過那片景象的大矢小姐……在一棟外牆被排放廢氣與酸雨染成混濁灰色的五層樓建築——這應該是昭和時代中期建造的吧？——的前面「嘰嘰！」一地發出尖銳的剎車聲。於是我們也緊急停下腳步，戰戰兢兢地抬頭望向大樓，在一塊用膠帶修補的招牌看板上……找到了，一個像借款公司的店名，叫「晶亮亮借貸」。哪裡晶亮亮了啦？

「小～吉～良～！借～我～們～錢～吧～！」

大矢小姐用像是昭和時代的小孩子叫朋友「來～玩～吧～」似的方式如此叫喚後……二樓窗戶便「喀啦」一聲打開……

「哦～是大矢姊呀～上來吧。」

一個把妹妹頭髮型的頭髮染成一片黃色、戴著一頂海灣之星球隊的棒球帽以及耳環的大姊探出頭來回應。而且她手上還捧著應該是叫外送的炒飯盤子，嘴巴裡嚼啊嚼的。

話說大矢小姐跟這間借貸根本完全是一夥的熟人嘛。原來如此，她就是靠這招在經營那間感覺能夠定期繳房租的住戶還比較少的低民度公寓啊。怪不得在簽租賃契約的時候審查那麼鬆。

「……請問妳跟這間晶亮亮借貸是什麼關係？」

我確認二樓窗戶關上後如此詢問大矢小姐，結果……

「小吉良是以前我當武偵時組隊合作過的一個武偵高中畢業生。她雖然曾經在一家三流銀行工作過，但後來把對她性騷擾的上司打到半死後立刻辭職了。然後～就開了間借貸公司。哎呀，以武偵的職業生涯來說並不算奇怪，可說是一種落魄武偵的悲慘下場吧～」

竟然把一個剛剛自己才笑咪咪地打過招呼的朋友形容成這種地步。這個人根本精神有病吧。

不過確實，借貸業由於會有向人討債的必要，所以是經常有武偵會轉換的職業。也就是說，那個棒球帽女身上也有攜帶武裝的意思了。真是麻煩。

「順便問一下，那位吉良小姐的武偵等級是……？」

「C級。明明胸部是A的說，噗噗噗～！」

「既然是C級應該可以從事更正經的工作吧……為什麼跑來做地下錢莊了……」

「大概是又矮又貧乳吸引不到男人的女人最後除了錢以外沒有東西可以依靠了吧？」

「……妳的毒嘴簡直就像無差別恐怖攻擊啊，大矢小姐……」

「好啦好啦，你快點去借錢吧，給我的錢。在那邊的太太跟雙胞胎小孩也請一起進去吧。」

「太、太太……不，我對於主人並不是那樣不知天高地厚的立場……」

「這傢伙們跟這件事沒有關係，請妳不要用步槍指她們啦。我自己一個人去就好。」

「咦～可是～拿來當抵押品的內臟是越多越好吧～？」

「呃不，這三個人連內臟長得是什麼樣子都不知道啊……」

「你欠繳的金額是三十六萬元喔～所以請你要想辦法努力騙騙小吉良，從她那裡借出這些錢呦～好啦～路上小心～」

大矢小姐用像是媽媽送小孩出門上學似的講話方式送我們離開了。而且AK47的槍口還依然對準著我。啊啊，可惡……

「——真沒轍……我們上吧。突擊！」

於是我不得已之下帶著恩蒂米菈她們——從這個時代光是有霓虹燈看板閃呀閃的就讓人有種恐怖感覺的出入口進入了這棟住商大樓。

由於沒有電梯，我們從日光燈閃爍的樓梯爬上樓……這樓梯又暗又髒，左右兩邊都堆滿垃圾袋和啤酒瓶的箱子，以消防法來說完全是NG了。你看，就連恩蒂米菈她們都露出像是進入什麼迷宮一樣的表情，把手放到武器上啦。

不過其實我也是來到晶閃借貸那扇用水電行的廣告吸鐵把霰彈槍彈痕隨便遮掩起來的門前就忍不住雙腳發抖起來。明明以前攻堅潛水艇或黑道大本營時都沒這麼發抖地說。

「主人，雖然我不太明白狀況，但請問我們現在是要闖進去當強盜嗎？」

「畢竟我是來借錢，就行為上來講或許很類似……但不是那樣，所以妳們把武器收起來。這裡是會借錢給人的店。」

「哦哦，那真是太好了。原來有這麼好心的人呢。」

「才不是好心借錢，是要算利息的啦！」

「利息……？」

「妳的知識還真的很偏耶。所謂的利息是隨著時間經過，必須繳還比原本借的金額還要多錢的一種機制啦。」

聽我如此說明後，恩蒂米菈動了動耳朵……很快就理解了。

「哦哦，透過那樣的機制，借款人即使沒有本錢也可以開店。然後將獲利與債主分攤，就兩邊都能賺到錢了。怪不得人類會一間接一間地開發產業呀。」

「雖然我這次是為了付房租，所以不是那種積極正面的借錢行為就是了……不過這樣總比被大矢合夥的密醫拔掉內臟，結果害別人移植了我營養不足加上精神壓力而搞壞的內臟要來得好多了。這次無論如何都要借到至少三十六萬，最好可以再更多。畢竟還要考慮到從今天起的生活費，以及去找工作時必須花費的交通費啊。」

「請您加油，主人。我會支持您的。」

恩蒂米菈不愧是奴隸，無論主人做的是多麼社會底層的行動，都會用她的美聲為我加油。發不出聲音的萜萜蒂與列萜蒂則是露出幹勁十足的表情為我打氣。多虧如此，姑且讓我的腳不再發抖了。上吧，為了守護自己無可替代的內臟。

因為沒有門鈴的關係，我「叩叩叩」地敲門之後……喀嚓。

「呃～……您好……我叫遠山金次……」

打開防彈樣式的厚重門板，便可以聞到室內充滿炒飯、啤酒、香水與空調混雜的氣味。在擺有一尊金閃閃招財貓的櫃檯另一側，是把穿著慢跑鞋的腳大剌剌地翹在桌子上，確實個子很矮又貧乳的棒球帽女——吉良坐在椅子上。她舔了一下指頭後，「唰、唰」地數著鈔票。那就是這次的目標寶物了。

「來，把身分證件給我看～」

吉良連一聲招呼也不打就如此說道，於是我畏畏縮縮把護照遞給她之後……

「你的職業跟年收呢？」

她用影印機拷貝我護照的同時，很快便問起這點來。

「我姑且算是個人武偵……收入嘛，時有時無……不過我絕對會還錢的，所以請您借錢給我吧。要不然我現在連給這些奴……這些家族們吃的東西都沒有啊。」

「好呀～我借你。畢竟那三個女人都很漂亮，客人你的臉色也不算差。」

把原子筆夾在耳朵上，從抽屜中拿出契約書的吉良——讓椅子的滑輪「喀啦～」地滑到櫃檯邊面對我如此說道。哦哦，不愧是地下錢莊，一下子就通過審核了！

「您願意借我錢嗎！可是為什麼要提到這傢伙們的長相，還有我的臉色……？」

「要是長相太差就沒人想僱用了吧。還有內臟不好的傢伙看臉就知道啦。」

由於坐著的高度很低所以抬頭望著我們的吉良瞇起銳利的雙眼如此說道。該死！果然大矢小姐跟吉良還有那個什麼密醫是一夥人組成社會黑暗面集團啊。

「主人，吉良小姐好像說有什麼地方會僱用我們的樣子……」

「那恐怕，不，絕對是什麼可疑的店啦。就算妳們是奴隸，我也不會讓妳們遭遇那種下場。要那樣還不如我自己賣掉肺或腎臟。反正聽說兩個少了一個也不會死。」

就在我和恩蒂米菈如此講悄悄話的時候……

「然後呢？你想借幾萬？」

吉良向我問起這個核心問題，於是我首先把必要金額虛漲成兩倍——

「七十萬。」

「那就四十萬。」

「六十萬。」

「五十萬。不能借更多了。」

「嗚……我明白了。那就五十萬。」

「利息是十天一成，算很有良心了吧？還息不還本只能三次，再下來只要遲繳個一秒鐘，我就把十天三成、十天四成的店介紹給你。」

「請等一下啊，本金十萬以上百萬未滿的法定利息最高也只能到一年十八％而已吧？十天一成的話一年就三百六十五％啦。」

「講那種話的傢伙我就不借錢了。」

「對不起！是我失言了！請借我錢吧！我求您！」

雖然我剛剛才講過大話但果然還是很怕內臟被拔掉，於是把頭磕在桌面上不斷哀求吉良。這拚命的樣子讓恩蒂米菈她們都看傻啦。

不過多虧如此——吉良「啪沙！」一聲把整疊的鈔票放到櫃檯上了。太棒啦，是錢啊……！看起來晶亮亮的錢啊！原來如此，這就是晶亮亮借貸……！

如此這般，我在契約書上蓋章後，「感激不盡感激不盡……」地像相撲力士一樣用手刀畫了個「心」字再抓起鈔票……的時候，吉良忽然揪住了我的手。

「最初十天份的利息五萬元我先抽掉囉。」

她接著用另一隻手從那疊鈔票中抽掉了五張一萬元。呃，這樣我實質上借到的只有四十五萬，如果利息五萬不就變成十天十一％了嗎……？可是利息確實是五萬，所以沒錯嗎？我腦袋太差搞不清出囉？

因此心生懷疑的我立刻「一、二、三……」地數起萬元鈔票。結果……

「喂，吉良，這裡少一萬啊。如果妳想活得久一點，就少給我搞這些骯髒手段喔？」

鈔票拿到手就忽然態度跩起來的我狠狠瞪向吉良。

「啊哈，被發現啦？畢竟慌慌張張借錢的傢伙經常都不會好好確認嘛～」

吉良一點也不覺得自己有錯似地把最後的一萬元鈔票放到櫃檯上。接著把手肘撐在櫃檯上，表情愉悅地看向我的臉……

「你眼神真壞，真是好眼神。感覺膽子也很大，符合我的喜好喔，遠山。」

「那樣到底是眼神好還是壞啦。還有，妳難道忘記自己把性騷擾的傢伙搞到什麼下場了嗎？」

「我決定了！如果你還不了錢就到我這邊來工作吧。地下錢莊可是很賺錢的喔。」

吉良如此說著，把寫有手機號碼之類的名片遞到我手中。話說，她自己都承認是地下錢莊了嘛。大概是有自信就算被告也有辦法蒙混過去吧。

我拿著外面連個信封都沒有，直接露出來的一疊鈔票，帶著有如歌曲「多娜多娜」的心情走下樓梯並踏出大門後——便立刻看到滿面笑容的房東小姐右手把AK47舉到腰部的高度，左手朝我伸了過來。

「恭喜你借到錢囉～遠山先生～快點把錢交出來。」

「好、好的，就這些……」

我學剛才的吉良將少了一萬元的鈔票束交給大矢小姐。結果……她「一、二、三」地數了起來。完全對我沒有信用。

「少了一萬元啦～這個混帳東西。」

「不，我真的只有借到這些……」

「好～我要檢查囉～」

大矢小姐說著，毫不客氣地檢查起我的口袋。而且為了確認我沒有藏在衣服底下，連身體都摸了起來。喂，不要用那麼猥褻的動作摸褲子周圍那麼多次，這個色房東。

「看！找到啦～！」

不愧是武偵，大矢小姐找到了我折起來藏在鞋子內墊底下的一萬元鈔票。

「如果可以，我是希望連遲繳罰金都跟你收啦～」

「真的已經沒有了啦，到處都沒有了啦……！」

我甩動襯衫與褲子，拚命主張已經沒錢了。於是大矢小姐露出太陽般溫暖的笑臉看向我……

「好的～六個月份的房租，我確實收到了。那麼你這張臉我也已經看煩了，我要回去囉～下次要是敢再遲繳，小心我把你分屍賣掉呦～？」

她接著裝得一臉可愛跨上腳踏車，「嘰嘎嘰嘎」地踩起踏板離去了。

我目送她掛在肩上的ＡＫ47搖啊搖的背影漸漸遠去，確認她在轉角處轉向學園島的方向後……轉回身子朝向恩蒂米菈她們……

「大矢也真嫩。虧她明明是個在最低階土地向我們這些貧窮人搾取剝削的雜碎的說。」

一邊說著已經不在現場的大矢小姐的壞話……一邊從槍管中、彈匣中、手錶帶內側、手機電池蓋裡面以及左右耳孔中抽出折成小塊或是細長狀的一萬元鈔票。全數九萬元，成功保住了。

「也就是說相比起來主人的雜碎度比較強的意思囉。」

「妳到底對我有沒有忠誠心啊？哎呀，總之這下可以繼續住在那公寓了。另外，那邊有一家唐吉訶德商店，就用這些錢買妳們用的睡衣吧。」

我說著，為了維護奴隸們的健康以及我自身的安全，一邊把皺巴巴的鈔票重新拉平，一邊走向唐吉企鵝招牌的方向。結果──

「……謝謝您，主人。居然把辛辛苦苦借來的錢用在我們的東西上。但是主人……這下我又變得搞不太懂了。」

語氣聽起來像是在思考什麼事情的恩蒂米菈跟著我並講出了這樣的話。

「搞不懂什麼？」

「人類把金錢當成像神明一樣信仰，靠這份信仰的力量建立都市、發展科學，甚至得出連戰事都消失的成果。可是主人您……還有許許多多的人類，卻也因為金錢的力量而在吃苦是嗎？說到底，請問金錢真的是值得相信的東西嗎？」

……聽她這麼說，好像也有道理。像現在這樣再度為了錢吃苦，讓我重新體認到這點了。

人可以因為錢存活下去，也會因為錢而遭到殺害。像我也是差一點就被送去給密醫拆解了。然而這方面的事情對我來說實在太難……

「雖然我不認為金錢是神，但所謂的神不就是那樣的存在嗎？會拯救人，也會一時興起就把人毀滅掉。就是那樣啦。」

因此我只能用如此膚淺的話語回應了。

話說回來……明明才剛理解金錢意義的恩蒂米菈卻似乎已經針對金錢思考到連我

都沒想過的問題了，真有點可怕啊。

如此一想的我心中頓時有種預感——這個充滿好奇心，腦袋又好的精靈，或許將來有一天會搞出什麼大事。

槍械只能一次決定一個人的命運，然而智慧卻有可能改變上億人的命運。

——恩蒂米菈，走在我身邊的妳那對有如天空般碧藍透徹的眼眸底下，究竟在思考著什麼事情？

這天多虧恢復供電的關係讓我煮了夢寐以求的白飯，晚上也能讀書……然後到了隔天。

「——我要去找工作。恩蒂米菈穿水手服來當我的護衛。萜萜蒂和列萜蒂負責看家。」

我穿上武偵高中的防彈制服，走出了家門。雖然沒有身分證明文件的恩蒂米菈沒辦法工作，但我總有一種要讓她多看看街上的狀況會比較好的感覺，所以叫她跟我同行了。

之前我和中空知一起遭到武偵高中退學的時候就已經知道了，我就算去就業輔導中心也找不到工作。

因此我這次來到的是武偵高中的教務課大樓前，委託公告欄的地方。

「主人，請問這是什麼？上面貼了好多的紙呀。」

「我的母校為了在校生會把來自校外的委託案件貼在這裡，然後沒有工作的職業武偵就會偷偷潛入校內搶走委託。這種手法通稱『鬣狗』。」

「怎麼聽起來又像是一種很惡質的行為……所以我們才會穿學生服來呀。」

「只要委託人不在意，就法律上是ＯＫ的。沒有什麼惡質不惡質。武偵的規矩就是Vale tudo（什麼都可以）。只是……嗯～雖然警衛的工作很多，但那很花時間啊……」

由於今天不知道為什麼都沒有學生來，所以我細細挑選著委託的時候……

「痛痛痛痛痛！」

忽然有個人抓住我的頭髮，用手臂和胸口鎖住了我的頭。這個充滿肌肉彈性的胸部，還有杏露酒的水果香氣——因為我在學生時代也被這樣鎖喉過好幾次所以知道……是蘭、豹……老師！

「喂、喂！女人！給我放開主人！」

朝慌張起來的恩蒂米菈「啪！」一聲用長長的馬尾甩打在臉上，讓她當場倒地的蘭豹接著……

「你居然身邊帶了一個這麼漂亮的金髮美女呀，遠山。噢不，是遠山先生吧。畢竟你現在已經出社會了。也就是說，你是來當鬣狗的？這樣不行吧？小心我殺了你！」

從埋住我的臉害我差點窒息的胸部放開了我……但實在教人火大，居然來礙事。而且她這樣子絕對是喝醉了。

「哎呀，不過看來你還活著，我安心多啦。然後勒？你現在在做啥工作？」

「沒工作啦！要不然我也不會來這種學生金額的委託公告欄當什麼鬣狗啊。蘭豹……老師才是，明明是平日白天怎麼還在到處閒晃，該不會是被開除成了無業遊民吧？」

「你是不是差點直接叫我名字了？今天是都民日呀。」

啊，原來今天是假日。怪不得武偵高中裡看不到什麼人。

「無業遊民因為每天都是假日就忘了嗎？……遠山，你怎看起來沒什麼精神？有沒有好好吃飯？」

「我今天吃了白飯跟味噌湯，還有谷莠子。」

「谷莠子是啥？」

「是一種一年生的草類，長有像刷子一樣的穗部。又稱狗尾草。經過調理就能食用。我因為看到它長在車道邊，就拔回家代替蔬菜類了。」

「那不就雜草嘛。」

「世界上並沒有名字叫雜草的草類——痛啊！」

「少跟老娘狡辯。」

「是、是……又美又帥氣的蘭豹老師……我明白了，所以請妳不要忽然用拳頭打我的人中啊……」

「你這傢伙就是教育不足。哎呀，既然這樣，到教職員宿舍來，我請你吃一頓。老娘今天在大井賺了一票，心情好得很。喀啦、喀啦！」

蘭豹說著，用雙手的手指模仿賽馬奔跑的樣子。這種人也能當老師，世界真的沒救了。不過……

「那、那真是感謝妳。另外可以請妳也給我家的寄宿人吃些什麼嗎？其實我現在跟地下錢莊借了錢……能省一餐的錢都很感激啊。」

聽到我這麼說，醉到搖搖晃晃的蘭豹就「快跟來啦。」地對我招手。那招手的動作……總覺得好像在催促一樣。只是請我們吃一頓飯，有什麼必要那麼急啊？

我如此疑惑……並跟著蘭豹走過一段奇怪的路徑，來到教職員宿舍大樓──

「──甩開啦。遠山你這傢伙，實力真的是起起伏伏呀。有人跟蹤你好歹也要發現吧。」

蘭豹忽然恢復正常的講話方式如此說道，讓我嚇了一跳。

……有人在尾隨跟蹤我跟恩蒂米菈……？

蘭豹有如動物般敏銳的直覺，即便是在爛醉的狀態下也很可靠，所以她說的應該是真的。但究竟是誰，為了什麼目的……？我走在公用走廊的同時思考著這個問題……可是就在來到名牌上寫有「蘭」的房間門口時，隔壁房間打開的窗戶飄出強烈的氣味，讓我思考中斷了。

這、這個、像是把香跟草混在一起燒出來，讓人作嘔的臭氣──我在偵探科的課程中有聞過所以知道，就是「那個」啊。非常「那個」的一種麻草……！也就是說……

「……原來妳跟綴老師是住隔壁嗎……」

「沒錯。咱們把陽臺中間的緊急逃生門打穿，讓兩邊可以互通了。」

蘭豹說著，「喀嚓」一聲打開門，讓我跟恩蒂米菈也進到房內……可是……這房間也太亂了吧！玄關有蘭豹剛剛脫下的鞋帶式短靴以及被穿到破破爛爛的卡洛馳鞋。我為了不要踩到地上的空酒瓶而把兩腳打開得像螃蟹一樣，交互抬高前行進入客廳……看到中間是早上起床後都沒有收起來過的棉被，空便當盒、寶特瓶、阪神虎隊的加油棒、八卦雜誌、被揍壞的鬧鐘等等東西散落在周圍，同樣沒有可以踏腳的地方。這裡難道是被美軍空襲過嗎？

更重要的是這房間裡……由於沒怎麼清洗的棉被、毛毯、坐墊、散亂一地的未洗衣物——讓女人氣味發酵、瀰漫，雌性氣味特濃，女性費洛蒙達到最高濃度啊。如果是個有氣味癖好的男人可能光是這樣就亢奮起來，產生就算對方是個大猩猩女也好的想法吧。但我是真的陷入嘔吐倒數前五秒了。但我要是在這裡把狗尾草吐出來，就會被毆打到吐血為止，所以我要忍耐。

「賞味期限過了三天？哎呀，應該沒差吧。」

蘭豹說著，從冷凍庫中拿出冷凍義大利麵。於是……

「呃，雖然妳大方請客我實在不好意思囉嗦，但這位金髮女生是個素食者……」

我對著蘭豹的背影如此說著並走向她，卻踩到腳邊一個裝酒的葫蘆，當場滑倒……之前，為了支撐身體而慌慌張張伸手一抓，竟給我抓到了。抓到蘭豹那條牛仔褲的、屁股口袋……！

即便如此，我還是停不住往前倒下的動作，結果順勢就把那條緊貼腿部的牛仔褲往下一扯，讓蘭豹緊實的屁股和T字褲都被看光啦。

「——遠、遠山！給我去死！去死去死！」

臉變得跟內褲一樣紅的蘭豹一邊把褲子拉回去，一邊「砰砰砰！」地用剛脫下靴子的腳從我的正上方垂直踩踏。這同樣是據說意外有不少男性會喜歡的，被女性踩在腳下的行為！但我一點都不喜歡啊！

最後被蘭豹當足球一樣踢出去的我，在地上滾了好幾圈——「砰磅！」一聲撞到衣櫃，被彈出來的抽屜中有如雪崩般落下的內衣褲掩埋，當場升天了。話說恩蒂米菈，剛才我倒下去的時候妳是不是躲開我了？

不管怎麼說，因為賭馬賺了一大票的蘭豹整體上來講心情都很好，請我和恩蒂米菈吃了一頓冷凍食品全餐。而且聽說在我家還有另外兩個人，她就甚至把剩下的份都用鋁箔紙包起來給我了。

用完餐後，我們在這間髒房間裡圍成一圈坐下——蘭豹從剛才那個葫蘆中把日本酒倒進紙杯……

「來，喝吧。」

「那是違法的吧，我還未成年啊。雖然恩蒂米菈或許已經超過二十歲了啦。」

「主人，我們就和她分水吧。這是友愛的證明呀。」

「這才不是水。雖然看起來像水，但是妳聞。只要聞一下就知道了。」

我把紙杯遞給恩蒂米菈，於是她──露出「？」的表情，讓藏在頭髮底下的耳朵輕輕動了一下……

「……嗯……？好像有一股很香的氣味……？嗯……？」

光是聞到味道而已，她就臉紅起來。只是揮發出來的微量酒精就讓她醉了嗎？這下我又知道一個精靈小常識了，精靈的酒力很弱啊。

「什麼違法，又向地下錢莊借錢又當鬣狗的你還不是已經走在違法邊緣了嘛。當無業遊民可不行呀。」

被蘭豹用正經的口吻如此一說……我無從反駁，只能垂頭喪氣了。

蘭豹看到那樣的我，從葫蘆直接喝了一口酒後──從像個垃圾堆一樣的桌子上翻出一個不知夾了什麼紙在裡面的A４文件夾。

「真拿你沒辦法。要是你去委託公告欄亂搶工作也會給人添麻煩，我就介紹工作給你吧。一個可以發揮你長才的工作。」

「我不想當黑道喔？」

「才不是啦。是教師。」

「──教師？」

呃！意思是要我去當老師？

那種事情，我連想都沒想過。

「武偵不就是什麼都做的便利屋嗎？你雖然缺點很多，但精神的強韌度倒是非比尋常呀。」

「呃不，我沒有教師執照，而且高中還半途退學啊……！」

「那種事我知道啦。所以這是特別臨時講師。」

蘭豹遞給我的資料——是一間叫私立上目黑中學的學校在招募教師的傳單。

仔細一看上面確實寫說如果有教師執照會有優待，但並沒有說是必須。

「——那邊似乎為了填補退職教師的空缺而急著徵人，到處在招募的樣子。所以傳單也寄到了我這裡來。」

這——或許是個盲點啊。老師這種工作，是連這個蘭豹或是那個綴都能當上的職業，所以我應該也能輕鬆勝任才對。只要在學生面前唸一唸教科書的內容就能拿到薪水，而且還不是算成功報酬或業績制。是現在的日本中很少見的正經工作。

「老師嗎？主人，請問那是什麼樣的學校？」

「這點確實讓人在意。居然連蘭豹都會想找，該不會是相當爛的學校吧……？」

「喂，遠山。」

「啊！不，蘭豹老師是日本第一強的老師，所以我的意思是說對方可能是希望您能拯救被校園暴力摧殘的學校，才會來找您的吧。啊哈啊哈。」

我如此含糊過去的同時，用手機連到上目黑中學的網站到處瀏覽……發現學生們都帶著笑臉，校舍也很乾淨，而且是一間合格考上知名高中的學生人數也不算少的升學學校。

「主人，請問怎麼樣呢？在我看起來好像是一間好學校的樣子。」

「沒有任何問題……雖然男女混校這點我不喜歡就是了。」

感覺有點白操心了。我原本還做好覺悟可能要到一間像漫畫裡的男塾一樣的學校，結果根本是一間普普通通的學校嘛。

「如果是學校，『沒有任何問題』通常就是有問題啦。我感到有點在意，所以之前稍微調查了一下。那間學校的教師離職率似乎很高的樣子。」

也就是說請辭的老師很多的意思嗎？難得可以從事這種安定工作的說，真浪費。

「畢竟日本教師不足的狀況很嚴重，並不是想補充就能補充。所以他們似乎是想要找精神上很強韌，不會立刻請辭的教師。就這點來講，你的頑強程度我可以掛保證。那邊的金髮小姐要不要也一起去呀？既然能當遠山的女朋友，可見應該很有膽識吧。」

「不，我並不是情人而是奴隸。」

「……你們是在玩什麼禁忌遊戲嗎……？」

「不，這是因為她的日文還不是很熟練。話說，連恩蒂米菈也可以……？那間學校難道是不管什麼人都會採用嗎？」

「老實講感覺就是那樣，雖然前提是要有什麼可以教的科目就是了。遠山你會英文對吧？」

「呃、是……姑且啦……恩蒂米菈，妳在無人島上跟我相遇的時候講過各種國家的語言吧。那妳英文怎麼樣？」

我途中用美式英語如此詢問，於是恩蒂米菈用流暢的英式英語回答：

「語言學是我最擅長的領域。我在以前的國家也教過年幼的精靈們共通語、蓋拿語、哈洋語跟新大陸語。」

雖然我不曉得那是什麼地方的稀有語言，但聽起來她原本也是個語言學老師的樣子。

「好，那妳也一起工作。這樣或許就能領兩倍的薪水了。」

「我——也可以去賺錢嗎？謝謝您，這樣我就能對主人有所貢獻了……！」

恩蒂米菈露出笑臉抱住了我的手臂。胸、胸部會貼到啦，快放開！

「反正都幫忙到這地步了，我就幫你們寫封推薦函吧。不過遠山，你對女性不檢點的程度可說是金氏世界紀錄級。給我聽好，要是你對女學生出手可是死刑喔。」

「請不用擔心，那種事情不可能發生。因為我完全不想跟女性接觸。」

「明明身邊帶著女人，剛剛還脫了老娘的褲子，虧你還能一臉正經地講那種話呀……」

「言歸正傳，呃……真的非常謝謝妳。」

我如此說道——拿著上目黑中學的傳單對蘭豹鞠躬低頭。

「有啥好謝的？」

「呃不，那個……因為就蘭豹老師的立場來看，我已經不是妳的學生，真要講起來根本已經毫無關係了不是嗎？可是妳看到我經濟上有困難，就幫我介紹工作……明明做這種事情妳也賺不到一毛錢的……這份恩情我將來絕對會回報妳。」

聽到我這麼說……

「傻子。世上哪有老師會要求學生回報啦。要說對我的報恩，就是你好好成為一個正經的大人。哎呀，欠人照料的學生不管畢業之後還是退學之後一樣還是欠人照料，你就別在意了。」

蘭豹咧嘴露出的笑容……讓我明白了一件事。

她雖然個性嚴厲，又是個酒鬼，又是個大猩猩女，不過……

她確實曾經是我的老師，然後現在依然是我的老師啊。

畢竟我現在就向這老師學到了一課：所謂的老師——就是這樣的存在。

3彈　武裝教師

我打電話給私立上目黑中學後，對方便立刻安排隔天早上面試了。

於是到了隔天早上，我將家事交給萜萜蒂與列萜蒂——穿上跟大哥借來沒還的西裝，並且讓恩蒂米菈也穿上租來的女性西裝，搭電車來到了目黑區。

距離目黑車站徒步五分鐘的一處小型辦公大樓與透天住家混雜的區域——就是上目黑中學的所在地。一如照片給人的印象，是一間外觀與公立學校沒什麼差別的平凡學校。

「面試時被問到的問題，妳就照我們昨天講好的內容回答。還有絕對不要露出耳朵。」

「是，主人，我會加油的。一方面也是為了主人的內臟。」

我們向身穿西裝式制服前來上學的學生們——果然怎麼看都是很普通的小孩子——詢問教師辦公室的位置後，抱著無論如何都要得到這份工作的決心踏入其中。可是……

辦公室裡的老師們大家從早都很忙碌的樣子，對於來面試的我們表現得很冷淡。

甚至有一點冷淡過度。

在看起來很嫌麻煩的大嬸老師帶路下，我們進到與教師辦公室相連的一間細長空間的校長室——便看到一個身材壯碩下巴寬的大叔、一個瘦小半禿又暴牙的大叔以及一個身穿求職西裝打扮而高眺帥氣的年輕人——三個男人在交談而沒有注意到我們。

「可是校長，再怎麼說，聘用一個高中退學的人……絕對會引起問題喔？而且年紀也跟學生們沒差幾歲不是嗎？」

「這也沒辦法，畢竟沒有其他人。而且局勢跟以前已經不一樣，現在就算交給經驗老到的老師指導也沒辦法把混亂的班級管好啊。」

……總覺得他們好像正在講我的事情。這時候插入其中雖然會很尷尬，但已經到了指定的面試時間。於是我決定假裝沒聽到並接近他們，結果……

「啊，請問是來面試的嗎？早安，我叫中川。我的面試已經結束了，你們請。」

那位年輕帥哥轉過頭來對我們如此說道。哦，也就是說除了我們之外還有另一個人來面試的意思了。

「我叫遠山。」

「我叫蒂。恩蒂米菈・蒂。」

我和恩蒂米菈向在場中只有一個人坐在桌前的大塊頭大叔以及另一個小個子暴牙叔如此打招呼後——

「哦哦，你們好，我是校長大津（Ohtsu）。」

「我是教頭（註4）御分院（Gobuin）。」

大小兩大叔如此報上名字，結果恩蒂米菈瞪大碧眼，動了一下耳朵……

「歐克（Orc）和哥布林（Goblin）。」

說出這樣一句話並後退半步，害我也慌了起來。雖然這兩人確實外觀上看起來有點像那類型的遊戲中會出現的那些種族沒錯啦……！

「是大津先生跟御分院先生啦！」

我小聲如此糾正恩蒂米菈，大津校長與御分院教頭則是露出「？」的表情……不過看來並沒有造成問題的樣子。接著……

「蒂小姐是英文母語人士嗎？」

「請問出身地是哪裡？」

那兩位老師先從美女開始面試了。哎呀，我是可以理解啦。

「請問我回答英國就可以了嗎，主人（Master）？」

「『就可以了嗎』是什麼意思……？」

「主人……？」

哇——歐克校長＆哥布林教頭都露出感到奇怪的表情了。居然才面試一開始就給我出這種狀況……！我必須想辦法挽回才行！

註4　日本學校體制中的職位之一，負責輔佐校長，相當於副校長。

「呃，因為在當地通常是說『UK（聯合王國）』，但在日本是稱『英國』，所以她才會向我確認這點而已。另外我們剛才聊過希望將來有一天兩人可以當上班導與副班導的話題，然後她是用『Master』這個詞表示班導。據說在英國的哈佛大學是那樣講的，哈哈哈。」

「哈佛大學應該在美國吧……？」

「沒、沒錯，就是那樣！真不愧是校長，非常正確。」

就在我感到慌張不已的時候——哥布林教頭摸了一下他那頭像竹簾一樣的頭髮，皺起眉頭……

「遠山，你真的會講英文嗎？你明明連高中都沒畢業的說。」

用充滿挖苦諷刺的講法對我如此說道。真教人火大。

「——Then shall we start to speak in English from now on?（那麼請問我們是不是從現在開始用英文交談呢？）」

於是我反過來如此諷刺後，哥布林便閉上了嘴巴……歐克校長則是……

「那麼，由於原本負責二年四班的班導師辭職的關係——所以就由遠山擔任那個班級的班導，蒂小姐擔任副班導。雖然書面上是由中川擔任四班的班導，不過實際上他將擔任各班的國文老師。」

呃，面試已經結束了？而且還讓我當班導？不，如果他們真的願意聘僱，我是完全沒問題啦！

「萬、萬分感謝！那麼呃、我在電子郵件中也有簡略提到——因為我和恩蒂米菈現在經濟上有些困難，所以希望能先預領這個月的薪水，就算只有一半也好……」

聽到我支支吾吾地如此表示，哥布林又皺起了眉頭，不過……

「哦哦，預領一半薪水，這邊已經準備好了。現金交付比較好是吧？」

校長拿出裝有現金的信封，分別交給我和恩蒂米菈。實在教人意外。他竟然是以聘僱我們為前提，早已先把錢準備好了。看來蘭豹老師的情報沒錯，他們真的是現在馬上就需要新老師，所以不管誰來都好的樣子。

「真是謝謝你！是的，畢竟如果透過銀行轉帳給地下錢……轉帳給收款對象，要額外支付手續費啊。」

「那麼從今天開始就拜託你們了。現在去教師辦公室跟大家打個招呼吧。早上班會是從八點五十分開始喔。」

歐克校長接著又如此說道，再度讓我感到驚訝。居然沒有進行任何交接，就要我們立刻上場嗎？

不過——沒關係，我就做給你看。只要能拿到錢，什麼都會做。這就是武偵啊。

我們按照校長的指示，首先來到教師辦公室打招呼。結果——

恩蒂米菈因為是金髮美女，而中川因為是帥哥而分別稍微受到男性老師們與女性老師們歡迎……至於長相差的我則像是被當成了空氣。

不過整體的氣氛都感覺像是最好不要跟我們三個人扯上關係比較好的樣子。大概是因為離職率很高的關係，大家都認為反正我們也會很快就離開吧。

就這樣，在大家都沒什麼反應的狀況中——我、恩蒂米菈與中川來到了走廊。

「雖然變成了有點特殊的組合，不過就讓我們加油吧，遠山先生，蒂小姐。」

在走廊上邊走邊如此說道的中川年約二十歲，近距離下看起來帥氣得耀眼。也就是所謂的傑尼斯系吧。

「——哎呀，這裡就交給我吧。反正對手終究只是中學生，是一群不久前還背著小學書包的小鬼。要是有誰敢沒大沒小，我就會徹底教訓，不會給中川先生添麻煩的。」

我說著自己在武偵高中附屬中學時親身體驗過的教育方針，並「啪嘰啪嘰」地折響手指，結果……

「啊、呃，遠山先生，請不要對學生動手或是斥罵。『責罵』這種行為會伴隨憎恨心，導致小孩們也反過來憎恨我們的。相對地，請你找找看學生們優秀的地方加以誇獎。面對學生時常保笑容，用敬語講話吧。」

即使面對年紀較輕的我也用敬語講話，人格高尚的中川老師……對我如此提醒。仔細想想，老師們猛打猛罵的教育下教出來的學生就是像我這樣嘛。看起來應該有好好上過大學的人講的話或許比較正確吧。

「我明白了。我會試著那麼做。」

更重要的是，萬一在這裡工作不順利而遭到開除，我會很傷腦筋啊。要是沒能在這裡一直當老師賺錢下去，我就只剩下被拔掉內臟或是當吉良的走狗兩條選擇啦。

另外，恩蒂米菈即使面對這樣的帥哥，依然對於主人以外的男性態度莫名冷淡，別開著臉。啊，說到異性……

「我順便問一下，中川老師目前單身嗎？還是說有女朋友之類的？」

「咦……？我單身，也沒有女朋友……」

中川愣著表情如此回答，我則是在內心擺出了勝利姿勢。

所謂的帥哥具有像益蟲般的能力，會引誘女生，讓女生們不會靠到我這裡來。然而如果是已婚者或者有女朋友，這項能力就會變得微弱。因此既單身又沒有女朋友是一件非常好的事情。

真是太好啦，看來我在這裡應該不會引起什麼跟女性扯上關係的問題了。就這樣……我不禁露出笑臉，目送中村表示「那麼我接下來要去上三年級的國文課。」的背影離去了。

我們走在走廊上——來到了二年四班的教室門前。進了這道門之後，我就是老師了。雖然感覺有些突然，不過人生本來就充滿突然的事情。我就做好覺悟，好好當個老師吧。記得常保笑容。

「喂，恩蒂米菈，妳也要帶著笑容進去喔。」

「按照規矩，女奴隸不可以讓主人以外的男性看到笑臉的。這間學校是男女混校——」

「妳不要管那麼多！剛才中川不是教過了嗎？面對學生要保持笑容不斷誇獎。還有，小心妳的耳朵。」

「是、是。」

我領著點頭回應的恩蒂米菈——「喀啦啦」地拉開滑門——

「早啊！我是你們的班導，遠山家的金次喔！然後這位是恩蒂米菈老師！」

帶著最閃耀的笑容，用我能想到面對小鬼們最適切的開場白嘗試吸引大家的注意。可是……

……有的嘰哩呱啦在聊天，有的在玩手機遊戲的二十四名學生幾乎都沒有把視線看過來。

大家都不理我，也不理會恩蒂米菈。

我環視了一下教室——並沒有看起來會抽菸或是玩弄短刀的傢伙。髮型也是，男生別說是刻髮了，連個留長髮的都沒有。女生也沒有人染成金髮或棕髮。大家都極為普通，並沒有從外觀上就能知道的不良學生。

然而學生們都我行我素地在教室裡走來走去，朋友們聚在一起嘻嘻哈哈，或是一直低著頭玩手機。完全就是下課休息時間的狀態。

但時鐘顯示已經是早上班會時間了，於是……

「大、大家注意這邊～這是老師們的名字～請大家記得喔～！」

我拿起粉筆，在黑板寫下「遠山金次」和「恩蒂米菈・蒂」。

結果從我背後傳來不知哪個學生在講「字超～醜」的聲音，然後有其他學生聽到這句話變嘻嘻笑了起來。超教人火大！但是金次，你要忍耐。為了不要被開除，絕對不可以做出像武偵高中的老師那樣「因為不知道是誰在笑所以乾脆毆打所有人」的行為啊。

「呃～那麼……我們開始班會時間吧。」

我雖然接著如此宣告……但畢竟我根本什麼都沒準備，所以一下子就不知該講什麼了。話說學生們幾乎都沒有在看我，有在看的傢伙也只是瞥眼瞄一下的程度。專心看著我的只有恩蒂米菈而已。

既然這樣，來個典型的內容吧——於是我在黑板上寫了個「人」字……

「人這個字，是人與人互相扶持的形狀。請大家也記得要互相扶持喔。」

道出這樣一段相當有傳統的訓示。這下無知的中學小鬼們肯定也會深受感動吧。

正當我這麼想的時候……幾隻女小鬼悄聲罵了一句「白痴嗎？」之後……

「那應該是ノ跟し吧。」「笑點在哪？」「好歹也提一下其中有一邊在偷懶的問題呀。」

接二連三地對遠山老師提出了批評。

唔唔……這群死小鬼……如果我是武偵高中的老師，早就拔刀拔槍啦。

「真、真是敏銳呢。仔細看看確實有一邊是靠在另一邊上面偷懶。Ｎｉｃｅ觀察力！」

不過我還是勉強保持著笑容，如此誇獎學生們。

「少在那邊愚弄人啦。」「在那邊的老師呢？」「她是副班導嗎？」

哦？關於我反而惹學生們更不高興的事情先擺到一旁，有幾個男學生對美女恩蒂米菈產生興趣囉。雖然那是比較像在展覽會場上對展場女郎搭訕的態度，感受不到對老師的敬意就是了。

「我是這個班級的副班導，恩蒂米菈・蒂。遠山金次大人是我的主人（Master）——小孩們，大家要尊敬他，恭敬聆聽他講的話。」

恩蒂米菈冷不防地如此爆料，害我「咻噢嗚！」地發出了奇怪的叫聲。

我接著面對一起露出「？？？」表情的學生們……

「恩、恩蒂米菈老師的日文有時候會有點奇怪，不過英文是沒問題的喔。在學校不要那樣叫我！呃～因為我是主要的班導，所以她才會說是 Master 的喔～」

在發言途中一瞬間朝著恩蒂米菈用平時的態度怒吼的同時，想盡辦法拚命掩飾……的時候，叮～咚～噹～咚～……鐘響了。畢竟只是短時間的早晨班會，讓我被時間救了一命。

「那、那麼，就到這邊吧。我是這個班級的班導，所以大家如果遇到什麼問題就來找我商量喔。」

沒能得到任何成果的我，推著恩蒂米菈的背快快離開教室……

同時聽著教室中傳來「──誰要拜託老師啦。」的聲音。

四班跟其他班級不一樣……只有國文課是由中川在教，其他課程則是由我和恩蒂米菈負責。

畢竟當初應徵時的內容本來就是這樣，所以在這點上是沒什麼問題啦。可是五分鐘的休息時間結束後我回到教室……

「那麼我們要開始上英文囉。大家打開課本。」

即使我笑著臉如此說道，大家還是對我不理不睬，也不拿出課本。

一部分的女生們甚至還「雖然訂價四千八百元，不過我收半價就好。」「今晚我會再去補貨。」「真可惜喔，之前賣剩下的我已經都賣給壕尾了。」地光明正大用手機講著什麼買賣的事情。

好，我生氣了，就故意點她們吧。

呃~她們的名字是……小島**芹**奈，橋本**葵**，西野**茜**。哦，剛好名字裡都有草字頭。

一方面也為了利用關聯性早點記住學生們的名字，我就在心中給她們取名叫草字頭三人組吧。

「那麼，小島芹奈同學，請妳從第一五六頁的第一行開始唸。話說妳差不多也該給我拿出課本了吧，啊，請妳快點拿出課本喔。」

「不要。」

什麼「不要」啦……

「橋……橋本葵同學，那換妳代替她唸吧。來來來，把手機收起來。」

「才不要哩～」

──不、不妙，我差點要開槍威嚇了。金次，別動怒。忍耐啊……！

大概是感受到我快要火山爆發的關係，恩蒂米菈有點被嚇到的同時……嗯？怎麼有個學生一副很自然地準備從教室走出去的樣子。眼神銳利，理了一頭小平頭──是剛剛在草字頭三人組的通話中也有提到名叫「壕尾」的男生。

「嘿～請問你要早退嗎？」

被我這麼一問後……

「廁所。」

壕尾對我瞧也不瞧一眼，只回應了這樣一句話。

「下次請記得在休息時間去喔……」

我無可奈何下用手勢示意「去吧」之後，幾個男生也「我也要去。」「我也要。」「我也要我也要。」地跟著一起離開了。看來那個壕尾應該是四個男生中的老大吧。

「……主人，請問真的沒關係嗎？這樣他們會有一段時間聽不到上課內容呀。」

「朋友一起去小便這種事沒關係啦。反正很快就會回來了。」

我和恩蒂米菈如此交談後，想說不管點誰應該都不會願意唸課文的樣子，於是「那就由老師來唸吧……」地自己唸出課本上的內容，並說明文法。

「然後，這個主詞、動詞、受詞就是……呃～叫SVD……」

「是SVO吧？」「這老師白痴啊。」「根本是不管誰都好，隨便聘來的吧？」

嗚……這群傢伙，對於我講錯的地方就會立刻發現還吐槽。我雖然會講英文，但畢竟當初學會英文的方法很特殊，所以對於在課堂上使用的學習用語不是很懂啦。而且他們直覺還真敏銳。對啦，沒錯啦，我就是學校覺得不管誰都可以所以被聘用的啦。

「不會教就給我滾回去啦～」「沒錯沒錯，滾回去。」「滾～回～去！滾～回～去！」

學生們遇到這種時候就很團結合作，齊聲對我大呼起「滾回去」的吆喝，響亮到甚至連恩蒂米菈警告「啊啊受不了，大家安分一點。」的聲音都被蓋了過去。

——所謂的中學生……因為還是小孩子，所以受到縱容。

由於身體變大，要是真的反擊會很恐怖，因此就算是大人也會有點畏懼而不敢嚴厲責罵。結果他們就得意忘形，自以為是地表現出反抗的態度，卻偏偏又沒有什麼能力，是讓人看了會覺得丟臉的年紀。

剛才離開教室的那群傢伙也還沒回來，看來是蹺課了。他們是最起碼出席有到，但為了不要被當成早退所以才說是去上廁所的。

於是我——

「大家的吆喝聲很整齊喔，很有團隊合作精神呢。畢竟要是團隊合作精神不好，就會讓孤立的分隊狙擊手遭到包圍而殉學啊。大家這樣很好很好。」

按照中川的教導，先誇獎一下這些傢伙吧。面帶笑容。

不過接下來，我也要罵罵他們。

「——你們這群傢伙！差不多給我閉嘴！」

我踹了一下講桌，「磅！」地發出巨大的聲響。

「嗚哇，才第一天就發飆了？」「也太缺乏忍耐力了吧？」「嗚嗚～被罵了～」

講最後那句話的學生語氣裝得很假，惹周圍的學生們稍微笑了一下。

不過人類在本能上還是會被巨大的聲響嚇到，因此有幾個學生對我露出警戒的眼神。

而彷彿是與那幾個學生產生連鎖似的，班上姑且安靜了下來。所有人都帶著把我認定為敵人的表情。

「**被罵？**不對，這叫**好心責備**。當你們還是嬰兒的時候，如果去碰剪刀或瓦斯爐應該也有被父母責備過才對。那是因為做了不該做的事情時有權利被教導那是不對的事情。中學小鬼還算勉強擁有那樣的權利，但是再過幾年就沒有了——沒有人會再好心責備了。」

人類對於敵人的發言是很容易仔細聆聽的。

因此我沒有放過自己被敵視的這個時機，好好教導學生們。

「大人是就算看到別人做了不該做的事情也會當作事不關己。如果是同屬於一個組織的傢伙就會進行切割。但唯有惡徒們會理會那樣的傢伙——會誇獎裝壞而得意忘形的傢伙，馴養他們成為組織犯罪的實行犯。當成便利的棋子，讓自己不用被逮捕。」

看到我露出本性如此講話——學生們都當場愣住了。

這裡是私立中學。這些傢伙們應該都是出身自中流以上家庭的小孩，沒什麼機會見到像武偵這種社會低層的人物。所以大家都感覺腦袋一時處理不來，而保持著沉默。

「主人……」

恩蒂米菈一臉擔心地看著我，不過——

我決定趁這群傢伙都閉嘴的機會，把該講清楚的事情都全部告訴他們了。

「我這個人不擅長隱瞞，所以有三點我先跟你們講清楚。第一點，我是講師，不是正式的教師，飯碗本來就很不值錢，所以什麼私學行政課或是什麼家長會的我都不怕。該罵的時候我就會罵，你們給我做好覺悟。第二點，我站在這裡是為了錢。是逼不得已才站在這裡的。就跟你們是逼不得已來學校一樣。既然是同類，一邊教，一邊被教，就讓我們最起碼扮演好彼此的角色，安穩度日吧。第三點，我很不喜歡警察，所以你們可別在外面被抓而拖累到我。」

面對如連珠炮般訓話的我，學生們始終一臉驚訝——恩蒂米菈也露出傷腦筋的表情。

「你們給我拿出課本，就算只是假裝聽課也好。『假裝』這種事情可是很重要的。畢竟人的一生中，像是對敵人假裝很強，對上司假裝在工作，對異性假裝有好感，必須假裝很多事情才能活下去啊。」

我如此說道後，自己也開始假裝在教課。雖然即使不是假裝，我也沒多少東西可以教人就是了。

——一天的課程結束後，在教師辦公室最邊緣的辦公桌上……我渾身無力地趴到桌面上。雖然那之後班上姑且算是安靜下來，但學生們都徹底跟我敵對了。持續沉默的氣氛中可以很清楚地感受到這點。而我連續半天都承受著那樣的感覺，造成的精神壓力比打槍戰還要強烈。

（果然不管是什麼工作都很辛苦啊……）

也許是大家都很忙碌的關係，其他老師們都不跟我或是為我泡茶的恩蒂米菈講話，甚至連視線都不願意對上。這個從早上到傍晚都如坐針氈的感覺到底是怎麼回事啦……

——就在這時……走廊上傳來嘻嘻哈哈的聲音，漸漸接近教師辦公室……

「好啦好啦，在走廊上要保持安靜喔。」

男模級的帥哥——中川老師在幾名女學生的圍繞下回來了。接著進入名叫「教師辦公室」的結界空間後，面帶苦笑把門關上，總算從那群女生之中逃了出來。看來他成功受到了學生們的歡迎。雖然我並不想變成像他那樣，不過他跟我之間真的有天地之差呢。

「啊……遠山老師，請問如何呢？」

中川看到我之後，一臉擔心地走了過來。

「還有什麼如何不如何的啦……」

「我剛才聽二年級的女生說，遠山老師在英文課的時候──」

就在中川講到一半時……

「──遠山！」

呃，哥布林……御分院教頭從校長室的門後只露出臉部，用尖銳的聲音在叫我啦。

於是我慌慌張張地──恩蒂米菈與中川也跟在後面──進入校長室後……

「遠山，學生家長打電話來抗議啦！你在上英文課的時候，對學生講了很粗暴的發言是不是？」

御分院教頭表現得火冒三丈，坐在校長席的大津校長也默默閉著眼睛，將手臂交抱胸前。

「呃……對不起。因為學生們對我不理不睬，又嘲笑我，所以我就忍不住講出了真心話……」

「主人，你沒有必要道歉的。歸根究柢，是那些小孩子們太無禮了。」

我不想被開除而開口道歉，恩蒂米菈卻出面為我辯護。中川則是被教頭的氣勢嚇得連聲音都發不出來的樣子。

「做老師的啊！不管被學生講了什麼話、做了什麼事情，都要忍耐啦！因為社會上無時無刻都在關注！因為法律條文都管得很嚴啊！」

就在哥布林甩著他剩下不多的毛髮朝我逼近的時候，歐克……大津校長伸手制止了他。

「不，畢竟我們沒有先仔細說明過四班的狀況——所以我們也有錯。一開始為了讓遠山老師們不要辭職而先支付薪水，而且什麼都不講就把那個班級推給遠山老師們也是不太好的做法。」

校長如此說著並站起身子，把手握在腰後，面朝窗戶……

「雖然這種話我也沒資格講……不過教師這種工作絕不算高薪，可是卻每天必須做到深夜才有辦法把工作處理完。如果是社團顧問就甚至要犧牲週末假日。學生們的問題行為多半都會把責任歸咎到老師身上。或許你的母校不是這樣……但老師就算被學生又打又踹，要是體罰學生就甚至會有遭到訴訟的危險。」

……深深嘆一口氣後，他又接著說道：

「現在的小孩子與我們之間的隔閡，比從前的學生與老師之間更大。講得簡單一點，就是學生讓人搞不懂啊。覺得上課無聊就起鬨，被警告就會發飆做出奇怪的行動。即使做壞事也會逃避責任，要求說明的時候又閉嘴不講話。就算偶爾會道歉，也不會反省，又重複做出同樣的行動。現在的二年級有這種傾向的學生特別多，所以……」

「——就把那樣的學生們都集中到二年四班了……是嗎？」

我回想起那個班上的狀況而明白這點後，校長無奈地點點頭。

「上目黑中學目前是經營虧損的狀態。家長學生們會根據校風或環境選擇私立中學已經是過去的事情了。現在大家只會重視順利升學到知名高中的學生人數。因此如果我們不保護課堂不受問題學生干擾，並把教育資源放在優秀的學生身上提升成績、創造成果——學校就會破產了。」

……原來如此。怎麼聽都是被逼到走投無路的升學學校會採取的作戰方針。不過這種做法可以提升整體的效率也是事實吧。這和補習班根據學生成績進行分班，或是職業球隊根據選手能力分成一軍二軍是類似的手法。

「但……畢竟學生是很敏感的，如果自己的班級是那樣班級……學生們應該也會知道吧？」

中川支支吾吾地如此表示後……

「是啊，當然知道。如果他們因此奮發向上就好了，但那群傢伙卻毫不努力，只會事事反抗。結果前任的班導就被搞到精神耗弱辭職，還把四班的事情到處宣揚給認識的教師們知道——結果現在我們就連代替的教師都找不到了。而且我們也不好意思把那樣的班級交給今後有計畫繼續當教師的中川老師，所以就讓身為臨時講師的遠山當班導了。哎呀，雖然到頭來卻因此適得其反就是了啦！」

御分院教頭如此對我酸言酸語起來——不過大津校長則是……

「關於今天的事情，我會親自去向家長道歉。但是遠山老師，你要明白我們從現在開始會去尋找下一位可能擔任四班班導的教師。雖然在找到人之前還是由你擔任班導就是了。另外……如果今後又因為你的指導行為而接到抗議，就算沒有被其他教師發現，我們還是可能逼不得已要求你離職了。即便身為校長，在學生家長面前還是無能為力的。中川老師，到時候雖然很不好意思，但可能就要拜託你擔任班導了。」

反資優班級——四班的班導，很難交給自己學校的教師或年經有望的新老師，所以就丟給像我這樣的外聘老師了。簡單來講，我是被僱來當這群死小鬼的保母。好的條件背後總會有什麼內幕啊。不過沒差，反正武偵本來就是做麻煩工作的便利屋嘛。

只是——既然這樣，我今天發飆可說是一項失策。要是被其他老師發現而遭到解雇，我就會遲繳給吉良的貸款了。不過從剛才這段話聽起來，應該不太容易找到替代的老師，我就祈禱他們永遠都找不到吧。如此一來讓我繼續賺錢下去的可能性也並不低啊。

「遠山老師，蒂老師，中川老師，你們聽完這些話之後……還願意再繼續加油嗎？」

面對轉回身子如此說道的大津校長，我「是，當然沒問題。」地點頭回應。聽到我這句話，恩蒂米菈也點點頭。至於中川……雖然有點在發抖，但也跟著點頭了。

既然要繼續當老師，自然就要繼續處理堆積如山的文書工作。日誌、指導計畫書、準備明天的上課內容、製作講義……這種分量當然必須做到深夜啦。不過恩蒂米菈似乎在N有學習過而且相當擅長使用電腦，因此幫上我很大的忙就是了。然後到了晚上九點左右——

「真是不好意思……總覺得遠山老師就像是當我的替身在四班被學生欺負一樣……」

準備回家的中川走過來向我低頭致歉了。

「不用在意啦，這裡的學生們甚至連刀都沒有拿出來啊。像我的武偵搭檔基本上都是開槍欺負我，跟那比起來實在不算什麼啦。」

我雖然在帥哥中川面前如此逞強……不過今天我被學生們講的各種話中，唯有一句話刺痛了我的心。

——誰要拜託老師啦——

我感覺那是班上學生對我唯一吐露的真心話。比起不被學生理睬，或是因為字醜和講錯用語被學生嘲笑，不知道為什麼這件事更讓我受到打擊。

「……老師並不受到信任啊……」

中川回去後，我忍不住如此自言自語。結果對於信賴關係很囉唆的恩蒂米菈就……

「我也有感受到這點。學生們與其說是針對主人感到不信任，更感覺像是對『教師』本身不信任的樣子。」

「小孩子如果變得不信任教師，世界根本就完蛋啦。」

我如此嘀咕並回到文書工作上……而其他同樣留下來加班的老師們還是老樣子對我們很冷漠。他們應該是為了不要被扯進四班的問題，所以不想跟我們有接觸吧。

哎呀，這心理我也不是不能理解。大津校長雖然那樣講，不過老師其實只要懂得巧妙迴避麻煩問題——就能有安定的收入、社會信用以及年金等等回報。因此大家容易變得多一事不如少一事。我並不否定大人變成那樣。

只是中川也有說過……學生——也就是小孩子們很容易敏銳感受到那樣的氛圍。他們想必也有看穿自己被學校捨棄的事實吧。這樣當然會對大人們感到不信任了。

就在我如此感受到學校的黑暗面，總覺得自己最近怎麼老是接觸到黑暗面的時候……

「——遠、遠山老師！」

剛才都不跟我講話的大嬸老師忽然慌慌張張地跑到我這裡來。

「二、二年四班的學生似乎偷竊被抓了！剛才、店家打電話過來……！學生雖然沒有報上名字或住址，不過店家看制服知道了是上目黑中學的學生——」

啊～……受不了……才剛上任就被搞出問題了。我明明警告過他們不要惹麻煩的說。真不愧是反資優班的學生啊。

「竊盜是嗎？唉，真沒轍……請問犯案現場在哪裡？」

我從座位起身如此詢問場所時——端著一杯咖啡的哥布林走過來了。由於歐克已經回去，所以他表現出一副「現在我才是這裡的老大！」般高高在上的態度。

「不，遠山你別去。這是學校不需要負責任就能讓四班的學生退學的好機會。這件事跟我們沒有關係，叫店家把學生直接交給警察。」

「什麼交給警察，最近的警察腦袋很死板，就算對象只是中學小鬼也可能會留案底喔？雖然我並不是有意偏袒學生，但要是留下前科，學生將來在找工作時就會變得不利——」

我稍微如此頂嘴後，哥布林就從暴牙縫隙間口沫橫飛地……

「沒有關係！白痴長大後一樣是白痴，反正到時候只會成為犯罪者而已！」

講出了這樣一句發言。

「——教師的工作就是不讓學生變成那樣吧？我要過去了。」

感覺再爭下去也只會沒完沒了的我，決定避開哥布林走出教師辦公室。結果……

「我已經制止過囉。遠山，一切責任由你自己承擔。」

哥布林意外輕易就放我走了。簡單講，他只是想要明確切割責任不在自己身上而已吧。

班上學生闖下竊盜的現場——是在距離目黑車站很近的京松百貨店。由於已經是打烊之後，因此我和恩蒂米菈拜託警衛先生帶我們進去……來到後場員工休息室中混雜擺放大大小小的不鏽鋼架與置物櫃的一個角落。

一名女姓店員站在那裡，不時瞄向自己的手錶。而在她面前有幾張摺疊椅排列在牆邊，坐在椅子上的三個人是——小島芹奈、橋本葵與西野茜，不就是草字頭三人組嘛。她們都低著頭，一臉不爽。表情看起來就是只想著對方能不能快點放她們走而已。

在這間沒有其他人的房間中——

「不好意思，我是上目黑中學的遠山，這位是蒂。我們是這些學生的班導與副班導。我們的學生給您添麻煩了……」

我如此搭話後，別有名牌的女性店員轉過身子……

「——是老師呀。這些孩子們一點都不反省，也不告訴我家裡電話呀。」

「請問她們偷了什麼東西？」

聽到我皺著眉頭如此詢問，女店員便伸手指向桌上。粉底、睫毛膏、口紅。是名牌化妝品啊。原來如此，那些確實是體積小而好偷的東西。

從那三個人在教室的互動我就能知道她們的中心人物是芹奈，於是我連同領口蝴蝶結一把揪住芹奈的胸前制服，讓她抬起頭。畢竟要是不這麼做，這些傢伙根本連視線都不會跟我對上。

「妳們幹過幾次了？」

「……三次。」

「如果妳敢說謊，小心我扁妳。」

我雖然嘴上這麼說，但我知道芹奈是老實回答我了。偵探科出身的我從對方的視線與口氣就能看出這點。

我接著用讓她頭上的髮箍會稍微移位程度的力氣粗魯將她推回去後，從自己胸前口袋拿出薪水袋……該死，今天才剛拿到半個月薪水的說……但這也沒辦法，於是我放到桌子上。

「我非常清楚這並不是付錢就能了事的事情，但這次請您收下這些錢，原諒她們吧……我會再嚴格管教這些傢伙的。」

我朝女性店員九十度鞠躬，把頭放低到桌面上如此拜託對方。

畢竟這個人剛才一臉想要快點回家似地不斷看手錶，而且我從她胸前的名牌可以知道她是百貨公司店員的同時也是這間化妝品店的店長。因此這件事情可以結束在這邊不繼續鬧大。而且我想對方應該也想要到此為止才對。

「——一切都是我教育不周！真的……真的……非常抱歉……！」

看到我甚至把額頭都磕在桌面上如此道歉，恩蒂米菈也有樣學樣地一起鞠躬了。而且我甚至在腦中回想起被亞莉亞追殺的時候、發現白雪躲在床邊陰影處的時候、手帕被理子掉包結果不小心用她的內褲擦臉的時候等等過去的恐怖體驗——讓眼眶中泛起淚水，並且將那樣的臉抬起來給對方看……

結果店長大姊看著那樣的我好一段時間後……坐到椅子上，翻找自己的手提包，在應該是禁菸區的這間房間裡點然一根七星香菸。

接著「呼……」地隨著嘆息吐出白煙的她——一邊數起我放到桌上的鈔票……

「……我還是小鬼的時候也曾經壞過。」

一邊如此說道，並瞥眼瞪向草字頭三人組。然後又看向我淚汪汪的眼睛……

「但我那時候根本沒有老師會做到這種程度。甚至根本沒有出面過。」

啊，這個人原本是個不良少女嗎……？她講話時的發音就有點那樣的感覺呢。

「我店裡的東西少過三次也是事實。那麼在帳本上就當成是賣出去——算是老師買走的吧。那些東西你就帶回去。還有，那幾個孩子今後不准再進店裡來。」

店長如此表示後，將找零與化妝品，以及大概是草字頭三人組以前偷過的商品上有打勾的商品目錄遞給我，同時把菸灰彈進攜帶式菸灰缸中。

「——妳們也給我道歉！」

草字頭三人組在我如此怒吼下，雖然說了一句「對不起」……但表情還是很不爽的樣子。這種時候應該要像我這樣裝哭之類的吧？真是一群不懂戰術的傢伙，即使當小偷也讓我看得捏把冷汗啊。

我們走出店門來到夜晚的目黑區，在繁華街上走向車站的途中……芹奈、葵與茜始終不發一語。雖然她們如果跟我道謝我也會傷腦筋就是了。不過……

「妳們是把東西拿去轉賣了對吧？畢竟妳們偷的東西跟妳們臉上笨拙的化妝顏色不一樣，而且妳們在教室還打電話講過買賣的事情。那時候有提到賣剩的東西給了壕尾——也就是說那傢伙有另外的轉賣途徑是吧？」

我身為武偵推想出這些事情並看向她們三個人的臉如此詢問後……

「……」

她們三個人立刻慌張起來，瞥眼互看。那樣不就等於表示我講的沒錯了嗎？既然嘴巴什麼都不講，就要連眼神都不講話才行啊。

「所謂的万引き（店鋪偷竊），是偷過一個東西下次就會偷十個，偷過十個下次就偷一百個，最後甚至會偷上一萬個，所以叫万引き。妳們把這壞習慣給我改掉，否則妳們遲早會被條子抓去，像我一樣留下逮捕紀錄囉。」

我在路上如此說教到一半——

「咦？什麼逮捕記錄？」

小島芹奈這傢伙，才想說她總算開口講話，結果居然是講這點。

「殺人嫌疑啦。雖然後來不起訴就是了。我先講清楚，我可是一個人都沒殺過喔。應該。」

聽到我這麼說，葵與茜都露出嚇傻的表情……但芹奈反而眼神閃閃發亮。這傢伙到底怎麼回事？不過總之她們似乎願意聽我講話了，於是——

「脫了軌的傢伙將來就只能找到辛苦的工作。像我就是找不到工作，跟地下錢莊借了錢——因為不還錢會被拔掉內臟，所以才來當你們的什麼保母了。其實我才真的想要有時間念書的說……啊～該死……」

總覺得講到途中都自我嫌棄起來了，但我還是如此教訓她們。

結果草字頭三人組又再度陷入沉默。不過這次的沉默氣氛跟剛才有點不一樣。雖然我看不出來她們在想什麼就是了。

「明白了嗎？從今以後妳們不准再偷東西了。」

我如此隨便總結後——那三個人都點點頭。這讓恩蒂米菈也稍微露出了「哦？」的表情。

「知道了，我們以後不做。」

「總覺得看到老師這樣子……」

「就有一種……自己不可以變成這樣的感覺。」

……這傢伙們……哎呀，既然願意改過自新……是沒關係啦……

我忍不住咬牙切齒，並帶著學生們與恩蒂米菈穿過目黑大道的交叉路口。

結果就在這時，我看到前方有一閃一閃的紅色燈光。

停在路邊的那、那是……！巡邏中的、警車……！

而且警察伯伯下車來到人行道上，朝我們露出假惺惺的笑臉了。

「……是、是條子……！」

要是這種深夜時間帶著女中學生在外面遊蕩，我可是會遭到逮捕然後武偵三倍刑啊。可是考慮到我們會在這裡的理由，我又不能解釋這個狀況。而且……

「我說老師，我去跟那個警察伯伯說『我被老師做了過分的事情』好不好？」

芹奈露出像貓咪的眼神看向我，一臉賊笑地講出了這種話！妳不要恩將仇報啊！

「為什麼啦！是說妳們快逃啊！警察可是會把妳們抓起來輔導，毫不留情地聯絡妳們家長喔！那樣我剛才一番辛苦都白費啦……！」

我雖然很想立刻拔腿逃跑，但要是學生被抓到頭來還是會把責任算到我頭上害我被開除。因此我只能跑來又跑去，不斷轉圈子。而恩蒂米菈見到主人這個樣子後……

「——那個警察只有一個人，沒辦法抓到我們所有人的！在他呼叫增援之前請快逃吧！」

她如此說道的同時，推著那三個人的背讓她們逃進小路中。

「大家分散到不同路上！要是拖拖拉拉的可是會被抓去關囉！」

我對草字頭三人組的背影如此大叫後，自己朝著別的方向全力衝刺。而她們遇到這種時候就很聽話，立刻在交叉路口分散到前方、右邊、左邊不同方向逃跑了。

我跟恩蒂米菈也在逃跑，可是——警察有可能會把目標鎖定在跑步比較慢的茜身上。因此我從口袋中掏出空砲彈，直接從拋彈殼孔裝進貝瑞塔，「磅！」一聲響起在目黑區的街道上迴盪的槍聲。

結果警察就大叫一聲「你這傢伙！」並拔出手槍，把目標鎖定到我身上了。嗚哇嗚哇嗚哇，他把槍口舉向我追過來啦！不要啊啊啊！

發揮出被亞莉亞鍛鍊出來的快腿，在彎道拉開距離，順利甩開了警察伯伯的我……隔天早上前往上目黑中學出勤的雙腳卻無比沉重。因為心情太沉重了。

「唉～……今天又要一整天被當成空氣了嗎。明明我才是老師，可是卻想拒絕上學啦……」

我對恩蒂米菈如此埋怨著，並準備進入教室的時候……咦？

教室的滑門拉不開。被上鎖了。於是我敲敲門後，從教室裡傳來學生們的笑聲。這是……想把我關在門外？這群死小鬼。

「主人，請問該怎麼辦？」

「要是把門踹開又要賠錢……真沒轍，我們到樓上去。」

我說著，帶恩蒂米菈走上校舍樓梯——來到早晨太陽照耀的屋頂上。在二年四班教室正上方的位置像隻猴子一樣翻過護欄後，恩蒂米菈也跟著翻了過來。

「教室的窗戶開著，我們就用繩索進去。妳有做過直升機空降嗎？」

「沒有，不過我應該辦得到。就是像從樹上爬藤蔓下去吧。」

「這麼說來妳以前是住在森林裡啊。好，那我們上。」

我拉出腰帶的繩索，將掛鉤掛到護欄的柱子上。接著把恩蒂米菈像救援對象一樣用公主抱的動作抱起來——「唰！」地往下滑。就在滑落兩層樓高——來到二年四班教室的高度時，讓腰帶扣環剎車爆出火花的同時……跳進教室內，在講臺上翻滾護身。在那之前就放開我的恩蒂米菈也華麗著地，而且不忘壓住自己的裙襬。

……結果……嗯？……

怎麼學生們全都瞪大眼睛在看我？從窗戶進來有那麼稀奇嗎？

「嗨～各位同學早啊——像這種假惺惺的笑容我已經不幹了。反正我演技很差。話說你們是在驚訝個什麼勁？在我母校如果覺得下樓梯很麻煩的時候，大家都會這樣做啊。」

我把繩索收回腰帶中……啊，掛鉤零件又壞掉了。可是這個就算去申請經費應該也不會通過吧。在內心不禁如此埋怨的我——

「早上班會時間已經沒了，我們就直接開始上課吧。不過……你們以為我會坐下嗎？太天真啦。」

——沒有坐到講桌邊的圓椅子上，而是把它像啞鈴一樣舉起來，讓學生們可以清楚看到用小刀稍微劃破墊子並埋到裡面只露出針頭的圖釘。

「你們要知道一旦被敵人發現自己的敵意，敵人就不會再中自己的陷阱了。甚至反而會因為陷阱而暴露自己的存在、實力、指紋、待在這地方的時刻等等情報，讓自己變得不利。再說，這上面連毒藥都沒塗吧？這樣根本連攻擊都算不上。一般的手法應該是要長期對敵人表現出友好的態度讓對方鬆懈之後，再使用肌肉鬆弛劑——像是Xylazine或氯化琥珀膽鹼才對。」

我拔掉圖釘並且與恩蒂米菈兩人環顧教室——不同於第一天，學生們全部都注視著我。只不過各個表情驚訝，帶著「這傢伙到底是什麼人物？」的態度。很好，這下剛好成了我今天準備要教的課程的開場啦。

「給我打開課本——我雖然很想這樣說，但是課本太無聊了，讓人沒有興趣是吧。現在你們更想知道的——應該是關於我們的事情。畢竟要是不曉得我們究竟是什麼人物，就不知道會被我們做出什麼事情。所以在這堂課上，你們對我或恩蒂米菈想問什麼就儘管發問，但是要用英文。只會用簡單的單字或是用錯文法都沒關係，要翻字典也可以。我什麼都會回答，但是只用英文。所以為了保護你們自身的安全——就想辦法用英文對話，從我們身上獲取情報吧。」

如此這般，我展開了甚至不惜出賣自己的隱私權也要讓這群傢伙把注意力放過來的作戰計畫。

教室裡頓時騷動起來，感覺氣氛有點熱絡了。

「什麼都會回答？真的假的？」

「Speak English.（講英文）」

我把手臂交抱在胸前看著學生。從現在開始我只會用英文講話了。

結果昨晚才救過的芹奈便一副好了傷疤就忘了疼似地露出笑臉……

「遠山和恩蒂米菈是情侶嗎？在交往嗎？」

意外地用頗流暢的英文如此問道。這傢伙……一下子就給我問這種問題……哎呀，畢竟這年紀就是喜歡這種話題嘛。不過因為恩蒂米菈變得滿臉通紅了，於是……

「才不是。小心我斃了妳！」

我為了不讓學生繼續提出性騷擾問題，就像電影裡的壞人一樣用粗魯的英文如此嚇唬對方。

「恩蒂米菈喜歡遠山嗎？」

……我明明那樣嚇唬了……芹奈這傢伙，還真是有膽識的小鬼。

「我在立場上對於主……對於遠山老師是不可以懷抱那種感情的。好意有時候反而會成為對方的負擔。我對他宣示過忠誠，因此必須避免那樣的事情……」

由於一個美女通紅著臉回答這種戀愛方面的問題，讓學生們都興奮起來了。

「我說妳啊，不覺得恩蒂米菈很可憐嗎？差不多給我換其他問題啦。」

「明明自己剛才說什麼都會回答的。」

不愧是私立學校，就算是放牛班的學生似乎也能理解一定程度的英文——大家聽到我跟芹奈這段對話都哈哈笑了起來。

「那麼請讓我問另一個問題。」

這次換成一個戴眼鏡的女生舉手了。

「剛才我聽芹奈同學她們說遠山老師身上有帶槍。請問是真的嗎？」

昨天的槍聲……讓草字頭三人組發現了這點嗎？雖然這可能只是在套我話，但畢竟我剛才自己講過什麼都會回答啊。

「是真的。」

「老師可以那樣嗎？」

「在我以前的學校，每個老師身上都有帶槍。」

我和那女生用英文如此交談……結果這次換成男生們眼神閃閃發亮，紛紛「給我看給我看！」「我想看真槍！」地吵鬧起來。而且姑且是用英文。

「……只讓你們看而已喔。畢竟我不能讓沒有配槍資格的你們碰到槍。這是貝瑞塔92手槍——因為戰鬥時壞掉的部分是到處湊零件修理的，所以是F和FS的混合型。」

我說著，從外套中掏出手槍給大家看……結果男生們全都「哦哦～！」地開心起來。還真是一群悠哉的傢伙。不過槍械不被厭惡甚至反而受到憧憬的現象，也可說是日本雖然治安惡化但還算和平的證明。我就當作是好事吧。

「你們稍微問一些跟念書有關的問題啦。」

我把槍收回外套內的槍套並如此抱怨後……

「那恩蒂米菈老師，這句話是什麼意思？」

草字頭三人組之一——葵拿起打開的課本如此發問。

「哪一句話呢？」

於是恩蒂米菈靠近過去看課文……結果葵忽然把課本闔上——「唰！」地剝開恩蒂米菈的金色長髮，讓耳朵露出來了！……不妙！

「果然！好奇怪的耳朵！」

是昨晚恩蒂米菈在百貨公司鞠躬低頭的時候，被葵稍微看到她的耳朵了……！

恩蒂米菈趕緊壓住自己耳朵，紅著臉變得慌張失措，一副擔心會被我罵地戰戰兢兢朝我看過來……但已經太遲了。學生們都已經看到，而騷動起來。

「啊～不要只是因為耳朵長了一點就大驚小怪！世界上各式各樣的人類都有啦。」

「主人，我並不是人類，是精靈。」

「妳閉嘴，不要讓事情變得更複雜啦……！」

我和恩蒂米菈這段對話先放到一邊，班上學生們則是興奮大叫著——

「角色特性超強烈啊～！」「是精靈！」「精靈老師！」「超逼真的！」

他們似乎透過遊戲之類的作品知道所謂的精靈，但是從對話聽起來……他們終究只認為這是在角色扮演的樣子。

「呃～恩蒂米菈老師她——是個因為喜歡動畫遊戲而從英國來到日本的深度角色扮演扮裝者。而這是類似身體改造之類的東西啦。」

我如此語無倫次的聲音，被學生們對像個真的精靈……或者應該說真的就是精靈……的恩蒂米菈興奮稱讚的聲音給掩蓋過去了。畢竟雖然角色扮演從前是很隱密的活動，但現在的扮裝者就有點像是偶像明星嘛。

就這樣，英文課的時間快要結束了——

在這堂課中雖然我或者應該說貝瑞塔一時衝高了人氣，但最終學生們的人氣都被恩蒂米菈獨占了。不過她本人倒是搞不太清楚自己為什麼會讓大家這麼開心，始終只能紅著臉苦笑回應就是了。

就在大家對恩蒂米菈興奮稱讚的教室中……我感覺到從窗邊的座位有視線盯著我於是轉過頭去，發現有個學生並沒有在看恩蒂米菈。是芹奈。她把左右手肘撐在桌子上，一臉愉悅地——看著我。另外還有一個學生瞥眼看著那樣的芹奈，露出一臉不開心的表情……就是跟草字頭三人組合作轉賣贓物，眼神銳利剃小平頭的男生——壕尾。

「壕尾，你今天不去小便沒關係嗎？」

我在課堂結束的時候若無其事地對他如此搭話，結果——

「囉嗦。」

他用不爽的聲音只回應了我這樣一句話。大概是因為他本來以為自己是這個班上的老大，現在班上的注目焦點卻被我們搶走而讓他感到火大了吧。如果我被他討厭了……我還想說要針對那件事情找他問話的，但這下或許變得很難找契機啦。

——我本來是這麼認為，但沒想到契機很快就來了。放學後，正當我跟恩蒂米菈走在校園內的時候……

「遠山，給我過來一下。不准帶槍，現在就把槍交給恩蒂米菈。」

壕尾把我叫住了。對老師用那種講話方式，真是不良少年。是我擅長對付的學生類型呢。

「……恩蒂米菈，妳先回去。」

「可以嗎？」

「沒問題。」

我將貝瑞塔、ＤＥ、短刀跟備用彈匣都交給恩蒂米菈後，跟著壕尾走了。

結果他帶我來到的地方——正是不良少年的典型地盤，校舍後面。

「遠山，你給我辭職。」

忽然把手插進褲子口袋的壕尾對我如此說道。但是——

「我拒絕。我這個月的薪水才領了一半而已。話說……壕尾，你為什麼會急著需要一筆大錢？」

「什麼……？」

聽到我這麼說，壕尾立刻皺起眉頭。既然這樣，我就再講詳細一點吧。

「我拿到小島她們偷的化妝品一覽表。而她們提供給你的貨，是她們賣給認識的人之後剩下的東西。如果你要賣那些東西，想必就是透過網路。那些化妝品的品牌跟顏色都各式各樣，只要把幾個詳細的商品名稱列出來搜尋，我很快就找到你在拍賣網站上的帳號啦。昨晚有個商品成交了對吧？那買家就是我。然後今天早上我收到通知郵件裡寫的轉入帳戶就是你的名字。而且你最近還上架了其他各種東西對吧。」

壕尾刊登拍賣的東西不只是草字頭三人組賣剩的庫存，另外還有看起來像是從工地現場偷來的銅線以及同樣像是偷來的登山車等等。雖然還沒有競標結束，不過這些如果全部都賣出去，金額將不只五萬或十萬——交易規模有點讓人無法忽視。

「——你給我消失。要是你敢對我動手就是體罰囉？」

出現啦。他從口袋裡拿出了一把電擊棒。我見到那玩意，忍不住露出笑咪咪的表情。

「很棒喔，壕尾！你自己身上帶武器，然後預先讓我解除了武裝。這可是很重要的事情。哎呀～像你這樣年輕氣盛的小鬼，搞不好是我在班上最好應對的學生呢。」

「你在講什麼？我可是叫你辭職啊！你要是不照做……我真的會電你喔！」

「好，來啊。畢竟今後的日本可不能交給連打架都不會的傢伙嘛。」

我往前踏出腳步——結果壕尾大概是抱著威嚇的意思，讓電擊棒「啪嘰啪嘰！」地發出大約只有希爾達一億分之一的放電聲響。然後自己還有點被嚇到。

「SABRE 公司的三十五萬伏特電擊棒是嗎。最近由於日圓漲價，洋貨變得比較便宜了嘛。不過在那距離放電也因為手不夠長根本接觸不到，所以沒辦法嚇唬到人喔。雖然外行人可能會像你一樣只聽到聲音就被嚇到就是了啦。」

「被電到的話要死的時候還是會死喔！我還未成年，就算殺了人也無罪，你不怕嗎！」

「我不怕，只是感到懷念。因為我以前的學校就有讓學生拿那種玩意互電的課程啊。來，你就拿我練習吧。訓練你的膽量。」

我說著，來到壕尾的手可以伸及的範圍內……再繼續接近後……

「嗚、嗚嗚！」

——啪嘰啪嘰啪嘰！他有好好按下按鈕把電擊棒伸過來了。很棒喔。

於是我為了獎賞他，右手反掌從上方抓住壕尾的手臂，往前踏出腳步與他錯身而過，將他的手繞到背後鎖住了肘關節。而且為了讓他可以用身體記住這招「正面奪短刀」，還故意放慢動作。接著把他的手腕輕輕一扭，電擊棒就「咚」一聲掉到了地面上。

壕尾一失去武器就忽然變得沒有氣勢……因為疼痛與不甘心而咬牙切齒地轉過頭來……

「這……這是暴力……！是體罰！你是老師吧……！」

「就只會在這種時候才把我當老師。我第一天就講過了吧？我的飯碗本來就很不值錢啦。要我如你所願辭掉老師的工作也行喔，不過在那之前我會先讓你的兩、三根骨頭脫臼。怎樣，要不要試試看？我以前就經常被老師折到肩膀或手肘脫臼，結果變得平常背部搔不到癢的地方都能搔到，意外很方面喔。」

「——住手！你、你別折……！」

「壕尾，你今後不准再買賣贓物。去把你的拍賣帳號停掉，把偷來的銅線跟腳踏車物歸原主，向對方好好道歉。要我陪你一起去道歉也行。一個人——要是放任自己往下沉淪，就會一直沉下去。趁年輕時盡快剎住腳吧。」

「我知道、我知道了……放、放開我……！」

「要是讓我再發現你賣贓物，我就讓你繼續上這堂CQC課程。」

我說著，放開壕尾的手臂。結果他當場彎下膝蓋，全身縮成一團……然後……哭出來了。

「……明明是、為了錢在當老師……還那樣一副高高在上的……明明你又、不知道我是什麼心情……！」

「沒錯，我就是為了錢。但既然領了錢就要做好工作。你的心情我哪有可能知道，但我會幫助你，因為那就是教師的工作。壕尾，你並不是為了玩而想要錢對吧？我看你的臉就知道。為什麼你會需要錢？為什麼你那麼急迫？」

我跪下一隻腳，把手放在壕尾肩膀上如此說道後——

「嘴上雖然那樣講，但只要我說出來——你絕對會怕得夾尾巴逃走，把我丟棄對吧！你們這些老師就是這樣！」

「——我不會逃，你就說出來吧。我是武偵，肯定可以幫上你的忙。」

壕尾他……抱有某種問題。少年犯罪的動機雖然大致可以分成幾種類型，但如果沒有從本人口中問出究竟是哪種類型的動機，就無從著手解決問題了。

「……」

但壕尾依然低著頭……哭著。他應該是抱著已經超出自己負荷的問題，卻又無法找人求救。我……必須幫助他才行。

兩個男人獨處的狀況下，經常會比較容易把難以啟齒的話講出來。我就在這裡陪他到他願意開口吧。就在我這麼決定的時候……

「遠、遠山老師！請問你是在做什麼！」

大概是聽到剛才電擊棒聲響的哥布林——御分院教頭來了。

於是我把頭轉過去的同時，壕尾站起身子——

「嘿！你……你活該啦……」

他轉身背對我，朝著跟御分院相反的方向逃走了。

壕尾——你是從什麼時候開始，變得那樣無法相信別人的？是因為大人害的嗎？

「遠山這個人不行啦！果然就是不能讓什麼武偵來當老師的！把他開除吧！」

「暴、暴力……是嗎？」

如此說道的御分院與中川，以及我和校長──又在校長室中開會了。

「呃……我確實是有扭學生的手臂啦……」

那種程度的事情如果是在武偵高中根本連打招呼都算不上，但是在一般學校就不太妙啊。這下我要被開除了？

「受不了……不過這是個好機會。就算對象是遠山，但既然壕尾拿凶器威脅老師──我們就有理由讓他退學了。畢竟壕尾似乎跟teamer也有關係。俗話不是也說『爛蘋果』嗎？在腐敗氣體把其他蘋果也搞爛之前，讓他退學吧！」

總之先批評我一番之後，御分院教頭又一臉開心地把他撿到的那把壕尾的電擊棒舉了起來。這人還真喜歡讓學生退學。還有什麼teamer啦，那是平成時代初期對不良集團的稱呼方式吧。

「不，請你也考慮一下學生被退學的感受吧。那可是很辛苦的。像我就是被高中退學結果過得很辛苦啊。而且這裡不是蘋果園，是培育人的──」

「你還不明白嗎遠山！那傢伙是個問題兒童啊！」

「……我以前也是被人那樣稱呼，所以我知道。被稱為問題兒童的傢伙其實多半只是不曉得而已──不曉得社會上的事物。而所謂的教育不就是要把那樣的知識教導給學生明白嗎？讓學生退學根本是放棄教育、逃避責任吧。」

「把垃圾趕出去不是放棄（houki），是掃把（houki），是掃除啦！反正你已經要被開除了，不要對我們的做事方針多嘴！」

對於用同音字講雙關話並繼續大聲嚷嚷的御分院——我又差點要發飆了。居然把自己學校的學生當成垃圾，意思是說四班是垃圾箱嗎？不是吧！

那些學生不論昨天還是今天都有到學校來。今天上課時甚至還很開心的樣子，明天肯定也會來。雖然他們或許沒有自覺，但他們都是**來學習東西**的。現在居然要把那些學生中的一人趕走——我絕對不做那種事。

「……話說回來，既然有扭學生的手臂……要是家長來抗議，就算是我也無法袒護遠山老師啦……」

一直保持沉默的大津校長這時語氣苦惱地如此說道。

畢竟壕尾想要讓我辭職，而且直到最後態度都很反抗。那麼他應該會讓家長來抗議吧。

而要是我為了拿薪水繼續賴著不走——到時候如果這件事被傳到東京都的私學行政課，就會給同樣在這間學校工作的其他老師們添麻煩。那種事情我做不到。

……很遺憾，看來到此為止了。

雖然期間短得感覺很沒出息，而且拿不到錢也很可惜——但我就辭職吧。

既然要走，臨走前留下個什麼禮物吧。至少要拯救一個尚有前途的少年免於遭到退學。

「……大津校長，壕尾其實並不壞。那學生腦袋動得快又有膽識，只要好好教育，將來是有機會成為一個夠格的男人。所以請不要因為一時的武斷誤會就讓他退學。更何況——那把電擊棒是我帶到學校來的。壕尾是為了自我防衛而試圖從我手中把它搶走，所以我扭住了他伸過來的手臂。這才是事情的真相。真是對不起。」

我背起壕尾的罪，虛構故事——就在準備表示自己會負起責任辭職的時候……

「老師~不可以說謊喔~明明自己昨天才跟人家說『敢說謊就扁妳』的。」

芹奈——的聲音忽然傳來。於是我轉過頭去，發現她不知何時從校長室的門邊探出頭來。在她旁邊還有我明明下令回去卻似乎躲起來觀察狀況的恩蒂米菈，以及在恩蒂米菈的催促下……壕尾……走進來了。他一副感到丟臉似的，不和我對上視線。為什麼他會來？

「那把電擊棒是……我聽說遠山是職業武偵，所以帶來想叫他教我怎麼用，結果卻被他當場沒收了。御分院，你少在那邊自己亂猜。」

壕尾指著放到桌子上的電擊棒，明明是被我施暴的受害者卻主張「自己有錯」——搞得教頭跟校長都瞪大了眼睛。

「可……可是壕尾同學，你有被遠山老師施暴對吧？」

哥布林剛才明明把壕尾講成垃圾，現在卻為了要逼我辭職而裝出柔和的聲音尋求證詞。可是……

「才沒那種事。我只是坐在遠山老師面前而已。你有證據嗎？」

壕尾甚至連有過暴力行為的事情都否定，讓御分院露出了搞不清楚怎麼回事的表情。

「遠山！——我是不曉得你用什麼方法籠絡了壕尾，但是……」

就在御分院再度把矛頭指向我的時候——大津校長輕輕伸手制止他……

「不，既然說什麼事情都沒發生過，那就好。狀況我理解了。壕尾同學也是……我理解你有好奇心，但不要把那種危險的物品帶到學校來。明白了嗎？」

徹底用一副多一事不如少一事的態度——讓事件圓融收場了。

我們晚上很晚才回到台場的自己家後，萜萜蒂與列萜蒂便「踏踏踏！……啪沙、啪沙！」地奔向恩蒂米菈抱住了她。簡直像是一家母女呢。

沒有意思加入其中扮演父親角色的我則是走到流理臺洗手漱口的同時——

「剛才真是謝謝妳啦。多虧有妳讓我保住了飯碗。不過真虧妳有辦法把壕尾帶來啊。」

我背對著應該正在換穿成居家水手服的恩蒂米菈，向她如此道謝。

「不，要帶壕尾過去是很簡單的。因為只要是芹奈講的話他多半都會聽從。」

「呃，是喔？」

「只要觀察他們在班上的狀況應該就能知道了不是嗎？壕尾喜歡芹奈呀。所以我判斷主人和壕尾之間可能會發生什麼問題，就立刻去把芹奈叫過來了。順道一提，芹奈則是喜歡主人。」

呃，我聽到多餘的情報啦……畢竟芹奈還頗可愛的……這下我明天不想去學校了……另外，原來是因為這樣所以我明明什麼也沒做卻被壕尾盯上的啊。我都沒發現呢。

我一邊嘆息，一邊為了不要看到恩蒂米菈換衣服而在廚房中學螃蟹橫走移動，把菈菈蒂與列菈蒂昨天向我學過電鍋的用法而幫我們煮好的白飯盛到碗中，再移動到客廳。接著一邊讀著東大的考古題，一邊吃著白飯的時候——

「主人，您累了吧？」

從背後傳來恩蒂米菈的聲音。

「聽了妳的話之後原本消下去的疲勞又湧上來啦。不過我還是要讀自己的書才行。」

「為了讓那樣的主人提起精神，我們來為您加油了。」

加油……？我疑惑地轉回頭一看，結果被眼前教人噴飯的景象嚇得真的把飯噴出來——之前，因為覺得太浪費而「嗯！嘎！咕咕……！」地拚命忍住了。

我家的三位女奴隸……竟穿著啦啦隊的衣服！那不是亞莉亞她們在亞特希雅盃之後留在我房間的玩意嗎！裙子好短——！

「——為、為什麼把那種玩意挖出來了啦！不要！不要！」

我把考古題書拿到自己臉部斜下方，擋住恩蒂米菈溼潤白皙、菈菈蒂與列菈蒂豐腴可愛的六隻光溜溜的腳——但這樣一來從啦啦隊制服胸口設計的子彈型洞口又可以看到三道好～深的峽谷，以及好～大好有彈性的六顆肉球的一部分！於是我忍不住把考古題書拿高遮住視線斜上方，但這下又能看到腳腳跟胯下的危險區域！考古題老師，我到底該怎麼辦！

「萜萜蒂和列萜蒂似乎是看ＮＨＫ教育頻道知道了，所謂的啦啦隊是為人類加油打氣的工作。因此我們換上了這套衣服，希望為主人的讀書加油打氣。」

恩蒂米菈為了和我對上視線而跪下來——嗚哇！她底下穿的不是安全褲，而是在台場買的白色內褲！被我瞄到了！不要！不要！萜萜蒂和列萜蒂不要在恩蒂米菈左右兩邊用小女孩蹲的姿勢蹲下來會全部看光光的啊！

「妳工作一整天也累了吧！不用在意我的事情，快點去休息啦——！」

大概是注意到自己內褲被看到了，恩蒂米菈通紅的耳朵……從頭髮縫隙間伸了出來。那樣子不知道為什麼莫名煽情……原來精靈耳朵是猥褻器官嗎！

「請問您因為一起工作而忘記了嗎？我即使在學校是同僚，但在家裡是奴隸呀。」

由於恩蒂米菈又講出這種多餘的發言……害我注意到了……

（……在學校受歡迎的女教師，在家卻是我的奴隸……！……）

時而嚴格，時而溫柔地手持教鞭的神聖美女老師——其實在家卻是個穿水手服，到晚上甚至穿兔女郎裝或啦啦隊服等等裸露面積很多的衣服試圖取悅我的女奴隸——這樣至高的反差魅力。不、不妙……！

「據說人類的男性在疲憊時會對女性更有感覺。因此我一直在等待主人因為各種壓

力之下變得疲憊的機會。幸運的是，那個機會似乎很快就到來了。」

垂死爆發的原理其實也是源自這點。當男人感到徹底疲憊的時候——本能上就會想要在死之前留下自己的子孫，而變得容易性亢奮。恩蒂米菈就是想利用這樣的機制，向我強迫推銷她所謂「女奴隸的價值」嗎！不愧是N的智將！

——實際上，我今晚確實感覺原本就是個美女的恩蒂米菈看起來比平常更美。

咦？可是我對菇菇蒂和列菇蒂卻感覺一如往常。雙胞胎會讓人有種後宮感，在爆發方面本來就是很危險的Z戰士，再加上啦啦隊服讓爆發度變成兩倍，小女孩蹲的姿勢變成四倍——也僅此為止。然而現在恩蒂米菈的爆發度卻是平常的八倍。也就是說有某種跟疲勞無關的因素提升了恩蒂米菈的美女戰鬥力。

就在我這麼想的時候……從穿著暴露的啦啦隊服靠近我的恩蒂米菈羞澀的臉蛋上——飄來化妝品的氣味。是那個啊！昨天我在京松百貨買來的昂貴化妝品……！

「恩蒂米菈，妳那個……化妝……」

「畢竟這是男性不會使用的東西，因此請恕我擅自拿來用了。」

嗚嗚。原來是化妝界王拳。化妝雖然是如果技術不好反而可能降低美人度的兩面刃，但恩蒂米菈無論是質感細緻的粉底、煽情的睫毛膏、紅色與粉紅色絕妙搭配的口紅——全都技術高超。簡直就像最高級的夜店中一個小時就要五萬塊左右的大姊姊……！而且菇菇蒂和列菇蒂還笑咪咪地蹲著身子移動到我左右兩邊，又排成讓我無處可逃的陣型了……這下我生氣啦……！

「住手，恩蒂米菈！萜萜蒂和列萜蒂也是，Ｓｔａｙ！」

面對在這種狀況下依然用鋼鐵般的精神力反抗的我——恩蒂米菈露出早猜到我可能會這樣的表情。

「主人您——終究堅持不把我們當成女人利用嗎？」

「因為妳、那個、對於那種事情、其實並不想做對吧？妳都寫在臉上了！」

「這個嘛……是，我想到接下來的行為，確實會覺得害怕……但即便如此，身為奴隸的規矩就是應該對主人有所貢獻。而且只要真的進入行為後，我在本能上應該也會產生性亢奮。」

「哇啊啊啊不要講那種事情！」

看到我摀住耳朵快要哭出來的樣子……恩蒂米菈大概也有料想到事情會如此發展……因此讓我拒絕那樣的事情而欠下一份人情後……

「那麼，請將這些錢拿去使用在消除主人疲勞的事情上吧。請收下。」

——她把大津校長交給她的那個裝有自己薪水的信封遞給我了……裡面的錢完全沒有用到。

這件事讓我……連爆發都當場忘記，有點真的動怒了。

「喂，妳可別誤會了！那個錢是妳工作賺來，屬於妳自己的錢。我雖然有自覺我這個人是屬於相當糟糕的類型，但我可沒有爛到為了從妳身上搾錢而讓妳去工作的程度！」

我一方面也為了遮住啦啦隊服的子彈型洞口，而把信封推回恩蒂米菈胸前——

結果恩蒂米菈大概是沒有料想到窮困的我居然會不收錢，頓時把化妝後看起來更大的眼睛瞪得圓圓的。接著用她聰明的腦袋不知思考著什麼事情好一段時間後……

「我……做了非常失禮的行為，請讓我在此道歉。」

跪下來把手指放到地板上，對我磕頭致歉了。萜萜蒂與列萜蒂則是繼續蹲在左右兩邊，疑惑地面面相覷。

4彈 「人」這個字

多虧恩蒂米菈的人氣，四班的學生總算變得願意正常聽課了。

雖然每天小島芹奈都一臉愉悅地看著我感覺很恐怖，但不知道為什麼，班上女生們也因此變得不太會表現出反遠山的態度了。看來芹奈在班上女生之中相當有地位的樣子。畢竟長相也最可愛嘛。

另外壕尾雖然態度上多少還是有點不爽，但自從在校舍後面的那件事情之後似乎對我比較順從了。上課時點到他也會乖乖回答問題，也不會假裝去上廁所蹺課。那感覺與其說是在怕我，還比較像是在感謝我什麼。我有做過什麼事情嗎？畢竟那天由於看到恩蒂米菈啦啦隊服裙下風光造成的衝擊，讓我喪失了一部分的記憶啊……

然後今天上完課的放學後，正當我和恩蒂米菈一如往常在辦公室處理文書工作的時候——

「遠、遠山老師！來了來了來了！巴茲來了！」

嗚呃！芹奈竟然跑來了。而且她態度慌張到平常戴在頭上的髮箍都快掉下來的程度。到底發生什麼事了？

「……妳在講什麼？話說妳別到辦公室來吵吵鬧鬧的啊。我是不曉得妳在講誰來了啦……」

我把點名簿拿起來像扇子一樣煽動，做出想趕她走的動作。結果……

「白痴！巴茲就是teamer啦！他們又來了嗎！叫警察！打電話叫警察來！」

御分院教頭對我如此怒吼，慌張得讓茶杯在他手中跳來跳去。Teamer……也就是不良集團是吧。

「就算打電話警察肯定也不會馬上趕過來的。雖然我不清楚他們為什麼會來學校，不過遇到這種時候最方便的人才就是我遠山啦。我不會要求多發什麼危險津貼，不過今後還請多多關照啊，教頭。喂，恩蒂米菈，妳來當我的後衛。」

我向身為權力者的教頭宣傳自己的拿手領域並站起身子，帶著恩蒂米菈跟在芹奈後面奔上校舍樓梯，進入被稱作巴茲——我猜大概是寫成Bads吧，哇～好蟀棄喔～——的不良集團所在的二年四班教室。

結果在教室裡——嗚哇，還真好認呢。一邊是穿連帽T帶有刺青，一邊是穿運動服配上超粗的鏈條項鍊，兩個人嚼著口香糖坐在桌子上。

然後倒在那張桌子邊的人影，是已經被揍得很慘——滿臉鼻血的壕尾。

「啊？你誰啊？」

穿運動服的傢伙注意到我進入教室，深深蹙眉朝我瞪了過來。於是……

「呃～我是這班的班導。請問兩位就是巴茲嗎？本校禁止外人進入喔。好啦，請回去回去。」

畢竟鼻血也可能形成窒息的原因，因此我為了壕尾，希望可以和平盡速地解決現場的狀況。

「還不行。咱們還沒拿到賠償啊。對唄，壕尾？」

穿連帽T的傢伙鄙視般瞧著地上的壕尾，講出這樣一句話。

「主人，請問這又是金錢的問題嗎？」

「看來是那樣……呃～巴茲的兩位，請問是什麼賠償呢？」

「上禮拜我帶這傢伙陪我去喝酒，結果他居然撞到我，害我的菸掉到牛仔褲上，燒出了一個洞啊。看，就是這裡。這褲子可是高檔貨，一條就要三十萬喔？這樣本來就應該要賠償對唄？」

「你既然是老師，就在這邊教育一下這傢伙『這應該要賠償，快付錢。』唄——就像上一個老師一樣。或者像上上個老師一樣現在就回去，接下來的事情讓咱們自由處置。自由應該是身為人的權利對唄？」

不知是有默契還是怎樣連講話的語尾都很像的巴茲這兩人……原來在這裡做過好幾次同樣的事情啊。然後壕尾似乎每次都被嚇破膽的老師棄而不救的樣子。

看來——壕尾大概是對學壞抱有憧憬而想要加入其中，但他年紀還太輕了。對於一個中學生來說，不良集團的權力鬥爭遊戲還有點太難了吧。在那遊戲中如果不是專業不良分子就很難往上爬的。然後壕尾早早就受挫，如今成了這些傢伙搾錢用的目標啦。

「壕尾，你要怎麼做？我先跟你講清楚，我不會插手喔？因為這是你的問題。」

我雖然嘴上這麼說，但心中倒是由於得知壕尾急著偷竊轉賣的理由只是少年犯罪中常見的動機而感到有點安心了。畢竟萬一是麻藥之類的問題就會很棘手嘛。

「老師也這麼說囉？嘿！快點給我拿錢來唄。」

「咱們就等你到明天，記得是三十萬！」

被揍到像凸眼金魚一樣腫的臉又被運動鞋踩到地板上的壕尾……

「……你們想揍……就儘管揍……我才不會、付錢給你們這些雜碎！……我不會再沉淪了……要是放任自己沉淪，就會一直沉下去……」

雖然這次同樣沒有得到老師拯救，不過他卻呢喃著老師——也就是我教過他的話，當場拒絕了。或許他是感受到我才是如果違逆會比較恐怖的存在，所以變得想要跟巴茲拉開距離了吧。另外我藉由搭話試著讓他開口講話，確認了他的血液並沒有堵塞到鼻子或喉嚨。既然這樣就稍微比較有時間可以玩玩啦。

「真是有膽識，壕尾。明明面對感覺比自己強的傢伙，你這句話講得好。那麼壕尾的問題就到這邊為止。接下來是我——身為這個班級班導的問題了。」

我說著，走向連帽T與運動服的傢伙。然後插入兩人中間，像好哥們一樣左右抱住兩人的肩膀——

「——巴茲的兩位，既然你們敢闖到我的地盤來搞暴力，就給我做好覺悟喔。」

咧嘴露出賊笑的我對他們如此說道。結果從走廊傳來恩蒂米菈一副傻眼地說「主人變得還真有精神呢。」的聲音。

「啊？」

「囉嗦！跟你沒關係唄！」

穿運動服的傢伙——將插在褲子腰部的托卡列夫TT－33手槍拔了出來。但是在他拔槍的時候，我的槍口已經抵在他手背上，用貝瑞塔連手帶槍一起推了回去。

「……好、好快……」

運動服傢伙當場被嚇破膽，連帽T傢伙瞪大眼睛呢喃，壕尾啞口無言，從門邊看著教室裡面的芹奈則是眼神閃閃發亮。在那樣的情景中——

「我在強襲科的 Fast Draw（快速拔槍）成績好歹是A－啊。我哥的速度甚至是這個的十倍。」

我如此說的同時用左手把托卡列夫手槍搶過來，讓它像冰壺一樣在滑溜溜的學校地板上滑動交給恩蒂米菈。接著收起自己的槍……

「你那條牛仔褲，右邊屁股上方根本還留著看起來很新的 Levi's 標籤嘛。雖然不算爛褲子，但是在 JEANS MATE 買一條也只要七千元而已啊。」

對連帽T傢伙如此說道後，我抱住那兩人的頭部並揪住他們耳朵。然後畢竟腳沒有踩在地上的傢伙隨隨便便都能推動，於是我把他們從桌子上推落到地板。再讓他們保持著即使想站起身子也沒辦法站好的傾斜角度，將他們拖向由於今天天氣也很好所以敞開的教室窗戶邊。

「好～讓我們來上一堂物理課吧。給我過來。」

「呃、喂……！」

「你、你要做什麼……！」

那兩人雖然注意到我把桌椅當成階梯踩到窗緣上究竟想做什麼事情——但是被揪住耳朵的痛還是讓他們不得不跟著我一起爬上來了。這就是蘭豹經常對我做的搬運方法啊。然後……

「這是重力加速度的實驗。去吧。」

我連倒數三聲都省略掉，就抓著那兩人一起從二樓窗戶跳了出去。

「啊啊哇啊！」

「——噫！」

畢竟連帽T傢伙跟運動服傢伙感覺都不懂護身，因此我在半空中將他們的身體調整到不至於摔死的角度——「啪渣！」地讓他們發出人體摔落到柏油路上的響亮聲音。

至於我自己則是——連五點著陸法都不需要就輕鬆著地了。

「啊……嘎……痛啊……」

「你……你這……傢伙，到底是什麼人啦……」

巴茲的兩位兄弟——都倒在地上痛得縮起身子。也太誇張了吧。我以前在教室裝睡不理會亞莉亞叫我的時候，可是被她連人帶椅施展擒抱式背部墜擊，用頭部摔到地面上的啊。有一次甚至是從五樓的窗戶。

「你問我是什麼人？——我只是從一間成績較差、個性較野蠻的學校出來的普通教師啦。下次你們要是敢再動我班上學生一根手指，我就帶你們從三樓做實驗。再下次就從四樓。」

我有點囉嗦地對那兩人嚴重警告，並揪著他們的脖子將他們拖到校門外。目送巴茲的兩位腳步搖搖晃晃的身影逃走後，我才轉身從校門走回校舍——之前，同樣腳步搖搖晃晃的壕尾走出來了。他對跟在後面的恩蒂米菈與芹奈瞧也不瞧，臉上只帶著擔心我安危的緊張表情。但畢竟沒什麼事情值得讓他擔心，因此……

「哎呀~我不小心摔下樓啦。」

我只對他如此裝傻了一下。可是他似乎並不能釋懷的樣子。

「……遠山……你為什麼要來……」

「你問我為什麼，因為我是你的老師啊。話說你現在不是也來了？」

聽到我這麼說，壕尾頓時臉紅起來——

「多……多管閒事！」

還真是不坦率呢。

「武偵憲章第八條：任務必須徹底完成。我接到的任務是當你們的老師，所以我只不過是在完成我的任務而已。這是工作。就像你說過的，是為了錢。」

我如此表示並準備回辦公室處理文書工作，結果……

「……雖然我這個人也是拙於表現，但遠山……你同樣好不到哪裡去啊。」

壕尾低著通紅的臉小聲這麼嘀咕。哎呀……或許沒錯吧。畢竟就算把 teamer 趕走也拿不到什麼額外津貼。沒錯，我其實……是因為擔心你。

因為你雖然嘴上不講，但眼神就是在對我說——「救救我」啊。

所謂的老師，寫作「先生」。

我比你先出生。年長者幫助年幼者本來就是武偵的，不，這個世間的規則。

既然是站在教師的立場，就更應該以身作則盡到這點吧。

「我是不曉得之前的老師怎麼樣——但我絕對不會捨棄學生。一個人也不會。」

我重新踏出腳步走向校舍的同時，對背後的壕尾如此說道。為了多多少少填補他心中想必對年長者失去的信賴。

這世界上大半的人都是年長者。雖然對我來說是如此，但對於壕尾來說更是如此。

所以要是對年長者沒有信賴——就等於是對世界上幾乎所有人都沒有信賴啦。

上目黑中學並沒有營養午餐制度，原則上都是要自己帶便當到學校。而我今天也一如往常地在教室吃著杯麵，恩蒂米菈則是用叉子吃著水煮蕎麥麵，各自與男學生們或女學生們聚在一起享用午餐。

「話說，我們班上有個叫明磊林檎的學生吧？通常應該寫『石』卻寫成『磊』的那個姓氏很特別的學生。我從來沒有看過她來學校，是生了什麼病嗎？」

我一邊喝著含有碎肉塊、堪稱是貴重蛋白質來源的麵湯，一邊不經意地如此詢問後……到剛才還吵吵鬧鬧吃著便當的男生們忽然都沉默了一下，接著……

「就是所謂的拒絕上學啦。」「老師最好別跟她扯上關係。」「雖然她是個有趣的傢伙啦。」

他們如此回答我，於是……

「為什麼不來學校？是被欺負之類的嗎？」

我稍微皺起眉頭，小聲詢問。但學生們卻對我搖搖頭……

「剛好相反，是林檎用很誇張的方式欺負過老師。」「我聽說她對老師丟過像毒氣的東西。」「好像是在生活指導上被老師講了什麼話，結果就發飆了。」

他們告訴了我這些讓人在意的情報。而且彷彿關於明磊林檎的事情在班上是什麼禁忌一樣，刻意壓低聲量。

不過從他們講話時有點寂寞的表情可以知道——他們並不討厭林檎。

「……聽起來好像是個很危險的學生。她之前應該有來學校吧？是個怎樣的人？」

我稍微試著深入詢問後——

「那傢伙腦袋超好的。理科類型。」「咱們跟她是同一間小學畢業，可是……」「印象中是從六年級後半吧？她忽然變得情緒容易暴躁了。」

最近稍微跟我混熟的男學生們提供了我這些情報……但明磊林檎的真面目依然教人難以捉摸。

——到了黃昏……

「呃～我班上好像有個女生拒絕上學的樣子……」

「是叫明磊林檎的學生。」

一天比一天熟悉在辦公室工作的我和恩蒂米菈試著對經過辦公桌旁的大津校長與御分院教頭提起這件事——結果那兩人一聽到林檎的名字就忽然停下了腳步。

接著他們露出傷腦筋的表情互看。坐在我對面座位的中川則是……

「拒絕上學是嗎。我在大學有學過……以前是大致上一間學校會有一名那樣的學生，但是到了現在卻變得一個班級有一個那樣的學生也理所當然了。」

告訴了我這樣一項關於拒絕上學現象的小常識。原來現在有那麼多這樣的學生啊。

「遠山，關於明磊林檎你就別管了。反正我們是私立學校，如果學生和學校不契合，還有公立學校可以收容。她只要轉學就可以了。沒關係沒關係。」

御分院一臉警告我別做多餘的事情似地搖了搖頭。

「學生不來學校怎麼可能沒關係？而且聽說她是個會做危險行為的小孩啊。」

「在精靈的森林如果有學生沒有到老師的地方，老師就會拜訪學生的家庭跟家長溝通的。」

恩蒂米菈接在我後面如此表示後，中川問了一句「呃～請問是指家庭訪問嗎？」並露出苦笑。表情就像在疑惑「是有哪間學校的名字叫『精靈的森林』嗎？」的樣子。

「對了，我們就去家庭訪問吧。小孩到了中學生的年紀也有可能是騙家長假裝自己有去上學。我先打個電話……」

就在我翻開學生名冊的時候，哥布林「唉～」地刻意嘆了一口氣。

「沒用的。帶過四班的教師每個人都說打電話聯絡不到那學生的家長。因此有個教師在生活指導上提出這點——哎呀，雖然那教師當時也有失言就是了——結果就被明磊林檎徹底找麻煩，最後被逼到辭職了。這種學生還是不碰為妙啊。」

無法聯絡到家長……？這樣聽起來甚至感覺有什麼事件喔？

「學生家的住址應該知道吧？我去調查一下。」

我如此表示並站起身子後——歐克校長對我露出嚴肅的表情。

「……關於明磊林檎的事情我也是一直很在意，但長久以來都無計可施。學校與家庭必須互相合作才有辦法教育學生。畢竟遠山老師身為武偵應該很擅長尋人，那就請你去看看狀況吧。有時候學生沒來上學可能是遭到家長虐待或放棄養育。如果你有發現學生臉上有瘀青或是異常消瘦等等的狀況，就來向我報告。」

虐待兒童嗎……若真如此問題可就大了。看來這件事我要盡早行動比較好。

我抱著姑且一試的想法打電話到明磊林檎的家，但果然沒人接聽。即使我隔一段時間再打幾次也是一樣。這種狀況下就算我直接去她家也可能根本沒人，或者就算有人也假裝不在家。看來聯絡家長的事情必須暫時擺到一旁，我要先把林檎本人找出來才行了。

於是我帶著恩蒂米菈首先在校內探聽是否有人最近目擊過林檎的情報。然而……一方面也由於私立學校的學生住家比較分散，讓我們遲遲收集不到什麼線索。

不過就在校舍中的學生人數減少的下午六點左右……

「我補習回家的路上經常看到喔。在五反田的 AMNET。昨天也看到了。」

在放學後結束營業的食堂玩著卡牌遊戲‧遊戲王的幾名學生之中——有一名學生提供了這樣的情報。

「你有跟她講過什麼話嗎？她是什麼狀況？」

「我、我才不會輕浮到自己去找女生講話啦。如果是可愛的女生對我抱有好感想跟我講話，我多少會考慮看看要不要跟她交談就是了。哦哦對了，明磊林檎那時候在玩星光少女。」

這學生的女性觀怎麼好像跟我有一部分很合得來的樣子。

言歸正傳，我試著用手機搜尋了一下，五反田的 AMNET 似乎是電玩中心，而星光少女似乎是遊戲機臺。

但是——我在學生名冊的住址上看到林檎的住家是位於廣尾的一棟高級大樓公寓。如果要去電玩中心，到惠比壽或是澀谷還比五反田近得多了。而星光少女是甚至有預定要拍成動畫的知名遊戲，應該不可能只有五反田的電玩中心才有擺設機臺。

我和恩蒂米菈接著立刻從目黑站搭山手線來到隔壁的五反田站。不過根據剛才那個學生的說法，會看到林檎是在入夜後較晚的時段——因此我決定在那之前先搜查看看周圍的場所。

既然會去電玩中心，代表林檎並不是個家裡蹲。那麼很有可能剛好相反，是個逃家在街上閒晃的學生。我從入學典禮的團體照上確認過林檎的外觀——身高約一五〇，身材看起來比實際年齡幼小，然後臉蛋可愛得教人火大。我根據這些外觀特徵，到處尋找公園、便利商店以及感覺逃家少女可能會擅自住進去的空房子等等地方。結果……

「咦？這個字——」

在一間我以為是空房子而瞧了一下大門玄關的超破爛公寓的集中式信箱上，我看到了「明磊（Akashi）」的名字。畢竟我可是對難讀漢字懂得很多，本來應該唸作「Rai」的磊卻唸作「Shi」的這個姓氏可不是那麼常見。不過明磊的自家是位於廣尾的高級大樓公寓，代表這裡應該是別的明磊家。可能是母親分居之類的狀況吧。

「我們上去調查。」

「是，主人。」

感覺有點像偵查員的我和恩蒂米菈踏上木造公寓的階梯。

在門牌簡陋到只是用麥克筆在厚紙板上寫了「明磊」的門前……由於沒有裝電鈴，於是我敲了敲門。

「什麼事？」

結果一名看起來應該比我大一、兩歲的大姊立刻把門打開了。看來她正好要出門的樣子。臉上濃妝豔抹，身穿帶有光澤的夜會服搭配秋季大衣，腳下穿著教人佩服她怎麼不會跌倒的高跟鞋……雖然長得有點像，但不是林檎本人。要說是母親又太年輕了。

態度上完全沒有準備去約會的開心感覺，而是要去工作的氛圍。黃昏時段一名年輕女性會打扮成這個樣子去從事的工作有限，應該是像酒店小姐之類的吧。

房內桌子上放有一個百元商店買的籃子，裡面雜亂地裝有各種化妝品。而在隔著那張桌子另一側的室內——視線所及之處看不到其他人影。不過深處左側還有另一間房間，從那裡可以聽到「喀喀喀」地似乎在按什麼按鈕的聲響，以及音樂聲。有人在裡面。

現在打開的門口玄關處也有一雙跟其他鞋子尺寸不一樣的女用鞋。被穿到有點扁的那雙鞋子在設計上明顯比其他鞋子來得像小孩子。

真是幸運——居然這麼快就讓我找到了。明磊林檎就在深處的那間房間裡。

「明磊小姐，請問林檎同學在不在這裡呢？我們是上目黑中學二年四班的新任班導與副班導，今天是來家庭訪問的……」

「為什麼你們會知道這裡？」

面對臉帶客套微笑的我，大姊露出懷疑的表情——把林檎就在這裡的事情給講出來了。

「我是聽她家長說的。」

我為了試探林檎跟她家長之間的關係而如此撒謊後……

「少騙人了，叔叔才不曉得林檎在這裡。我現在要出門去工作了……真受不了。林檎，妳老師來啦。拜託妳差不多去上學了行不行？別讓事情變得麻煩呀。」

唉～居然那麼輕易就把個人情報都講出來，我還真擔心妳做酒店小姐會不會出問題呢。簡單來說這個人就是林檎的堂姊，然後林檎現在逃家住在這裡。而且從講話方式聽起來，這位堂姊覺得林檎很礙事。

堂姊瞥了我們一眼後——就出門去了。丟下似乎在深處房間的林檎。總覺得她這樣相當缺乏警覺心，不過這裡大概就跟我房間一樣，根本沒什麼東西好偷吧。

「……喂～明磊林檎，我是妳的新任班導遠山。副班導恩蒂米菈老師也來了。我們想跟妳講講話，可以進去嗎？」

我從玄關處朝著角度上看不到裡面的左邊深處房間如此呼喚……卻沒有任何回應。只能聽到「喀喀喀」的……應該是在操縱電玩控制器的聲響。

「喂～林檎。」

要是我們擅自走進去搞不好會惹對方不高興，因此我希望至少能得到對方許可。

但是……

喀喀、喀、喀喀喀。喀喀、喀、喀喀喀。喀喀、喀……

——糟了……！

我對過於有規則性的聲響不禁咂了一下舌頭後，踏入屋內——看到在深處的房間裡擺有螢幕上顯示著「GAME OVER」的電視機與PS3。擺在地上的控制器上面放有一臺用髮圈、鉛筆、雲形尺與釘書機組合而成的即席裝置，利用好幾條疊在一起扭轉的橡皮圈當成動力來源，現在也依然繼續按著控制器的按鈕。就像真的有人在打電動一樣，喀喀、喀、喀喀喀……地發出聲響。

「剛才這短短一分鐘就做出了這種玩意啊——還真有一雙巧手！」

我如此罵著並摸摸PS3前面的地板，還暖暖的。代表林檎直到剛剛都還坐在這裡。房間的窗戶敞開，外面可以看到隔壁房子一樓像是上坡道的屋頂。她是沿著屋頂逃走的。

「主人，請問要追上去嗎？」

「當然！既然已經被發現我們在找她，就要快點追到她才行——」

我說著，立刻把腳踏到窗緣上……腳尖卻勾到了一條風箏線。

——哇！是傻子陷阱啊！

就在我臉色發青的下個瞬間，「磅！磅磅！」地一個點火用的拉炮以及打開拉炮的蓋子塞到裡面、只靠拉炮的一點點火藥就能被點燃的爆竹連鎖發出爆裂聲響。聽到那有如開槍的聲響而忍不住做出逃躲動作的我……「砰！」一聲從窗戶摔落到下方磚塊圍牆與房子外牆之間的縫隙。

「請、請問是什麼聲音呀……！這是……？」

恩蒂米菈擺出像是要把腋下給人看的動作，用前臂摀著她的長耳朵如此問我。由於是臨時設置的傻子陷阱，似乎並沒有讓全部的爆竹都被點燃，而恩蒂米菈用手指捏起一束未爆的爆竹給我看。於是……

「那是一種叫爆竹的東西——只會發出聲音跟閃光而已，沒有彈殼，所以我沒有受傷。但這下因為聲音讓對方知道我們現在在窗邊啦……！」

或許是我這句話豎起了旗子，從隔壁房子的屋頂另一側——咻！滾滾滾地……有某個東西越過屋頂稜線被投擲過來。呃、炸、炸藥……！

「嗚、喂！」

「——主人！哇！噢、啊……！」

恩蒂米菈把上半身探出窗戶，讓她西裝底下的雙峰晃呀晃的同時將手伸過來……但沒能把炸藥拍開，反而摔到我身上來了。我因此變得更加難以動彈，結果炸藥……不對，只是用很像包炸藥用的紙把手電筒跟繩子包在一起偽裝成炸藥的玩意「咚！」一聲敲到我臉上。

「主人，對、對不起，請原諒我的失禮……！」

恩蒂米菈趕緊撐起上半身，在這個陰影處擺出了跨坐在我腹部上的動作。於是——

「還真是一場誇張的家庭訪問呢……」

我感受著事到如今乾脆拿來利用的爆發血液，並且讓恩蒂米菈從我身上退開後……從屋頂另一側又再度有東西投擲過來，「哐啷！」一聲濺出液體。

這個刺激性的臭味——是俗稱稀釋液的甲苯——！連續兩次無害的攻擊讓我們鬆懈之後，居然接著用上了有害的化學物質！

甲苯是便宜且容易入手但危險性很高的毒物，而且具有易燃性。雖然我並不是全身被潑到，但那玩意在我的近距離處大量揮發。要是吸入過多造成急性中毒就會導致呼吸困難，甚至可能失明。必須快逃才行。

於是我推著恩蒂米菈逃到車道上時——「踏踏踏！砰踏砰踏！」地從背後傳來有人奔跑穿過屋頂上，從窗戶進入公寓穿過房間的腳步聲。

——雖然我沒看到身影，不過那就是林檎。看來她拿了自己的鞋子，從玄關逃出去了。

而且我們逃出來的車道是一條死巷，如果要到林檎逃出去的公寓入口那一側，就必須繞一大圈才行。該死，讓她逃掉了……！

我雖然一時間看到有一群妖精們在空中舉辦運動會的幻覺……不過我好歹在武偵高中接受過有毒氣體訓練，於是用犬齒咬了一下舌頭，把知覺異常連同頭痛與嘔吐感一起甩掉。另外值得慶幸的是甲苯似乎對精靈無效，因此恩蒂米菈一路攙扶著我直到我可以站穩腳步了。

「該死……就算我只是E級，但她居然可以從武偵眼前順利脫逃。最近的女中學生也不可小看啊。」

「主人，請問該怎麼辦？」

「既然已經被我們發現，她想必暫時不會再躲到那個家了吧。至於目前知道林檎可以置身的其他場所——就只有她自己家。我們到廣尾的那棟公寓去。」

我們立刻搭山手線轉日比谷線，從五反田移動到廣尾，前往我事先利用學生名冊上的住址搜尋並且在Google地圖上標記好位置的公寓。從時尚的餐廳或咖啡館林立的外苑西路進入通往南麻布方向的小路，穿過阿曼大使館旁邊，抵達那棟象牙色的外牆還很新的公寓。結果……

……大概是已經料到我們會採取的行動，一名穿著剛才在玄關看到那雙鞋子的女中學生把手臂交抱在胸前，站在公寓門前反過來等待著我們。

「——妳就是明磊林檎嗎？」

「不要進到我家來。」

我開口詢問後，林檎隔著長長的瀏海縫隙間用雙眼瞪向我。她身上穿著應該和理子興趣很合的甜美蘿莉風格服裝，頭上綁有蝴蝶結。就我所觀察，並沒有像大津校長所說的那種瘀青痕跡，也沒有瘦得很不健康。看來那方面的問題只是白擔心而已了。

「不進去家裡就沒辦法家庭訪問啦。我今天可是要跟妳家長好好談一談。反正妳八成是跟父母吵架什麼的結果就逃家，躲到妳堂姊那裡去的吧。」

「——不准進來！」

「既然妳會擋在那裡，或許代表妳身上有什麼武裝。但是我和過去那些老師們可不一樣喔。我是職業武偵，也就是武裝教師。要不要我把武偵手冊也拿出來給妳看啊？」

我稍微露出外套底下的手槍給對方看，主張自己「不惜一戰也要家庭訪問」的意思——結果林檎不甘心地露出「可惡，這也太奸詐了吧。」的表情後……

「……你只想跟我爸爸講話是吧。那你就去跟他講講然後死心啦。」

她說著，轉身走進公寓。真受不了，居然害我浪費這麼多時間跟精力啊。

我們搭電梯來到最頂層的九樓，在林檎的帶路下走著……我忍不住「噫！」地發出了叫聲。

那頂棒球帽，那頭染成金髮的妹妹頭，那個矮個子——是晶亮亮借貸的吉良！

「明磊你這混帳！老娘知道你在家！還款期限早就已經過了呀！」

吉良不斷用慢跑鞋狠狠踹門……但即使看到這樣的景象，林檎也一點都不驚訝的樣子。

感到驚訝的反而是我和恩蒂米菈，以及注意到我們的吉良……

「哦？這不是遠山嗎？你也開始幹起地下錢莊，把我借你的錢借給了明磊嗎？」

她說著，用訝異的表情走了過來。

「才不是那樣啦……」

林檎聽出我和吉良似乎認識，頓時皺起眉頭抬頭看向我了。

「我勸你最好別借錢給明磊，那樣只會讓你對我的還款變得像賭運氣。明磊雖然狀況好的時候會還錢，但狀況一差就不還了。最近甚至連地下錢莊都沒人想借他錢啦。」

我是不清楚詳情，但聽起來林檎的家長似乎有借錢惡習的樣子。不過……居然會淪落到只有吉良願意借錢的地步，可是相當糟糕的狀況喔？雖然這種話也輪不到我講啦。

「我就說我並沒有成為借貸公司啊。會在這裡跟你相遇只是偶然。我們要找的是隔壁那間的人。妳再吵我就扁妳，把妳丟到海裡去。」

對方似乎並不知道林檎是明磊家的人，於是我如此撒謊後……

「真該死，抽到下下籤啦。在那傢伙自己申報破產之前必須想想辦法才行……明磊！下次我會拿重機械來把你家門撬開囉！」

最後又踹了一下門的吉良接著轉身離去了。

吉良一邊用手機對下一個討債對象大吼大叫，一邊騎著速克達機車ZOOMER朝惠比壽的方向遠去。她雖然只是C級但好歹也是武偵，我本來以為我們多少會被懷疑的，但看來她忙碌的時候注意力就會變差的樣子。

林檎用自己的鑰匙打開門後……裡面好暗。大概是為了向討債人假裝不在家，連窗簾都全部緊閉著。屋裡相當凌亂，地上到處都是吃完的麵包袋和喝完的寶特瓶。蘭豹那間髒房間都還比這裡好得多了。

「……」

我默默跟在林檎後面，穿過走廊盡頭的一扇門後……看到在昏暗的客廳深處有東西發出耀眼的光芒。是電腦螢幕，而且有五臺，排列得像太空船的駕駛艙一樣。畫面上顯示著大量的蠟燭線排列成的圖表——應該是股票、黃金、外匯、債權、不動產、虛擬貨幣等等的圖表，一分一秒地不斷變動著。一旁高度超過一公尺的塔型電腦一看就知道是特別訂製的玩意。

在那桌前有個戴眼鏡的男子，盯著螢幕「該死……居然不是最低價，還繼續往下掉啊……」地喃喃自語。年約三十五歲，從五官的相似度看起來——他應該就是林檎的父親吧。

（當沖客……也就是個人投資者嗎？）

詳細的分類我雖然不清楚，不過就是對股票之類的金融商品進行投資的個人戶。雖然以前必須在證券公司的窗口進行買賣，不過現在的主流漸漸變成線上交易了。

「……我回來了。」

聽到林檎這麼說的聲音，那男人才總算注意到我們——

「是林檎啊。那兩人是誰？」

對於我們似乎沒有什麼興趣的他，又立刻把視線放回螢幕上。

「他們是老師，來家庭訪問的。」

「呃～明磊爸爸您好。初次見面。我是上目黑中學二年四班的班導遠山。其實您女兒有很長一段期間都缺席沒有到學校來……」

我雖然如此開口說道，但林檎的父親卻回了一句「等一下再說。」而且連眼睛都不看過來。在螢幕光線下可以清楚看出他臉頰消瘦。雖然我也沒資格講別人，不過感覺得出來他過得很不健康。

「主人，請問他在做什麼？居然連小孩都不理……」

「主要是在搞股票。就畫面上看起來……好像也有在搞期貨跟外匯投資的樣子。」

我小聲如此告訴恩蒂米菈後……

「股票？」

「就是對一間公司出資購買成為老闆的權利——等公司的事業順利成長後再把那股票賣掉就能賺到錢了。」

「也就是金錢交易嗎？但我覺得好奇怪，他那眼神看起來就跟在競技場賭博的人一樣……」

還真是準確的發言呢。

「短期的股票買賣就跟賭博是一樣的。畢竟講到最後終究是靠運氣決定賺錢還是賠錢啊。」

我對恩蒂米菈小聲如此說明後，重新朝向明磊爸爸說了一句「等您事情告一段落後請撥時間跟我們談談喔？」但是對方卻沒有回應。

真傷腦筋。如果只是日本股票就算了，但如果連外匯交易都在搞，可就二十四小時不間斷啦。

「……喂，林檎，妳母親在哪裡？」

我想說既然父親不行就找母親而如此詢問後……

「不～在啦。自從爸爸開始借錢後，兩年前她就離婚了。」

兩年前……也就是班上學生們說林檎忽然變得容易暴躁的時期啊。

正當我這麼想的時候，從客聽更深處的房間——應該是寢室方向的昏暗光線中，有個年輕的女性打著呵欠走出來了。而且教人傷腦筋的是，身上只穿著一件細肩帶襯裙。

「那麼那是誰啦？」

感到慌張的我如此詢問林檎。結果……

「不曉得。」

她竟然這麼回答我。呃～……從狀況上看起來，應該是林檎爸爸的女人吧？而且從她花俏的橘色頭髮、手臂上的刺青、打扮輕薄裸露地走出來的樣子判斷，感覺並不是什麼出身正經的女人。另外她的腳步——應該是醉了。畢竟手上還拿著一個酒瓶。

「——啊？這些人是誰？」

注意到我們的女人如此詢問林檎的父親，可是他始終盯著畫面喃喃自語，沒有回答。

「妳才是誰啦？」

由於自己不認識的女人進到家裡來的關係，林檎露出刀刃般銳利的眼神詢問對方。結果——

「我是阿正的女朋友呀。我們是在網路上認識的喔。」

女人即使沒有被林檎的父親理睬，卻還是隔著電腦椅從後面抱住了他。林檎見到那景象露出大受打擊的表情——被恩蒂米菈趕緊攙扶住了。

「話說你們是誰啦？沒有關係的傢伙就快點出去行不行？」

內衣女直接從瓶子喝了一口酒並對我們如此說道，於是……

「——才不會沒有關係。這孩子是那個人的女兒，然後我是這孩子的老師。今天是來家庭訪問的，家族以外的人才給我出去。」

感到火大的我這麼回應，但女人卻毫不在意。

「咦～我搞不好也會成為家族呀。只要阿正贏了～」

聽到女人這句話，林檎頓時發抖起來。

雖然這種事情我同樣沒資格講別人……不過林檎的父親看來女人運相當差的樣子。前任的媽媽是財去緣別，下一任媽媽候補則是財續緣才續啊。

「妳既然是女兒，就給我打掃一下呀。」

女人依偎在林檎的父親身上，對林檎講出這樣一句話。於是——

「——去死啦醜八怪！」

林檎衝了過去，抓住的女人橘色的頭髮一扯，接著把另一隻手放到女人臉上，想要用指頭戳她眼睛。還真有戰鬥本能啊，強襲科搞不好會來挖角喔？

「痛呀！痛！痛死啦渾蛋！」

女人用光腳丫狠狠踹了一下林檎的腹部——體型輸給對方的林檎當場被踹開滾在地板上，背部撞到桌腳，痛得發出呻吟……

「嗚……嗚嗚……嗚啊啊……」

哭出來了。像個年幼的小孩一樣。

……林檎很痛啊。

比起被踹的痛，或是撞到桌子的痛……她的心更痛。

這狀況讓她難受得、難受得，哭出來了……！

「——給我安靜點！現在我很忙啊！」

戴眼鏡的林檎父親即使在這種狀況下卻依然盯著螢幕如此大叫，於是——

「你給我差不多一點！」

我氣到甚至忘了自己的立場，衝到電腦桌前插入他和桌子之間。

接著「喀鏘——！」一聲用手臂掃掉外接鍵盤與滑鼠。

但林檎的父親卻露出像個藥物上癮者一樣的眼神想要抓住連著電線懸掛在半空中的鍵盤與滑鼠，因此我揪住他的衣襟逼他站了起來。

「你要怎麼用錢我管不著，女人的事情……也隨你高興！但——林檎是你的小孩吧！法律上有規定，家長有所謂的保護責任！如果林檎不來學校，教訓她的工作有一半是你的責任啊！」

我雖然真的發飆如此怒吼，但林檎的父親卻依然盯著螢幕。眼神就像玩賭博麻將時役滿聽牌的傢伙，或是賭馬的關鍵比賽時盯著最後一百公尺的傢伙一樣。

——完全是重度成癮了。

「不要妨礙阿正SUCCESS！一個晚上可是有上億元的金錢在流動呀！只要他贏了然後我們結婚，有一半就是我的錢了！這可是人生最大的機會呀！」

剛才那女人就像是自己的錢被人亂碰一樣發出尖銳的聲音後——喀鏘！

我聽到熟悉的聲響而轉回頭，發現一時退後到寢室入口的女人握在手上的……喂，那是伊薩卡M37——是霰彈槍啊！我不曉得那玩意是用來趕走討債人還是怎樣，但既然房子裡有那種東西就早點說好嗎！

「主人！」

恩蒂米菈發出尖叫似的聲音，女人則是醉得腳步搖搖晃晃——看起來真的要對我開槍的樣子。林檎的父親明明自己也在霰彈的擴散範圍之內，卻依然盯著螢幕。

「——妳別這樣！」

我抱著拚死的覺悟——衝上前逼近那女人，用手臂把槍口往上撥開。結果「磅！」一聲獵鹿彈擊發出來，把天花板開出了好幾個洞。女人由於反作用力當場翻倒，「砰！」地把頭撞在地板上。

「……爸爸！」

依然倒在地上的林檎擔心父親的安危而抬起哭泣的臉，可是——

「──現在是最高價！不要礙事！」

「這……這可是阿正能不能贏的關鍵呀！你們要是不出去我就開槍！」

父親對女兒的淚水瞧也不瞧，有如為錢昏頭的寄生蟲一樣的女人則是「喀鏘！」一聲讓泵動式霰彈槍裝上下一發子彈。這、這兩人沒救了……！

「恩蒂米菈，我們撤退……！」

我不得已下只好抱起哭泣的林檎，在學生遭到誤射前──逃出這間昏暗的家。恩蒂米菈則是用依舊很笨拙的握槍方式舉著毛瑟手槍牽制女人，並跟著我一起逃跑了。

夜晚，在面積很小的廣尾東公園中──

我、恩蒂米菈與林檎三個人坐在比長椅還矮的石牆上，垂頭喪氣。

雖然社會上美其名叫什麼投資，但個人戶做當日沖銷簡單講就是賭博了。而賭博會讓人成癮，如果贏了，腦內就會分泌出多巴胺等等的腦內麻醉物質，讓人想要反覆這樣的行為。贏了十萬下次就把那十萬丟下去嘗試贏百萬，再下次就千萬、一億、十億地想要一直贏下去。這不是自制心之類的問題，而是人的腦袋構造就是如此。如果輸了反而會分泌更多的腦內麻藥，直到最後都無法停下來。這裡所謂的最後，就是破產。賭博成癮的唯一出口，就只有破產而已。

股票價格或外匯兌換的金額就像是一條猛龍，人類根本無法預測它的動向。所謂的投機，等於就是用那樣的猛龍在玩賽馬一樣──

我用自己這樣的見解說明給恩蒂米菈聽之後……

「……抱歉，我不該強硬進到妳家的。」

對坐在對面的矮石牆上低著頭的林檎如此道歉。

如果自己父親是那樣的狀態，當然不希望被外人看到了。

「一如大津校長所擔心的，這是放棄養育啊。妳的父親狀況很糟糕。不……何止是糟糕，棄養小孩可是明確的違法案件。」

林檎聽到我這麼說，立刻用帶有哭泣與憤怒的顫抖聲音對我說道：

「你不准去跟兒福告狀喔。」

如此表示的她，依舊抱著自己的雙腿低著臉，讓長長的瀏海遮住自己的眼睛。

「如果妳不想我就不會去通報啦。反正妳看起來姑且有個可以依靠的對象。」

「不，林檎，這件事妳應該要找適當的地方商量。在精靈的規矩中，棄兒同樣是重罪。林檎妳是受害者，所以——」

恩蒂米菈接在我後面如此說到一半時……林檎忽然把哭泣的臉蛋抬起來。

接著站起身子，把雙拳直直往下伸在身體兩側。

「你們不要把人家的爸爸講得像犯罪者一樣！爸爸他……爸爸他才不壞……！以前他是個很好的爸爸呀……！我小學的時候，他還帶我去過華特樂園呢……！可是、他後來卻變得好奇怪了……！」

對我和恩蒂米菈怒吼的林檎——哭著為自己的父親辯護。

即便是那樣的父親，對林檎來說……既然母親已經不在，就是唯一的家人了。林檎渴望家人的愛，但是卻無法獲得，然而她依然緊咬著牙根相信自己的父親。

而說她父親壞話的我，是無可救藥的笨蛋。之前的老師在生活指導時的失言，想必也是對於遲遲聯絡不上的林檎家長感到火大而講了什麼壞話吧。

「……對不起，我道歉。呃……妳的父親是從什麼時候變成那樣的？」

「……大概是從前年的秋天左右……」

二〇〇八年的秋天——雷曼兄弟事件嗎。

當時的日經平均指數原本是一萬兩千元，卻在短短一個半月就跌落到七千元以下。林檎的父親就是在那時候沉入了當日沖銷的泥沼中，直到現在都還在掙扎。

「……他也是金錢的犧牲者呀。」

恩蒂米菈低著頭如此呢喃，而我也是……唯獨對於金錢的問題是什麼忙也幫不上，所以只能點點頭，然後順勢低下頭了。

「老屎們，你們這下滿足了吧。不過……我這下也徹底死心了。我這次是整整三個月沒回到爸爸的地方……沒想到事情已經變成了那樣。我……已經是他不要的小孩了。就跟媽媽不要我一樣……」

林檎說著……用蹣跚的腳步離開夜晚的公園。

大概是又只能回去她那個堂姊住的公寓吧。

（……林檎……）

林檎的母親由於父親變成那樣而選擇離開。而當時林檎感受到自己被媽媽拋棄了。然後到了今晚，父親對她不理不睬，又再加上那個腦袋有問題的女人。

……對於一個正值敏感期的中學女生來說，這樣的現實也太嚴酷了。

我莫名覺得嘴巴很痛，這才發現剛才那女人擊出的霰彈中有一顆彈丸在天花板上跳彈後削到了我的嘴脣。真是好險啊。要是那顆彈丸偏個兩公分左右，搞不好就會從我額頭一路開洞到下顎囉？

在公園的飲水臺清洗傷口，並從武偵手冊中拿出凡士林稍微緊急處理後——我為了要搭日比谷線回去，而和恩蒂米菈一起走向廣尾車站。結果……

在車站前的交叉路口處，感覺莫名騷動。

外苑西路對面有一群人抬頭望著上方。於是我也跟著抬頭一看——

「——嗚……！」

我和恩蒂米菈都頓時臉色發青了。

在都營廣尾五丁目公寓——十四層樓高的大樓屋頂上，林檎竟然站在護網的外側——！雖然她有一隻手抓著護網，但表情看起來隨時都會往下跳。

「那個笨蛋——！」

我和恩蒂米菈驚訝得全速穿過馬路，撥開在林檎下方拿手機錄影的人群。

（是我的錯……都是因為我強硬到她家做什麼家庭訪問……！）

我雖然感到無比後悔，但現在不是那種時候。於是我衝到大樓公寓的樓梯，兩階併一階地爬到最高樓，更上一層的頂樓。

屋齡約四十年的這棟老舊大樓公寓似乎開放頂樓給居民們自由進出，但現在那裡沒有其他人——只有站在護網外側背對著我的林檎。

「……呃、喂、林檎……！」

林檎聽到我的聲音——轉過頭來大叫：

「不要過來！我已經……不知道活下去的意義了！就算繼續活著，也只有痛苦的事情呀！」

從表情可以看出來，她站在那種地方並不是在嚇唬人，而是真的打算跳下去。

……不妙，太不妙了……！

「恩蒂米菈，妳躲起來……！這種時候一對一比較好。」

我根據在武偵高中學到的知識如此下令，製造自己和林檎一對一的狀況。畢竟要是太多人靠近就感覺像在逼迫對方，搞不好會讓對方當場往下跳。

「妳、妳別這樣。這裡可是有四十公尺高喔。而且下面是柏油路。要是跳下去，人體就會變得像摔爛的西瓜一樣啊……！」

「吵死了！我叫你別過來呀！」

我嘗試對話並慎重拉近距離，林檎則是哭著臉對我大叫。

林檎，妳可別衝動。妳站的地方是真正的死亡邊緣。我腰帶的繩索已經壞了啊。

「我死給你看……！你回去！回去呀！」

大哭大叫的林檎——用上自己的性命對我如此命令。

因為除此之外，她已經沒有其他籌碼對這個混帳的世界抗議了。

——但是林檎……

那招可是禁忌，是犯規喔。

雖然妳或許真的有尋死的覺悟，但妳似乎不明白——拿性命主張訴求是多重大的挑戰。

用性命的反抗，就跟把槍口舉向人是一樣的。畢竟自己也是人啊。

既然如此，我也要把槍口舉向妳了。在武偵高中，校規就是這樣規定的嘛。

於是——我深呼吸一口後，挺起胸膛。

「死給你看——是嗎？林檎，我非～常清楚妳有那樣的覺悟了。但妳的腳可在發抖喔？妳很害怕對吧？既然如此……」

我靠近林檎，抓住林檎用手緊抓住的護網。

雖然要是她因此往下跳就完蛋了，但由於我這動作讓護網搖晃，反而讓林檎在本能上更用力抓住了護網。

「——我也跟妳一起死。」

我隔著護網把臉靠近她如此說道後——「喀鏘喀鏘」地翻過護網。

對於我這莫名其妙的發言，林檎頓時瞪大眼睛……結果同樣沒有做出要跳下去的動作。因此我順利來到護網外側，與林檎並肩站立。

「雖然妳好像還有學籍，但我甚至已經遭到學校退學了。而且我一直以來都為了爆發……為了一種治不好的血液性體質所苦惱，現在腦袋還真的患了疾病。再加上我同樣有跟剛才那個地下錢莊的女人借錢，超出法定額度的利息現在也一分一秒在累進啊。」

「呃、喂，遠山。」

林檎對漸漸靠近她的我瞪大眼睛——而我則是一把握住她抓著護網的手。

接著一扯，硬是讓她放開護網。

「嗚！」

「人生，想要往上爬總是很困難。但是——」

「哇！」

「——往下掉卻是一瞬間啊！」

我說著——抱住林檎，一跳。跳向充滿廢氣臭味的東京夜空。

「哇啊啊啊！」

林檎當場大叫，在下面圍觀的群眾也同樣大叫起來。話說那些人居然每個都給我拿著手機在拍影片，這世界真的太瘋狂了。

站在我們墜落地點的人群立刻朝四面八方逃開。於是——

我抱著林檎拔出貝瑞塔，朝那地點連續射出兩發我剛才爬上樓梯的途中預先裝進去的氣囊彈。畢竟這子彈有時候會不靈，所以我才會保險起見射兩發。但是——糟糕，這反而弄巧成拙啦！兩發都順利展開的氣囊互相碰撞，讓中間出現縫隙了。

不妙——我和林檎都有一半的身體會掉落到氣囊之外……！

正當我這麼想的時候——一陣彷彿被大樓外牆反彈的強風「咻——！」地推動我的身體，修正了我的墜落路徑。於是我以及被我抱住的林檎……「噗嘶！」一聲——平安掉落到其中一個氣囊的正中央。

（……剛、剛才那是……）

我忍不住抬頭的同時，已經回到一樓的恩蒂米菈朝我們奔跑過來。雖然我之前都沒看過她施展——不過那就是她的魔術。

就身體的感覺來說，那跟莎拉的龍捲地獄觸感完全一樣。然而恩蒂米菈本身的眼神卻似乎對於自己能順利施展魔術的事情感到很驚訝的樣子。雖然我不是很清楚，但或許剛才這招對恩蒂米菈來說也是抱著孤注一擲的心情吧。

「——主人！請問您沒事吧！」

我回答恩蒂米菈「我沒事，林檎也是。多虧有妳，讓我們得救了。」的口氣……已經爆發啦。

畢竟剛才是真的差點喪命，讓垂死爆發啟動了。真討厭啊。

「……老師這個……笨蛋……」

我看向自己懷中……被我抱住的林檎變得滿臉通紅了。

一頭秀髮亂糟糟的，表情看起來彷彿心臟都要從嘴巴跳出來一樣。

哎呀，畢竟從四十公尺高的地方掉下來，當然會心跳不已啦。真受不了，「那邊」的我做事還真粗暴呢。

「——林檎說得沒錯，人生中難受的事情總是會接踵而來。妳的心情我也多少可以理解。之前我為了跟老爸見面還特地跑到美國去，但他卻不但對我不理不睬……甚至還差點殺掉我。至於我媽，早在很久以前就死了。」

我對仰天躺在漸漸萎縮的氣囊上的林檎拉了一下手，輕輕讓她站起身子。

「所以說，拜託妳讓這個難受的世界變得愉快一些吧。畢竟妳腦袋很好——例如說將來成為政治家，定出一部把日本分成男日本與女日本兩部分，讓男女分開生活的法律之類的……」

「主、主人果然喜歡只有男性的世界嗎？」

「恩蒂米菈，可以拜託妳不要打斷我的話嗎？林檎……並不是當老師的人就什麼都懂。我也不曉得活下去的意義是什麼。但也只能繼續活下去。妳剛才應該也明白了，畢竟『死』真的很恐怖啊。妳總不想再掉一次吧？」

曾經好幾次要死的時候不想死而復活的我講出來的這段話或許帶有某種奇妙的說服力……讓顫抖著雙腳站到人行道上的林檎用呆呆的表情注視著我的臉。

仔細一看，從惠比壽的方向有消防車，從西麻布的方向有警察車漸漸往我們這裡集合了。

於是我看著那些車子……

「妳看，掉下來的地方就只會有無聊的事物聚集過來。所以妳就別再起什麼往下掉的念頭了。但往上爬又是很辛苦的事情，所以等妳有精力的時候再說也可以。現在就水平移動吧。妳想去什麼地方？」

我伸手往周圍水平指了一圈後……

「……我想吃點東西。」

林檎抬起眼珠看著我，如此說道。聲音一如她的年紀，像個小孩子一樣。

「好耶。吃東西就是活著的意思啊。」

當我牽起林檎的手時，在警察的方向——「沙——！」地一陣風颳起路上的塵埃與垃圾。從恩蒂米菈指著那個方向就能知道，那同樣是她施展的魔術。

「妳放心吧，林檎。我可是很習慣逃警察的。上個禮拜就逃過一次喔。」

趁著警察們因此閉起眼睛的機會——我們衝進廣尾狹窄的小巷中。

「噗……居然有這樣的老師……啊哈……哈哈哈！」

看到林檎笑出來的樣子，恩蒂米菈也露出總算放心的笑臉追到我們後面來了。

——如果是連個人都沒有受傷的騷動，現在的警察根本不會想認真調查，因此只要離開個五百公尺左右就已經是搜查範圍之外。於是我決定暫時先逃到白金地區了。畢竟白金台地區雖然是名流富豪之街，不過白金地區則是還留有比較庶民而易於藏身的昭和老街。在那裡的一間美其名是露天餐廳但其實根本像攤販的店裡，我請了林檎一碗拉麵。當然我自己也點了一碗，至於恩蒂米菈則是只叫了兩份加麵用的麵條。這個素食主義者還真徹底啊。

這裡的拉麵並不是那種為了炒話題而搞什麼獨創性的玩意，而是單純的乾麵配上醬油湯做成清爽的拉麵……在秋季的夜空下吃起來格外美味。

「死裡逃生之後吃的東西就是美味。我的老師告訴過我，那是因為可以體會到自己還活著的關係。雖然我已經數不清也記不得自己死裡逃生過幾次，但第一次從真的槍戰中生還之後吃的拉麵我到現在還記得味道呢。」

就在我如此說著，回想起當時那個味道的時候——兩手捧著麵碗喝湯的林檎問了一句「遠山到底是什麼人呀？真的是老師嗎？」並瞥眼看向我。咦？她怎麼好像不知不覺間把我從「老屎」升格成「老師」了。

「……我應該是老師沒錯的說，可是漸漸變得沒有自信啦。」

「那我就當你是我的老師吧。反正你很有趣，而且不會叫我到學校去。」

「這麼說來我確實沒講過呢。畢竟我以前也是幾乎都沒有去學校，所以很難對人講那種話啊……不過，會叫學生去學校的老師才是好老師喔。」

吃完拉麵的我結帳付錢之後……

「好。既然吃飽了，我們走吧。」

「呃，走去哪？」

林檎如此詢問，於是我重新面對她拋了個媚眼，說出跟校長現學現賣的一句話：

「去找你父親。學校與家庭必須互相合作，才有辦法教育學生啊。」

我打了一通騙人的電話把吉良叫來，結果她就真的跑來廣尾那棟公寓的大廳了。

然後……

「你說你買航海王刮刮樂中了一百萬是吧？遠山你太棒了。那麼把錢還來吧。」

她如此說著，把戴了好幾枚戒指的手向我伸過來。但我用食指模仿了一下長鼻子……

「我騙妳的。要是我不那樣講，妳肯定不會過來吧。咱們是騙人布海賊團啦。」

「喂！你這渾蛋！老娘可是特地從品川又跑回來的呀！」

「現在重要的是，妳可以從明磊那邊把錢討回來囉。順道一提，就算不拿重機械也可以把他的門打開喔。」

我如此表示後，帶著恩蒂米菈與林檎，對一臉問號的吉良進行作戰說明的同時……來到了九樓。讓林檎用鑰匙打開家門，與吉良一起大搖大擺進入裡面。

然後對還是老樣子盯著電腦畫面的林檎父親亮出武偵手冊，也不管他有沒有轉過頭來看我——

「我是武偵。由於你不履行債務，我來強制執行財產扣押了。雖然對方似乎是地下錢莊，但畢竟武偵的工作是什麼都幹。恩蒂米菈，妳去把那臺電腦的規格調出來給吉良看。」

「是，主人。」

「呃、喂……！」

擁有電腦知識的恩蒂米菈抓起鍵盤進行操作，結果林檎的父親當場臉色發青。但地下錢莊不可能只是看到你臉色發青就願意打道回府。吉良開心不已地摸起那臺塔型電腦……

「你這貨可真好呢。是AI的工作站電腦呢。CPU有二十八核，記憶體一九二GB。好，明磊，這玩意就抵銷你欠我的錢了，要把手續費都算進去也行。畢竟像這種東西很好變賣呀。嘻嘻嘻！」

「等等，妳等一下，要是沒有這個，就沒辦法預測市場動向了……！」

林檎的父親即便如此也依然緊抓著滑鼠不放。但我毫不留情地……

「我也不是什麼魔鬼。如果你要把股票和外幣等等全部換成日圓，我可以等你。但要是你敢進行除此之外的任何一項操作，我就把你從電腦……工作站嗎？總之從那玩意前面拖走，並立刻叫恩蒂米菈把電腦重設。」

「……住、住手。我、我知道了，我照你說的去做……！」

狀況發展至此——林檎的父親冷汗直流地開始一件一件送出我搞不太清楚內容的售出指令。

「給我快一點。要是我判斷你故意在拖延操作，就當場開始電腦重設。」

「知、知道了。」

「就你的估算，最後會剩下多少？」

「……不多……再扣掉稅金之後，應該所剩無幾了吧……」

如果要把一個人從成癮症中救出來，只能斷除那個上癮的對象。就跟菸酒等等的物質性成癮一樣，若要斷除行為上的成癮——最重要的第一步就是讓那個人放掉進行成癮行動所必須道具。

過了一段時間，林檎的父親結束操作後……

「最後留在你手上的這些錢，請你不要再拿去賭博了。『食物塞滿嘴就會難以呼吸』——這是告誡不要貪婪的精靈諺語。」

恩蒂米菈如此說著，並動作熟練地開始進行資料與電腦系統的刪除重設。

就在這時……剛才大概是喝醉酒在睡覺的那個細肩帶女人被吵醒而走出寢室，看到我們便立刻揚起眼角……

「你們在做什麼！」

她大叫著準備伸手抓起靠在門邊的霰彈槍，於是我舉起貝瑞塔制止她。

「怎麼看都是個外行人的妳，為什麼會有連武偵都很難取得槍檢登記的霰彈槍——要不要我調查看看究竟是合法還是違法的？畢竟武偵擁有準逮捕權，我勸妳不要現在碰那玩意而變成現行犯喔。另外我告訴妳一件事，明磊已經破產了。從明天開始，他會去幹正經的工作——對吧？」

我講到最後對林檎的父親進行確認後，他便點了點頭。而女人見到這一幕……頓時瞪大眼睛……

「真的假的？那SUCCESS呢？」

「SUCCESS是洗髮精品牌。已經化為泡沫消失啦。」

被我這麼一說，那女人就丟下一句「那我要回去了」並非常乾脆地開始打包起行李。受不了，女人還真現實呢。哎呀，雖然或許就是這樣才活得下去就是了。

女人丟下槍跑回家，吉良也說著「多謝關照～」並背著清除重設完的工作站電腦離去後……

「這下事件就落幕啦——我雖然很想這樣說，但其實才正要開始啊。家庭訪問。」

我一屁股坐到桌子前……恩蒂米菈姿勢端正地坐到我旁邊。腳步蹣跚的林檎父親以及林檎則是坐到我們對面。

「……爸爸……你還好嗎？」

「……林檎，這個人是你老師？」

「大概是。不用擔心，他是可以信賴的人。」

雖然林檎看起來很害怕我會不會把她跳樓的事情講出來，不過我用眼神告訴她「我不會講的」。在尼加拉瀑布、學校跟廣尾，最近我已經跳樓過三次呢。

「你這個人不簡單啊。我本來以為林檎和『老師』這種人種不契合的說……」

「我的事情現在不重要啦。呃～那麼就讓我們來談談關於林檎的事情。這孩子腦袋很聰明的，因此不管上目黑中學也好其他學校也好，總之請你讓她繼續到正經的學校上學吧。至於學費……林檎，憑妳的實力應該可以從什麼地方申請到獎學金吧？不過記得要找來路清楚的地方申請喔。像我以前就是向義大利的武器商人借了貸款獎學金，結果被對方擅自保了生命保險然後差點被殺掉，經歷了一場大災難啊……」

我首先向林檎的父親以及林檎本人如此說道後，接著換成恩蒂米菈……

「我也想要教林檎同學一件事情。請跟我過來吧。」

她帶著林檎……到洗手臺的方向去了。把我跟林檎的父親留在位子上。

「……雖然事到如今還提這種事有點那個……不過你是為何會開始幹什麼當沖客的？」

只有兩個男人，氣氛上變得比較好講話——於是我問起這件事情後……

「我原本只是個普通的上班族……但由於女兒成績非常好，所以我希望她可以去讀好大學而讓她進到私立中學了。就在我因為這樣在經濟上變得有點吃緊時，銀行介紹我的一間證券公司向我提議利用投資賺取學費的手法。結果那投資相當順利，讓我決定辭掉公司的工作成為一個專職投資客了。但就在這時爆發了雷曼兄弟事件，害我背負了大量負債。後來的事情我自己也記不太清楚了，只記得我為了挽回負債，一次又一次把手伸向高風險的投資商品……」

……也就是說，他起初是為了小孩，結果被想賺取手續費的業者給盯上了。這個世界上陷阱是無處不在啊。

後來好一段時間，我和林檎的父親都沒有講話……
兩個同樣是錢包保不住錢的人，過著彷彿在互相安慰的沉默時間。
接著……
「主人，我們回來了。」
恩蒂米菈——帶著林檎回來了。而且林檎不知道為什麼好像扭扭捏捏的……
在反正吉良已經不會來所以打開了電燈的屋內，我可以清楚感受到林檎給人的印象忽然明亮起來，變得比剛才更加可愛了。在這短時間中，她究竟是做了什麼事？
啊，我知道啦。
「剪頭髮了？」
我模仿名主持人塔摩利如此說道，但是沒看過他節目的恩蒂米菈一點也沒發現地……
「是的。因為她像是瀏海有點太長之類的，感覺沒有好好在打理自己的儀容，所以我第一眼見到這孩子的時候，就想教她這些事情了。所有的女性只要懂得正確打扮自己，都是可以變美的。」
林檎對父親苦笑著說了一句「這個老師也很奇怪對吧？一點都不像老師呢。」——結果林檎的父親也回了一句「才不，她不是教了妳很棒的一件事嗎？」並跟著笑起來。
看著總算互相露出笑容的這對父女，恩蒂米菈也開心起來……
然而我則是……對林檎這個印象徹底改變的模樣……

（……？）

莫名有種似曾見過的感覺。總覺得在我最近的記憶中，好像有發生過很類似的事情。而且感覺那之中潛藏有某種危險的樣子。可是……我卻沒能注意到那個問題。我總有這樣的感覺。

話雖如此，但畢竟是模糊得有如捕捉浮雲般的感覺，於是我暫時將這件事放在心中的角落——當成留給現在已經解除的爆發模式以後哪一天又再度進入時的功課。

就這樣，我們離開了明磊家，在漂亮的街道上走向廣尾車站的途中……

「恩蒂米菈，妳也別把妳的薪水用在什麼賭博上喔？」

我苦笑如此一說後——

「請問我如果用了會怎麼樣？」

恩蒂米菈輕輕笑了一聲，這麼回應我。

結果對美女出其不意的笑臉感到心臟一跳的我……

「我會讓妳遭受跟剛才林檎的父親一樣的下場。管妳是贏錢還是輸錢，我會把妳所有的錢都沒收，讓妳沒辦法再賭博。而且休想要我還給妳。」

有點壞心眼、有點囉嗦地對她如此警告。簡直就像個喜歡捉弄可愛女生的小學生一樣……連我自己都覺得好幼稚、好丟臉啊。

明明工作到那麼晚，但家庭訪問似乎不會有加班費的樣子。我從中川口中聽說了這件事，雖然感到忿忿不平。不過……

在四班教課依舊讓我感到相當愉快。畢竟學生們遠比武偵高中的傢伙們更有將來性，讓當老師的也會更想努力教育他們。雖然林檎還是沒有到學校來上課就是了。

我將恩蒂米菈、萜萜蒂與列萜蒂用雕刻刀和撿來的碎木材削成的又小——又莫名逼真的——龍或是妖精等等的棋子發給學生們。今天的課程是讓他們用英文玩對話式桌遊RPG。這同樣獲得學生好評，大家都一邊翻著字典一邊開心交談著。

「接下來就等下次上課囉。很好玩對吧？還有，橋本，在迷宮裡倒油點火也太過分了吧。準備那段迷宮劇情的遊戲主持人西野都快哭出來啦。」

在教室充滿笑聲的氣氛中，我與恩蒂米菈來到午休時間的走廊上……

就在這時，校內廣播把我、恩蒂米菈與中川叫去集合了。怎麼回事？難道我們又闖了什麼禍嗎？

我如此疑惑著，並集合到校長室後——

「遠山老師，蒂老師，接任二年四班的新老師已經找到了。從明天開始將由那位老師擔任班導，中川老師擔任副班導，指導四班的學生。」

——大津校長宣布我們的工作結束了。

「你一開始的粗暴發言果～然就是不好啊！那件問題在昨天的家長會上被提出來，害我不斷受到家長們抗議。在你離職之前，好歹也該對我表示一下歉意吧！」

就在我面對突如其來的事情瞪大眼睛的時候，御分院教頭又對我如此酸言酸語起來。

然而……關於這點我無從抱怨。畢竟我們本來就像是假的老師，原本就有講好是在學校找到別的——真正的老師之前，負責填補空缺而已。既然現在已經找到新老師，我們就只能離開。本來約定好的內容就是這樣。

而且我剛開始那段期間的工作態度……想必就如教頭所說，實在不值得誇獎吧。真正專業的老師應該不是用那種粗暴言論或暴力教育學生才對。

（我果然——）

就像以前爺爺說過的一樣，跟所謂的「學校」就是怎麼也不合啊。

「御分院老師，現在就別講那種話了。至少遠山老師是挺身在教育學生，就跟你在家長會上不斷對家長們低頭道歉一樣，都是很努力的。遠山老師也請不要太埋怨御分院老師，他為了遵從我的指示保護你到今天，也是相當勞心勞力的。」

大津校長在這裡也為我們公平講話，於是御分院不太開心地把頭別開。不過……我倒是對御分院低頭致意。畢竟我是真的給他帶來了麻煩。

「教頭，真是不好意思。也謝謝你了。」

「夠……夠了啦！反正你今天就要走了。哎呀，怎麼說……我剛才也稍微去偷看了一下四班的狀況。那個無法無天的班級——現在也變得稍微有點樣子了。所以呃～在這點上我也不是不感謝你啦。」

御分院教頭紅著臉，說出這樣一段部分認同我的發言。

搞什麼啦……如果讓我保持對你火大的心情，我還稍微比較好離開的說。這個哥布林。

「——一個老師好不好，小孩是會知道的。失去你們對我來說也是很難過的事情。遠山老師，你在履歷書上有寫到你打算上大學……那麼要不要考慮到教育學系呢？等你拿到正式的教師執照後，哪一天再回到我們學校如何？」

大津校長向我說出了這樣的提議，但是——

「我很高興你這麼說，不過很抱歉。我基於某些原因，不會考慮法學系以外的選擇。另外，事到如今我就向你坦白了……其實我上課都沒有用課本。或許我能夠把沒規矩的班級重建到現在那樣的感覺，但果然還是沒有自信正式教育學生。想必我這個人並不是當教師的料啊。」

我抱著老實的心情，搖搖頭如此苦笑回應。

「……我明白了。那麼就請你們在今天第六節的班會上把離職的事情告訴學生們吧。另外……畢竟你們是由於本校的因素而辭職，所以這個月的薪水我還是會把剩下的一半付給你們。」

校長說著，第二次把裝有錢的信封遞給我……明明我起初是為了錢開始這份工作的，但現在卻一點都湧不起開心的心情。看來我是在偽裝成老師的這段期間中，心中的某個角落真的變成一個老師了。此刻只對於必須和學生們道別的事情感到難過。

——然而這就是分寸。要是老師打破約定，那才真的無法成為學生們的榜樣啊。

「中川老師，四班學生就請你多多關照了。」

聽到我這麼說——中川雖然一瞬間露出似乎在思考什麼的表情，不過……

「好的。」

他接著便對我低下頭如此回應。如果是現在的四班，交給這位新人老師肯定也沒問題了吧。

我和恩蒂米菈在班會上公布我們忽然要辭職的事情後——學生們都露出了大為震驚的表情。芹奈甚至還當場哭出來了。

「不要走啊！」「留在這裡吧！」「留下來呀！」

明明最開始的時候是全班吆喝滾回去的，如今卻是完全相反的聲音。但是，抱歉了。老師與學生之間遲早會離別，我們只是那時間提早了許多啊。

於是我——重新在黑板上寫了個「人」字。

「——要我這個人向大家談什麼大道理也很可笑。不過……『人』這個字是人與人互相扶持的形狀。也就是ノ先生，以及雖然寫法上有點不同但是就叫ノ先生吧。其中有一邊的負擔比較大。不過你們要成為哪一邊的人都沒關係。偶爾扶持別人，但也不要覺得被人扶持很可恥。教師與學生也是一樣。我也是在你們的扶持下，學習到很多東西。雖然我一開始做這個工作是為了錢，不過多虧你們——讓我現在有種並不是那樣的感覺了。」

就在這時，下課鈴聲響起——

「最後再讓我講一句話——你們可別變成像我這樣喔？」

我面帶苦笑留下這句話後，走下講臺。然後穿過那道曾經一度甚至被學生上鎖，而想到今後不會再穿過就讓人感到寂寞的，沒什麼特色的教室滑門。

「老師！」「遠山老師！」「恩蒂米菈老師！」

教室中傳來學生們紛紛懇求呼喚我們的聲音。就連草字頭三人組跟壕尾都沒有對我直呼其名，而是叫我老師。你們別這樣啦，這不是會害我哭嗎？

我這麼想著並看向旁邊，發現恩蒂米菈老師已經哭出來了。原來精靈遇到這樣的時候也會哭呢。

就在我們出到走廊的時候——

「嗚喔！」

教人驚訝的是，最後一名四班的學生竟站在那裡。

雖然頭上的紅色蝴蝶結依然沒變，不過服裝換成了上目黑中學制服的——明磊林檎。

林檎……妳來了啊。來到這個妳一直都沒來的學校了。

那肯定是非常需要勇氣的事情吧。妳很棒喔。

「……上次那件事情之後，妳父親怎麼樣了？」

我稍微彎低身子，與她對上視線如此詢問後……

「他去找工作了。但現在更重要的是，你要離開啦？我在走廊上也聽到囉。」

林檎鼓起腮幫子對我這麼說道。

「是啊，我被開除了。真虧妳願意來學校呢。為什麼妳會變得想來了？」

「……那種事情，哪講得出口啦。」

「怎麼啦？臉那麼紅，是發燒了嗎？」

「……因為喜……啦……」

「什麼？」

「──因為有遠山老師所以我才來的啦！可是你竟然跟我講你要走了，根本是詐欺嘛！」

林檎滿臉通紅地把雙拳直直往下伸，對我怒吼起來。

「抱歉。但這是沒辦法的事情啊。」

我只能這樣回答她了。結果林檎……露出了體恤我的表情。

「那……沒關係啦。既然這樣……至少最後一天可以用老師和學生的身分在學校跟你見到面，也算很好了。」

她很乾脆地如此表示。真的是個很懂事的小孩，將來肯定會成為優秀的大人吧。

「林檎妳──要是我離開之後，明天就不會再來了嗎？」

我對這點感到在意，而就在我這麼詢問的時候……

「林檎！」「是林檎！」「林檎同學～！」

從教室裡追著我們出來的學生們圍住我和恩蒂米菈的同時……也聚集到好久不見的明磊林檎身邊。她原本就是個受歡迎的孩子。雖然以前似乎也做過很危險的行為，但即便如此還是可以感受出來，大家對於和這位班級夥伴重逢的事情感到很開心。

他們雖然剛開始是一群甚至讓人懷疑人性的傢伙，但也是一群關懷夥伴的好傢伙啊。

在朋友們的圍繞之中——林檎對我剛才提出的問題……

「我明天也會來的。」

說出了滿分的回答。而且帶著瀏海剪得很清爽而可愛無比的笑容。

——沒錯。從明天開始，會有個比我這種貨色還要優秀許多的、真正的老師來教育你們。就算那個老師最後可能像我這樣離開，但還會有下一個老師再來。放心吧。

這世上只要還有學生，老師就不會消失的。

5彈　魔之全集

我禮拜六也到補習班——松丘館上課，都搞不清楚自己究竟是老師還是學生之後，到了禮拜天。

我中午過後帶著萜萜蒂與列萜蒂來到台場海濱公園郊遊了。

老實講我現在正失業中，根本不是郊遊的時候，但偶爾不休息一下也是會死的。不過這其實只是藉口，實際上是因為今天的天氣秋高氣爽，讓人覺得待在家裡很浪費……而且我最近都忙著做老師的工作，一直沒時間陪萜萜蒂與列萜蒂啊。

恩蒂米菈說她有事要辦，所以我讓她出門去了。而她說等一下會到這裡來跟我們會合。反正她也已經漸漸習慣東京，讓她自由外出應該沒問題吧。

只不過，這兩個像野生兒的獸娘——一來到公園的草地就精神百倍。一下子在落葉堆中鑽進鑽出，一下子要求我背她們而輪流撲到我背上，看到海又說想游泳而差點脫掉水手服，害我趕緊抓住她們的裙子，費了一番功夫才阻止了她們。

像這樣顧小孩顧到快要過勞死的我治癒心靈的便當……只有三個鹽飯糰。因為上目黑中學給我的薪水全都被花在我根本用不到的化妝品以及還債給吉良——即便如此還是離全額還清遠得很，但至少把利息金額壓低了。

至於萜萜蒂與列萜蒂則是打開恩蒂米菈用自己的錢為她們準備的便當，用手抓起來吃。真好啊，裡面居然有豆腐漢堡排跟橘子。奴隸吃得都比主人還要好。雖然不裝白飯改裝玉米讓人覺得不太能接受就是了。

而且她們把自己的便當吃完後，似乎還想搶我的鹽飯糰吃。於是我把最後一個飯糰藏到口袋裡。裝出一臉飯糰已經被吃完的表情。結果那兩人——竟然當場把我推倒，舔起黏在我臉上的飯粒！明明外觀是美少女，動作卻像大型犬，這在爆發上相當不好啊！

像這樣，就在我被兩個女奴隸壓在草地上的時候——

伴隨一陣舒適的秋風，身穿水手服的恩蒂米菈現身了。她大概是用自己的薪水去買了什麼東西，手上還提著一個全新的行李箱。

「這裡真是一片和平的森林呢。走在森林中的人們大家都沒有在警戒什麼危險。」

「這裡不是森林，是公園。妳那是啥？」

被萜萜蒂與列萜蒂纏住的我撐起上半身，指向行李箱如此詢問後……

「這是我的擅長武器。」

「就是那個不告訴我名字的玩意啊。從那大小看起來……是拆解收納的突擊步槍嗎？」

聽到我這麼說，恩蒂米菈露出感到抱歉的表情——

「蒂氏族非常敬仰這個武器，若沒有得到聖靈的許可就不會使用，不會隨便給人看到，也不會直呼那個名字。雖然在這國家的形狀有些不同，但確實就是那個武器。」

……雖然我希望能預先知道同伴使用的武裝，但她還是基於類似宗教上的理由沒辦法講，那我就不問了。反正如果是突擊步槍，我的手槍子彈也沒辦法共用嘛。

恩蒂米菈恭恭敬敬地把行李箱放到草皮上後，用手把背面的裙子壓在自己屁股下，用人魚坐的姿勢坐到我旁邊來。一個大姊姊做那種女孩子的動作會因為反差感而很爆發，於是我讓視線逃向萜萜蒂與列萜蒂的方向——看到那兩人正爬上近處的一棵楓樹。但那楓樹的樹枝並不算粗，因此……

「萜萜蒂，列萜蒂，妳們那樣會折斷樹枝啊。那棵樹是屬於東京都的東西……！」

我對那兩人剛好在我眼睛高度的裙子小心注意，將她們從樹上抱了下來。

結果那兩人接著又朝人工海岸的方向跑去。受不了……她們真是一刻也靜不得。但這下我可以安心吃最後一個鹽飯糰啦。很好很好。

「樹木竟然會是屬於誰的東西，還真是奇怪的事情呢。大自然應該不屬於任何人的說。」

恩蒂米菈如此說著並環視公園的時候——一陣海風吹拂她的身體。

金絲般的秀髮隨風擺盪，飛舞的紅色楓葉將之點綴襯托。另外像武偵高中的水手服也是一樣，精靈其實意外地跟紅色也很搭呢。雖然在遊戲中經常都穿綠色的服裝就是了。

「畢竟那是用稅金種植的樹木，要是折斷或弄倒，肯定會被要求賠償的。不管什麼事情都是錢、錢、錢啊。」

就在我擦拭著冷汗時，恩蒂米菈對我露出微笑──

「我們精靈只要有風、水、土、木、光以及些許的火就能生活了。但是……人類還要再加上一個錢呢。」

「……雖然這樣好像人類是比精靈劣等的生物一樣，感覺很丟臉。不過妳講得沒錯，人類已經無法從金錢的束縛中脫逃出來了。」

「不，主人，這並不需要感到丟臉。我也漸漸開始理解金錢的意義了。」

坐在草皮上的恩蒂米菈如此說道的語氣和表情中……已經感受不到她起初來到東京時那種對文明的厭惡感。她的態度流露出某種比人類聰明的生物──透過觀察人世而領悟了什麼事情似的氛圍。

不知不覺間……原本飛在天上的海鷗們紛紛降落聚集到恩蒂米菈周圍。在海風吹拂中，恩蒂米菈與草木鳥群同在的情景看起來就像一幅描繪大自然豐饒女神的西洋畫。好美。我心中純粹只有這樣的感想。

就在我一反平常的個性湧起這種想法時……一隻飛下來的海鷗擦過我的旁邊。而我做出閃避動作的瞬間……鹽飯糰從我的口袋中掉向草皮了。

我為了不要失去貴重的熱量來源，有如橄欖球選手追球般全力撲了過去。在低空讓飯糰在雙手上彈呀彈地，全身不斷往前、往前……往前……噗滋！

「——！」

一幅名畫被我當場糟蹋了……！由於我一心只顧著追飯糰的緣故，竟把臉撲到恩蒂米菈那對象徵豐饒的精靈奶球上！噫……！

「主、主人……！怎、怎麼大白天就在這樣的草原上……！」

而且由於兩人都為了不要讓對方跌倒受傷的關係——竟莫名其妙互相抱在一起了。

「……」

「……」

如果我把體重壓上去就會徹底把我的臉包覆起來的、恩蒂米菈如羽毛般柔軟的胸部。讓人有種安心感的體溫，以及幼木般清爽的香氣。

而且恩蒂米菈大概是抱著「如果主人有所求，自己無論在什麼場所都願意回應」的覺悟——即使緊閉著眼睛，也絕不把抱著我的手臂鬆開。

（……！……）

如果和一個關係上變得互相熟識的異性突然發生身體接觸，爆發血液就會有容易流動的傾向。我對於恩蒂米菈的認知似乎也經由擔任班導與副班導一起工作的那段日子中抵達了那個層次，結果——撲通！——血液開始朝身體的中心、中央聚集。接著在下一個瞬間……

被恩蒂米菈抱住的我驚訝地把頭抬了起來。

因為我注意到某種不對勁的感覺。不，其實那感覺從剛才就發生了——在萜萜蒂身上。那是極其細微的異變，甚至連她的雙胞胎姊妹列萜蒂都沒能發現。

原本在人工海岸邊與列萜蒂玩耍的萜萜蒂和看向她的我對上視線……的瞬間，忽然像頭暈似地全身搖晃起來。

在注意到那個異常而變得一臉「？」的列萜蒂面前，萜萜蒂朝我緩緩伸出雙手。眼神有如夢遊症患者一樣空虛。

她的手指接著——彷彿在觸摸什麼東西般動了起來。是手語。

「……！……『森林賢女呀，妳是屬於、我的東西』……」

——跟我一樣看向萜萜蒂的恩蒂米菈念出了那個手語的意思。

那是白雪稱為憑依、附身的，利用超能力的精神操控。跟上個月我在秋葉原看到被附身的女高中生們一樣——呈現有如喝醉的狀態。而在操控她的是——

「……海卓拉……嗎！」

我起身如此大叫後，萜萜蒂露出有點訝異的表情，用手語回應我「你居然知道呀」。這有點奇怪。如果是跟我交手過的那個海卓拉操控者阿斯庫勒庇歐斯逃獄出來附身萜萜蒂，應該會回應我「沒錯」或是「真虧你會發現」之類的話才對。

也就是說這並不是阿斯庫勒庇歐斯在搞鬼。而且根據同樣的理由，也不是N的成員。是未知的敵人——！

「……『若不想讓可愛的學生喪命，就給我過來』……」

萜萜蒂用手語如此告知後——像忽然昏倒似地癱坐下去。列萜蒂趕緊撲過去，抱起菇菇蒂「啪唰！」一聲順勢倒在海水上的身體。菇菇蒂接著很快回過神來，露出愣住的表情……看起來已經恢復原本的菇菇蒂了。被利用來憑依的海卓拉是果凍狀的小型生命體，大概是從菇菇蒂的身上脫離，逃到海中了吧。

就在我和恩蒂米菈趕往菇菇蒂身邊的時候……這次換成「嘰——」的微弱馬達聲響從空中傳來。於是我抬頭一看，發現有一臺小型的人工機械飛到我們近處來了。

那是……無人飛行機。但不是像RQ－1掠奪者或RQ－4全球鷹那種大型無人飛機，而是DARPA分類中所謂的MAV。像是小型遙控直升機的玩意。

雖然是尺寸上像個玩具的東西，但既然會在這個時機飛來，搞不好具備什麼攻擊能力。於是我立刻拔出貝瑞塔朝它開槍。

中彈的無人飛行機在空中一轉……原本掛在它下面的某種物體掉落到草皮上了。然而那東西並不是炸彈之類的武器。如果是炸彈反而還比較好。

——那是小島芹奈的髮箍，以及明磊林檎的蝴蝶結緞帶……！

恩蒂米菈跑向墜落的小型無人飛行機殘骸，撕下貼在上面的一張紙條拿給我。紙條上寫了一個地址，我搜尋了一下——是位於地下品川。靠近地下城底部的工廠地區。

芹奈與林檎就是被囚禁在那個地方嗎……！

「該死……到底是誰、為了什麼目的……！」

「……主人，關於會稱呼我為『森林賢女』的犯人……我有想到一個人物。可是我沒想到那女人居然還活著……而且還追到了這座城市來……！」

悔恨地如此表示的恩蒂米菈，眼中閃過她過去的恐懼光景。

「即使沒有像阿斯庫勒庇歐斯女士那樣靈巧，但有個魔女能夠在極短的時間內操控海卓拉。那就是……龍的魔女，拉斯普丁納……！」

——拉斯普丁納——

燒毀精靈的森林以及萜萜蒂與列萜蒂的故鄉，把半人半妖當成奴隸販賣的「龍的魔女」。那傢伙追著恩蒂米菈，甚至把魔爪伸到這裡來了嗎？

但她究竟是怎樣連恩蒂米菈的學生情報都能知道的？根據恩蒂米菈剛才這段話推測，對方應該不是利用海卓拉進行監視才對。

「……我們趕快到地下品川去！在路上把妳知道關於拉斯普丁納的事情都告訴我！」

不過現在不是解謎的時候。既然被對方抓到人質，事態就分秒必爭。於是我把槍收起來的同時——衝了出去。手中握著芹奈與林檎的裝飾品，抱著祈禱的心情。

雖然從恩蒂米菈這次的說明中我還是搞不清楚那究竟是哪裡的國家，不過——

據說恩蒂米菈她們過去居住的地區除了精靈之外也有各式各樣的半人半妖人種。而且當中很多種族都會使用魔術的樣子。

被稱為古代人民的他們為了防止異種族間的紛爭而想出了一個點子——各自將自己在戰鬥上會使用的魔術詳細記載在稱為「魔書」的薄本子中。然後將那本子亂數隨機交換，讓大家都不曉得哪個種族持有那一本書，製造出「要是挑起戰爭，對方搞不好知道我方的魔術，而且使用我方不知道的魔術」的狀況……也就是某種意義上的冷戰結構，保持著和平的秩序。

然而就在那樣的狀況中，出現了一個捉捕半人半妖販賣賺錢的魔女——拉斯普丁納。

從名字聽起來很像是俄羅斯人的她接連襲擊古代人民居住的土地，搶奪魔書變得越來越強，最後甚至收齊了所有的魔書。但魔術與使用者之間有所謂的適合度，而拉斯普丁納似乎最擅長的是她最初搶奪的魔書中記載——叫出或歸還龍的魔術。畢竟她本身就是個**龍的混血兒**，祖母是龍。雖然我難以想像龍跟人究竟是如何生下後代，不過簡單來講就是可以將拉斯普丁納想成像恩蒂米菈或萜萜蒂、列萜蒂一樣是半人半妖的一種。

我聽著抱住武器行李箱的恩蒂米菈說明這些事情的同時——來到武偵高中的車輛科，借了一臺遇到緊急狀況時用武偵手冊就能借到的防彈車，趕往品川。

載著四個人的馬自達RX—8下了地下品川交流道的時候，天空被陰雲遮得陰暗下來了。而且沿著宛如巨大螺絲孔般呈現螺旋狀的地下城一般道路越往下走，周圍就變得越是昏暗。

「這地方……簡直像是一座地下迷宮呢。」

正如恩蒂米菈透過車窗望著外面的這句形容，地下品川的構造相當複雜。

由第三部門組織主導的東京灣岸地區開發計畫——之中的三大失敗案例就是十三號填海區、人工浮島以及地下品川。當中地下品川尤其是一塊最糟糕的破綻土地，如今甚至連土地所有權者是誰都搞不清楚的倒圓錐形巨大斜坡上密密麻麻都是有如廢墟的大樓建築以及挖掘到一半中斷的地下道，成為了東京最貧困階級的人最後會來到的土地。

地下城的最底部附近由於烏鴉飛來飛去的上空圓周成為了一道山稜線——在太陽下山之前陽光就照不進來了。被淤積廢氣燻到變色的招牌看板有如捕蚊燈般發光的商店街至少還有在營業，算是比較好的了。但過去在底部附近建造的許多纖維工廠幾乎大半都已經成了廢工廠。而我們來到其中的一座，也就是剛才紙條上指定的場所——勉強可以看到看板上寫著「遠東家紡有限公司」字樣的廢工廠，並衝了進去。

從內部看起來，這裡過去似乎是一間從製棉、羽毛羊毛洗淨、剪裁、縫製、完成到檢查商品全部包辦的中國資本寢具製造商的樣子。停業後大概是把屋頂和牆壁的鐵板都賣給了廢鐵收集商，讓生鏽的鋼筋與水泥地板都裸露出來了。徹底荒廢的遺跡中棄置有鋼鐵製的天橋型起重機、梯子、階梯以及到處延伸的塑膠管路、滾子鏈型的傳送帶，視野差得有如一片森林。不過原本的縫製工作檯似乎也被搬出去賣掉的關係，讓中央附近有一塊比較寬敞的空間。

「——芹奈！林檎！聽到聲音就回應我！」

我走在工廠內如此叫喚……但到處都找不到那兩人。徒讓時間不斷流逝，呈現圓弧形的地下品川街道上的燈光一盞接著一盞亮起。

就在我越來越著急……地下品川外面進入黃昏，內部進入黑夜的時候……

「——雖然我是第一次看到本人，不過你就是遠山金次嗎？謝謝你收拾掉了貝茨姊妹。多虧如此，讓美國的販賣通路又復活啦。」

口音很重的英文——一聽就知道是俄羅斯腔——的聲音傳來，讓我們趕緊把頭轉了過去。

在工廠深處的另一頭，緊鄰的一棟大樓上面。有個白人美女抱著自己的一隻腳，坐在高約十五公尺的遠東家紡有限公司看板上……

「龍的魔女……拉斯普丁納！」

其實用不著恩蒂米菈如此憎恨地叫出名字，我光看一眼也能知道她不是普通的人類——是個魔女。在她一頭金髮的兩側，有讓人聯想到水墨畫中的龍、分支並往後延伸的犄角。還有一條前端的毛有如刺針般的長尾巴。

以上弦半月為背景，紅色的嘴唇咧嘴一笑的拉斯普丁納……連身上的服裝都不尋常。像是比基尼泳裝般讓白皙的肌膚幾乎都裸露出來的簡略鎧甲搭配披風，腳上穿著高跟靴，手上塗有深紅色的指甲油。脖子上隱約可以看到一條裝飾有閃亮寶石的十字架。

然而——那樣刺激性強烈的服裝卻有種堪稱爐火純青的統一感與美感。她就跟那個長槍兵瓦爾基麗雅一樣，是日常生活中就打扮成那樣的存在。

雖然我不清楚是怎麼騎到那大樓上面去的，不過在她下方、看板前面停了一臺大紅色的 YAMAHA YZ1 FAZER……大型運動機車。這同樣是與魔女顯得格格不入卻又莫名適合她。

「……拉斯普丁納，我勸妳最好不要測試我的耐性。芹奈跟林檎在哪裡？」

剛才由於恩蒂米菈而進入的爆發模式血流還在持續的我握著槍表現出強勢的態度。可是——

「誰曉得？」

拉斯普丁納瞇起藍色的眼睛，用性感的沙啞聲音如此回應……感覺並沒有在對我裝傻。

——她不知道。明明是她抓了那兩人當人質的。也就是說，她有其他的同伴。

「我賣的可不是像那種隨處可見的廉價女人。而是站在那裡的長耳兔——就是妳。至於兩隻狸貓嘛，多少可以加減賺吧。」

完全把人當成物品的拉斯普丁納講出這樣像是珍禽異獸走私商的發言。

「雖然我聽說要是把恩蒂米菈叫出來，遠山金次想必也會跟著來……但畢竟時間就是金錢。我打出生以來二十年，都盡可能賺錢不浪費時間。我既不想跟你交手耗費時間，也不希望在殺掉你的時候產生的餘波傷害到商品——所以遠山，你賣給我。恩蒂米菈、萜萜蒂和列萜蒂現在是你的奴隸對吧？」

「妳想跟我買之後再轉賣給別人嗎？人口販賣的轉賣商，簡直是最差勁的啊。」

我搖搖頭拒絕對方後——

「妳是和N有某種關係，打算對落敗的恩蒂米菈她們施行制裁對吧？門派與砦派，妳是屬於哪邊的派系？」

我透過這樣完全偏離答案的發言，想要試探拉斯普丁納的真實身分。若運氣好的話甚至可以從中推敲出她同伴的情報，進而找出芹奈與林檎的下落。然而——

「——那種事情隨便啦。反正是以後的事情吧？我只是個商人，目的就只有錢。在莫里亞蒂或尼莫搞出接軌現象讓商品跌價之前，我想盡量獵捕到比較稀奇的寵物拿去賣呀。由於那方面的販售通路之前都被貝茨姊妹管制著，所以現在美國的客戶都很飢渴呀。只要在這時候推出極為少見的人型寵物，而且還是超稀奇的精靈——如果參加拍賣會的買家夠有錢，要賣到一億都不是夢。遠山，我給妳十萬，你就把她們交給我吧。雖然我也是一樣，你同樣活得再久也不過一百年。趁活著的時候賺到大錢，盡情享樂，才叫真的贏家。這點你也同意吧？」

看來這傢伙真的跟N沒有關係，不過知道N的事情，是個一邊觀察N的動向一邊在地下社會進行買賣的獨行俠……從中沒有得到跟她的同伴有所關聯的情報。我雖然對這點感到焦急，不過……

（……！……）

我帶著驚訝的心情注意到，可能是拉斯普丁納同伴的——某個人物，現在來到這座工廠的入口附近潛伏起來了。

我思考著那個人物會在這裡的意義，並再度抬頭瞪向拉斯普丁納。

「我才不可能同意。不要把恩蒂米菈她們當成是東西。妳也給我去轉告那個什麼拍賣會的參加者。叫我賣？我拒絕。況且才十萬元根本連給我還債都不夠啊。」

「你白痴嗎？我講的是十萬美元。也就是八百萬日圓左右呀。」

聽到那個金額，恩蒂米菈、萜萜蒂與列萜蒂霎時觀察了一下我的臉色。但是——

「那金額已經大到我難以想像了。而且——歸根究柢，為了金錢出賣夥伴是武偵最不應該做的行為啊。」

「噗！什麼夥伴。別搞什麼浪漫主義了，稍微現實點吧。現今世界上，每個人都是把自己的人生用一天多少錢在切割零售的吧？人是金錢的奴隸，人生是用金錢買賣的東西啦。」

「——我就說不是東西了！」

我頓時怒吼。有九成是對著拉斯普丁納，一成是對著恩蒂米菈、萜萜蒂與列萜蒂。人不是東西。這是理所當然的道理。然後無論恩蒂米菈、萜萜蒂還是列萜蒂，不管人種是什麼都同樣是人。所以妳們給我睜開眼睛吧，妳們才不是像道具一樣被人使用的東西，才不是什麼奴隸。每個人都不是奴隸，當然也不是什麼金錢的奴隸。

金錢才是東西。金錢才應該是人的道具。而把那個道具的使用方法搞錯的傢伙，就會變成像拉斯普丁納那樣的思考方式。有如把正確使用起來應該很方便的刀子卻拿來切割自己的肉體一樣。

「拉斯普丁納，我雖然才剛辭掉了老師的工作——但今天我就來做免費義工，矯正妳的思考。但我要用的是武偵高中式的做法，**你可別插嘴喔**？」

我最後一句話，是把臉轉向側面……對著工廠入口附近一臺位於兩公尺高處的空氣清淨機後面發出警告的。

多虧我是從低視角一直仰望著拉斯普丁納那身有如角色扮演一樣暴露的模樣講話的緣故，讓爆發模式的血流加速——靠著擴展向周圍的知覺，我剛才注意到了**那傢伙**的存在。接著，我之前在洛杉磯認識的帕基諾老大，以及林檎被恩蒂米菈修剪瀏海之後讓人改變的印象給了我某種直觀上的提示。然後，我在腦中精密回想起最近見過的許多人物的長相，以公厘單位測量左右瞳孔或嘴角等等特徵點之間的距離。雖然這些步驟花了不少時間……但我已經得到確信了。

「原來就是你在為拉斯普丁納引路啊，中川老師——不，猿田武檢補。」

隨著我這句帶刺的話語之後，從陰影處……上目黑中學的國文教師中川現身了。

他的表情冷靜，彷彿會在這裡被我看穿的事情都在他的預料之內。

拉斯普丁納沒能抓到恩蒂米菈、菈菈蒂與列菈蒂，是發生在國外不知什麼地方的事情。然而她卻能找到日本來，甚至更縮小範圍在東京，知道恩蒂米菈在學校工作，而抓到有效的人質。這一切在背後為她引路、提供協助的——就是中川。

然後，中川就是猿田。

在加拿大的日本大使館見到猿田的時候，我就推測這傢伙除了狙擊以外還有**其他**

能力……原來就是這個改變樣貌的技術。但這可騙不了爆發模式的眼睛。

他之前有障礙的腳，感覺虛弱的咳嗽，嘶啞的聲音，全部都是演技。仔細想想就知道，武裝檢察官是要求全身強健，甚至只要有一根蛀齒就會被判定不合格的職業。那麼負責輔佐的武檢補當然也要有同等的要求。就算是平常狀態的我，也應該要看出這點程度的事情才對啊。

我見到林檎被恩蒂米菈修剪瀏海之後感受到那股似曾見過的感覺，就是這個——把亂糟糟的瀏海剪掉，改變髮型，伸直背脊，不再假裝肢體不全或生病的猿田……就是中川了。但畢竟不是像佩特拉或卡羯那樣透過魔術變身，所以沒辦法連眼睛位置或嘴巴寬度都改變就是了。

「——看起來完全是不同人呢。之前明明那麼瘦的說，你胖了幾公斤啊？」

「十八公斤。我一天最多可以胖七公斤。我沒有一個固定的外觀。」

……意思是說跟東京武偵高中的綠松校長一樣，這個猿田也是「被盯上就完蛋」是嗎。

「拉斯普丁納。我是東京地檢特搜部的武檢補——猿田邦彥。請跟我到局裡一趟。還是說，妳要在這裡跟五個人交手喪命？」

猿田武檢補從空氣清淨機後面拿出一把反器材步槍——PGM Hécate II舉了起來……

「——你騙我……？」

拉斯普丁納露出彷彿帶有詛咒的眼神如此說道，但猿田帥氣的臉上露出輕鬆的笑容回應：

「香餌之下必有死魚。我自從在加拿大發現妳應該會想得到手的那個長耳女，就一直辛辛苦苦在進行監視。同時和從來不會現身，只能透過線上交談聯絡的妳進行交涉。妳可別讓我這些辛勞都白費囉，拉斯普丁納。成為讓我晉升為武裝檢察官的踏板吧。畢竟我上頭的人似乎從明治時代以來就代代都盯著妳啊。」

猿田在殺害茉斬的任務中發現了恩蒂米菈。然後他認為恩蒂米菈可以成為誘餌，引誘猿田的上司似乎組織性或家族性代代盯著的拉斯普丁納。只要猿田成功逮捕或是殺掉拉斯普丁納，就是甚至能讓他晉升為武裝檢察官的大功勞。

然而，從拉斯普丁納剛才說過「出生以來二十年」以及「活得再久也不過一百年」等等發言來想……從她不可能活著的明治時代就盯著她也是很奇怪的事情。就在我對此感到疑問的時候，我的腦海中——閃過了之前時任茱莉亞學姊拿給我看的照片。雖然由於是透過視訊電話而畫面較粗，我沒有確切的把握，但據說分別在一八九八年、一九四七年跟二〇〇八年拍攝到年齡完全沒變的女性……不就是眼前這個拉斯普丁納嗎？然而即使靠爆發模式的腦袋也想不通這究竟怎麼回事就是了。

「哦哦對了，遠山，你武偵高中的老師，好像叫蘭豹是吧？她差點就看穿了我的監視。你有個不錯的老師嘛。」

「那時候的跟蹤者——原來也是你啊。喂，比起那種事情，你把芹奈跟林檎怎樣了？」

「沒怎樣。那髮飾只是我說遠山老師想要，她們就馬上交出來了。現在她們應該正關起手機呆呆看著電影吧。在我假借你的名字寄電子郵件把她們約去的不同間電影院。我也有派人在不被發現之下護衛她們。畢竟你拜託過我要『好好關照四班學生』嘛。」

猿田這渾蛋……用芹奈和林檎當誘餌把我跟恩蒂米菈叫出來，然後又用恩蒂米菈當誘餌把他真正想找的拉斯普丁納給叫出來了。雖然不甘心，但實在高招——也就是所謂的雙重人質。

「……你這傢伙……竟敢給我的生意潑冷水……」

揮動長長的尾巴——咬牙切齒的拉斯普丁納，才不是被猿田講一聲就會乖乖跟他走的貨色。明眼人都知道這狀況下難逃一戰。而在現場……有個想必會為了保護恩蒂米菈而戰的魔女終結者，**也就是我**。這同樣是猿田高招的地方。這樣的人物還只是輔佐，可見武裝檢察局真的是怪物的巢穴啊。

「猿田，我就等一下再教訓你。現在那個拉斯普丁納似乎不想浪費時間，希望快點進到牢裡去的樣子，所以你幫忙我逮捕她。罪嫌是對萜萜蒂的傷害行為。」

要是恩蒂米菈她們被拉斯普丁納抓到美國去賣掉，就會變成真的女奴隸了。因此一方面也為了不要損毀到美國憲法第十三條修正案——解放奴隸宣言，我們身為同盟國的一員也要阻止她才行。於是，我走到工廠中央附近那塊比較寬敞的空間。

——在這座有如鋼鐵森林的地下城廢工廠中，現在有魔女、精靈、獸娘、手槍手與狙擊手是嗎。還真是混沌的戰鬥局面，想必不管哪個遊戲設計師都不會做出這種設定吧。

「——Помилуй и убей грешников（願予罪深之人，賜以慈悲之死）——」

拉斯普丁納將右手食指與中指並在一起，沿著額頭、胸口、右肩、左肩的順序比劃。那是俄羅斯正教會古儀式派的畫十字方式。接著，她把藏在背後的一本皮革精裝、像是字典般的書拿到胸前打開，用不知什麼語言開始唸起內容。

恩蒂米菈看到那本大概是每一章使用的紙張顏色不同，讓側面看起來呈現彩虹色的書本——頓時抽了一口氣，然後即為慌張地大叫：

「拉斯普丁納，住手！在這土地使用魔法有可能會受到色金粒子干擾！如果是小規模的術法就算了，但是那本『魔書』上記載的大規模術法萬一失敗，將會變得難以挽回——」

那就是……古代人民所寫的魔書……！

拉斯普丁納拿在手上的，恐怕是將每一本用不同顏色紙張寫成的書——從顏色數量看起來總共十三本——全部裝訂在一起的玩意。要說起來，就是「魔之全集」了。然後她現在施展了其中的一個魔術。

「長耳兔，妳的資料太舊啦。現在的日本是色金粒子的空白地帶。所以全世界的魔女們都正搬家過來呢。」

把穿著高跟靴的腳換一邊翹的拉斯普丁納周圍……卻沒有發生任何變化。既沒有銀冰飄舞，也沒有放出閃電。她到底做了什麼……？

「主人，請快逃……！中川……不，猿田！你也一樣……！」

一頭秀髮「嘩唰！」地飄起讓耳朵都露出來的恩蒂米菈對我們如此說道。萜萜蒂她們也豎起尾巴的毛，變得全身難以動彈。

（……嗚……？）

明明什麼事情都沒發生，我卻開始感受到一股危險的氣息。但並不是來自露出賊笑低頭望著我們的拉斯普丁納，而是更加巨大、沉重的某種存在——

我也趕緊擺出備戰姿勢，然而猿田倒是沒有察覺到那股氣息……

「……我是看得出來拉斯普丁納做了某種相當於攻擊的行動。這樣就足夠了。因為在這種情況下，從那個時間點開始——我的槍就會變得『適切』。**吃我這招吧**。」

他說著，舉起全長近一點四公尺的反器材步槍——Hécate II。就在這時……

「嘻嘻！」

拉斯普丁納從看板上跳向 YAMAHA FAZER 跨到上面——順勢翻著披風從十五公尺高處落下。態度輕鬆得就像跨在掃把上飛翔的魔女一樣。

「住手，猿田！不可以開槍！**那些傢伙**會對聲音——」

猿田不理會如此警告的恩蒂米菈，用步槍瞄準毫無防備的拉斯普丁納。

往下掉落的拉斯普丁納「啪！啪啪！」地讓自己與機車周圍的空氣爆開，使掉落軌跡呈現鋸齒狀，讓猿田難以瞄準。最後就像逆向噴射般讓車體正下方的空氣爆開……使機車輪胎落地的瞬間……

——磅——！

十二點七mm子彈有如打雷般的聲音朝著靜止動作的拉斯普丁納響起。

「——！」

遠田與拉斯普丁納之間的虛空忽然「鏘！」地發出衝擊聲響。其中也混雜著「嘰！」的尖銳聲音。那是——幾乎相當於超音波的、什麼存在的叫聲……？

緊接著，「隆隆！隆隆……！」的沉重聲響接近而來——

「……嗚……！」

在如此呻吟的猿田眼前，突然出現一條水平的紅線。然後就像一張巨大的嘴巴——不，那真的是一張嘴巴。宛如恐龍般一根一根的利齒都像短刀的嘴巴忽然出現在半空中。那情景簡直有如在做惡夢。

就在那張幾乎可以把一個人的上半身都吞下去的嘴巴攻擊猿田之前——

「——猿田！」

恩蒂米菈將交叉的手臂「啪！」地朝斜上方伸出後——彷彿什麼新式的假面超人變身動作般旋轉起來。下個瞬間，一陣強風吹起恩蒂米菈的裙襬，旋風颳走猿田——是龍捲地獄——！

然而——恩蒂米菈雖然應該是想藉由推開猿田救他一命，但風還是遲了一瞬間。

浮在半空中的嘴巴發出「咕滋！」的聲音，猿田的左右手臂**消失了**。Hécate II的槍身也從中央附近不自然地消失了一大塊。接著龍捲地獄吹襲現場，發出「砰磅——！」一聲沉重巨大的跌倒聲音。這不是只有猿田本人倒下而已，是他跟著某種看不見的存在——也就是那張嘴巴的本體一起倒下了。

「……嗚……！」

猿田的手臂雖然變得看不見，但似乎還跟身體連結在一起的樣子——於是他「磅！」地擊發Hécate II。但由於槍口就像一根吸管一樣伸在那張巨大嘴巴的外面，所以子彈只是朝著其他方向飛去而已。

那槍聲就好像成了一個暗號，「隆隆！隆隆隆隆！」的沉重腳步聲從好幾個方向——朝猿田聚集而去。好幾張嘴巴出現在半空中，互相推擠，你爭我奪地想要咬向猿田……！

「——嘻嘻嘻！一如你剛才的宣言，把你**吃掉**啦！」

拉斯普丁納笑著發動機車引擎，其中幾張嘴巴頓時轉向引擎聲傳來的方向，以及恩蒂米菈剛才的警告，還有龍捲地獄掀起的飛塵莫名被猿田近處的一塊虛空彈開的景象——讓我知道了。

像之前的飛龍（wyvern）和海卓拉也是一樣，魔女的周圍經常會出現未知的生物。也就是所謂的怪物。其中最具代表性的，就是龍（dragon）了。

那些嘴巴的本體，就是拉斯普丁納利用魔書召喚出來的龍——不過是**看不見的龍**。

那恐怕是體表擁有能夠曲折光線、有如光曲折迷彩的器官，是能夠在光學上消失身影的生物。而且皮膚堅硬，即便用反器材步槍也打不穿。形狀近似暴龍之類靠雙腳步行的龍盤目生物，高三公尺多，頭部異常地大。大概沒有眼睛，但取而代之地——會根據槍聲或爆炸聲響攻擊獵物。可能是經過調教訓練出那種習性的軍用龍吧。

「——猿田，撤退啊！」

我抱著賭賭看心情——拔出沙漠之鷹，朝剛才尋找芹奈與林檎時發現被遺棄在工廠深處的一個看起來幾乎已經用完的液化石油氣瓦斯桶開槍。

看不見的那群龍雖然對沙漠之鷹宛如大砲般的槍聲也做出反應，不過緊接著聽到瓦斯桶「轟隆！」的爆炸聲響後，便一起衝了過去。牠們雖然平時似乎會放輕腳步，奔跑時卻會「隆隆！」地發出沉重的聲音。

猿田的身影……已經看不見了。我本來以為他是被吃個精光，但似乎並不是那樣。畢竟他的槍也不見了，而且從入口附近的一灘血旁邊有一點一點的血痕延伸到外面。他是逃出去了。

「遠山金次——在你被吃掉之前，好好禱告吧。只要你誠心懺悔，或許在死後的世界可以稍微受到比較好的待遇喔？」

拉斯普丁納將魔之全集收回背後的披風底下，並跨在怠速中的機車上指向我如此說道。

「我和妳不一樣，不是什麼基督教徒。要懺悔妳自己懺悔。話說今天是禮拜天，在安息日戰鬥沒關係嗎？」

我也用拇指——指向拉斯普丁納胸前的十字架。

「我只是為了要抱起動物，所以挪開眼前的石頭罷了。」

眼神彷彿都要冒出$符號並舔著嘴唇的拉斯普丁納依舊把恩蒂米菈她們當成動物，而我則是被當成石頭了。

我聽著那群龍生氣地咬著不能吃的瓦斯桶而發出的金屬聲響，並且把槍收回槍套中——對一臉不安的恩蒂米菈她們做出「妳們退下」的手勢。

對於萜萜蒂和列萜蒂來說，拉斯普丁納應該不是她們能夠應付的對手吧。畢竟她們曾經一度連同整個故鄉都落敗了。

恩蒂米菈雖然會使用跟颱風的莎拉相同類型的魔術——但拉斯普丁納也會使用同樣的魔術。剛才那傢伙從看板跳下來的時候讓空氣爆開的魔術，就是跟以前莎拉在倫敦從眼鏡蛇直升機上摔下去時使用的招式一樣。雖然莎拉跟恩蒂米菈之間存在多個共通點的原因是個謎團，不過恩蒂米菈與拉斯普丁納會使用相同魔術的理由就很明確了。是魔書——拉斯普丁納是透過從恩蒂米菈她們手中搶來的魔書，學會了風的魔術。而如果在敵人已經知道招式內容的狀態下讓恩蒂米菈與之交手，結果可想而知。

因此現在能夠戰鬥的人，就只剩下我了。

老實講，我完全沒有主意該如何打倒擁有魔之全集的拉斯普丁納。

最糟的狀況下，這等於是要我跟白雪、貞德、希爾達、卡羯、莎拉以及其他種種……全數十三名的魔女同時交手的意思啊。

「主人，拉斯普丁納是越接近她就會使用越多種類的魔法。因此請您跟她保持距離戰鬥——」

就在恩蒂米菈向我提供這項建議的同時……

「——Ypaaaa（嗚啦——）！小石子，看我把你撞飛！」

似乎有聽到那句話的拉斯普丁納讓 FAZER 翹起前輪朝我接近而來。

一方面也為了不要讓恩蒂米菈她們暴露在多種魔法的危險中，我只好朝著拉斯普丁納衝了過去。反正現在不能用槍，我就抱著被魔術攻擊的覺悟跟她打格鬥戰吧！

FAZER 後輪下的空氣「磅！」一聲炸開——

「——嗚——！」

我為了不要讓彈向我的機車爆炸，朝大燈整流罩揮出手刀將車頭往斜下方架開。讓拉斯普丁納的身體進入我手腳的攻擊範圍內，準備展開徒手格鬥戰——可是前輪著地的拉斯普丁納在車上讓身體一扭……

「Xopoooomo（太～棒了）！」

有如耍登山車特技一樣，甩動 FAZER 翹起的後輪。或許還使用了操縱物體的魔術，讓車身散出發光鱗粉般的東西。

金屬零件外露的車身側面下半部有如巨大戰槌般朝我逼近——我趕緊用疊在一起的雙手往輪胎一推，驚險架開。拉斯普丁納這傢伙，居然會使用騎乘機車的格鬥術！

簡直就像騎馬戰術……不，這恐怕是應用了魔女使用掃把的格鬥術——！

機車後輪著地後，拉斯普丁納大幅傾斜車身——以前輪為支點，把機車像圓規一樣旋轉。「嘰嘰嘰！」地在地面畫出圓形的胎痕掃向我的腳，或者應該說整個下半身。

我在被掃到的同時踏在機車的後座上跳起來，到上空呈現上下顛倒的姿勢。我與拉斯普丁納之間的距離因此超出了徒手格鬥或機車格鬥的範圍，於是我反射性地把手伸向手槍——又想到現在不能發出開槍聲而趕緊停下動作，結果產生了破綻。

「——呀哈！」

拉斯普丁納不放過這個機會，早已用單手把魔之全集翻開到紅色的頁數——朝正上方的我「啊～」地張開嘴巴。接著從那張嘴「轟——！」地有如火焰噴射器般噴出了火焰！糟了……！

「——主人！」

在火焰聲音的遮掩中，我微微聽到恩蒂米菈的尖叫聲。

我外套內的護具彈匣雖然具備耐火性，但放在腰後的備用彈匣則是——「磅磅磅磅！」地發出煙火般的爆炸聲。是火藥爆發。結果那聲音讓似乎在周圍徘徊的隱形龍們紛紛發出群聚而來的腳步聲。

「你就讓牠們吃掉吧，遠山金次！牠們可餓著肚子呢！」

我在地面打滾撲滅自己身上的火焰時，拉斯普丁納一副理所當然地用機車輾了我一下後——騎上斜坡狀的傳送帶，把它當成跳臺跳過了龍群聲音的上空。

「嗚……！」

面對「喀鏘喀鏘！」地一路破壞塑膠管路與鋼鐵梯子逼近而來的隱形龍群——我帶著被包含拉斯普丁納在內足足有兩百五十公斤重的機車輾過造成的傷害，施展櫻花。但是，不行。雖然有擦碰到，但拳頭卻被橡皮般堅硬的皮膚彈開了。

萜萜蒂與列萜蒂見到我被看不見的龍包圍……「唰！」地同時拔出短刀。接著壓低身子一起衝過來，朝龍可能在的位置揮刀。然而隨著「鏘！」的聲響，短刀同樣被彈開。即便如此，她們還是為了救我而繞向另一個角度，並小心注意因此距離拉近了幾公尺的拉斯普丁納。

相對地，拉斯普丁納則是露出不太希望萜萜蒂與列萜蒂在龍旁邊跑來跑去的表情……

「看不見也不好戰鬥是吧，遠山！那好，我就讓你稍微看清楚一點！」

她左手拿著魔之全集，右手食指放到嘴前——對指尖發出的光芒吹了一口氣。結果那只有一小粒大小卻亮得耀眼的光芒接連變化為蝴蝶形狀、獅子形狀，最後膨脹變化成鳳凰般的巨鳥形狀逼近而來——在我前方「轟隆隆隆隆隆！」地像燃燒彈般炸開。

然而那個火焰魔術並沒有讓我或萜萜蒂、列萜蒂當場喪命，而是在我們前方——撞到看不見的龍而爆炸了。

「嘰——！」地當場發出尖銳叫聲的龍……被燒焦的身體「轟……」地倒在我前

面。以焦掉的體表為中心，我看到了牠的姿態。那真面目是色素薄到血管都會透出來的白龍。尾巴扁平，果然沒有眼睛的頭部大得很不平均，讓人聯想到外型詭異的深海魚。唯獨喘著氣的嘴巴張開來，讓人看得到裡面的大紅色。

剛才雖然有發出爆炸聲響，但其他龍或許是在本能上對於同伴痛苦的聲音感到害怕的緣故，我感覺到牠們不發出一點腳步聲悄悄散開的氣息。但畢竟看不見身影，所以搞不好其實不是那樣。一想到牠們有可能還在這隻活像ＥＶＡ量產機的龍旁邊，我的背便不寒而慄。就在我因此行動變得消極的時候——在這個廢工廠中央較開闊的空間最深處下了機車的拉斯普丁納接著……

「——Ангельский круг——」

左手打開魔之全集，右手在空中鋪平什麼東西似地畫了個圓。隨著她那個動作，這次同樣宛如用圓規劃出來似地——出現了與剛才那個胎痕呈現同心圓，但這次幾乎圍繞整個廢工廠內側的巨大圓形。而且是用水泥地板噴出來的火焰圍成……！

巨大的火焰環也在距離我們稍遠處的恩蒂米菈背後高高噴起。

「……！」

感受著強烈的輻射熱，我的額頭不禁滲出汗水。我們現在被包圍在火焰環中，火焰又高又厚，實在難以突破。也就是說——我們無路可逃。

不只如此。這火勢要是放著不管，搞不好會延燒到廢工廠外面。地下品川——這座地下城是呈現一旦起火就會不斷往上延燒的危險結構。要是發生那種事情，難料會造成多少人犧牲。而且是那群被貧困生活逼到絕境，但依然掙扎生存，將這地方當成最後家園的無辜人民們……！

在火花如雨滴般灑落之中——恩蒂米菈抱著她的武器行李箱，呆站在原地。

「……啊啊……火……火……！……」

那是……森林被燒的記憶湧現腦海，讓她恐懼得無法動彈了。

——拉斯普丁納明明擁有魔之全集，攻擊手段卻偏向火焰魔術。那除了因為火焰魔術的攻擊模式可以燒遍整個戰場之外……也是為了利用恩蒂米菈的心靈創傷打擊她的反抗心，促使她自己投降啊。

「遠山金次，你是當不成商品的垃圾，就在這裡被燒光吧。」

有如模特兒走在伸展臺上似地緩緩前進而來的拉斯普丁納「唰！」一聲脫下披風——鋪在圓形的胎痕中心。接著翻開魔之全集的白色頁面，開始詠唱咒語。結果……地板到處飄現出發光粒子，就像碳酸水中的泡沫。顏色是橘色，動向是只會從下往上。這些特徵雖然跟我至今看過的東西都不一樣——但我直覺就能知道。

這是跟亞莉亞或尼莫使用的招式一樣，是視野外瞬間移動……！

「恩蒂米菈跟我來。這裡很熱吧？妳很害怕吧？Ангельский круг 可是會一～點點、一～點點地往內側縮小半徑喔？唯一的出口——只有這裡。」

她說著，指向自己腳下。果然，那是瞬間移動。光粒飄起的範圍是半徑十五公尺左右的圓形。只要進到那個範圍，就能「跳躍」的意思嗎……！

「你們剛才說『猿田』是吧……那傢伙是日本警察之類的對嗎？我這個人做事很小心謹慎。畢竟在**這邊**似乎又會有一段時間很難做生意，我就到下個時代再回來吧。不，乾脆把恩蒂米菈在**那邊**交換成金子好了。然後再拿到這邊賣掉就好啦。」

即使靠我爆發模式的腦袋，從拉斯普丁納這段發言中能夠解讀出來的東西還是很少。不過——

那傢伙是靠瞬間移動往來「這邊」與「那邊」。那個方法應該就寫在她現在打開的魔之全集白色章節。她讓看不見的龍出現在這裡肯定也是靠那個魔術。是透過視野外瞬間移動，把龍從「那邊」帶過來的。

仔細一看——拉斯普丁納的披風內側浮現出耀眼的圓形圖樣。那看起來跟我之前在華盛頓DC的平賀家前面看到FBI國家公安部的盾牌上用文字與記號組合而成的圖樣很類似。是魔法陣啊。那個胎痕跟這個火焰環恐怕也是輔助魔法陣的一部分構造——那傢伙打從最初就一邊戰鬥一邊在畫魔法陣了。

「來，恩蒂米菈，快點過來吧。這個魔法陣是靠時間與重量的平衡跳躍的。就把妳，還有……我想想……嘿！」

拉斯普丁納說著，翻開魔之全集的黃色頁面——把做出剪刀手勢的右手往前伸。結果兩根手指之間冒出閃電——「啪嘰！」一聲電到菈菈蒂與列菈蒂。恩蒂米菈頓時代替發出不聲音的那兩人發出短促的尖叫——

「菈菈蒂！列菈蒂！」

我奔向倒下身子的那兩人，卻撞到了看不見的龍。接著翻開綠色頁面的拉斯普丁納用手指轉圈圈，結果萜萜蒂與列萜蒂周圍出現了橫向的龍捲風——捲入落下的火花，同時把那兩人拖向拉斯普丁納的地方。從拉斯普丁納剛才把龍驅離，現在又沒殺掉萜萜蒂與列萜蒂就能推測，她果然打算把那兩人也帶到「那邊」去，當成商品賣掉。

「……！」

似乎由於接觸而知道我位置的隱形龍把巨大的身體推向我——讓我不得不往後退了。而且不只如此，要是繼續留在剛才那招閃電或是嘴巴噴火的射程範圍之內，只會遭到拉斯普丁納單方面蹂躪而已。必須暫時找個遮蔽物躲起來才行……！

於是我內心祈禱拉斯普丁納不會冒然傷害她視為商品的萜萜蒂與列萜蒂，並拉住抱著行李箱呆站在原地的恩蒂米菈——滾到有如一座鋼鐵臺的生產機械後面。然而這裡已經逼近火焰環的內側，我們無法再繼續後退了。

前有拉斯普丁納，後有火焰，中間是機械岩石、起重機和管路形成的森林，以及潛伏其中的一群隱形龍。靠近會遭到魔之全集攻擊，從遠處又不能開槍。

「嘻哈哈！來，快來吧。魔法陣已經快要完成囉。只要再過不久，就算我跟這兩隻狸貓加上妳的重量也能跳躍了。趁妳被燒死之前過來，過來吧。」

拉斯普丁納抓到全身麻痺無法動彈的萜萜蒂與列萜蒂，露出從容的笑臉在魔法陣中心跳起了哥薩克舞。真虧她穿著高跟靴還能跳舞。

「拉斯普丁納那混蛋，竟如此瞧不起人。但是……該死！我無計可施啊……！」

「主人……就算主人很強，終究不可能贏過龍的魔女的。請別再打下去了吧。我從來沒聽過會有主人為了保護奴隸而讓自己遭到性命危險呀。要是再這樣下去，這火會延燒到街上……把這地方都燒光。在那之前只要我跟拉斯普丁納一起從這裡跳躍、消失……火肯定就會變弱的……！」

從現實角度估測出戰力的恩蒂米菈用不甘心的眼神對我如此主張。

接著，她舉起發抖的手——擺出投降的姿勢，準備走向拉斯普丁納面前。

「——意思是說妳要成為她的東西嗎？不行，妳是屬於我的不是嗎！」

爆發模式的我如此制止她，結果她把變紅的臉轉回來……

「主人您……不是一直都不願承認我是您的奴隸嗎！可是現在卻——」

「沒錯，我不承認。現在也是一樣。恩蒂米菈是自由之身，所以也沒有道理成為拉斯普丁納的東西然後被賣掉。而且即便沒有主僕關係，男人就是要保護自己的女人。這是人的規矩。」

——就在我用手指擦拭恩蒂米菈的淚水並如此說道的時候……

拉斯普丁納看到恩蒂米菈原本要走過去卻又停下動作而露出了焦躁的表情。接著拔出收納在簡略鎧甲底下的刺刀——第二次世界大戰時期舊蘇聯軍使用過的 6kh4 突擊刺刀，並原地跪下一隻腳……

「——妳快點給我過來！要不然……我就把這兩個傢伙解體。反正她們本來就賣不了什麼好價錢。不過就算只有耳朵和尾巴還是有機會可以賣呀！」

她把萜萜蒂的右耳與列萜蒂的左耳一起抓住，抬起她們的頭，同時將刺刀抵在她們那毛茸茸的長耳朵根部。

「……住手……！」

「萜萜蒂……！列萜蒂……！」

我和恩蒂米菈從生產機械後面看到那一幕而慌張起來，但是……

「好好看著，我要刺下去囉？快給我過來——恩蒂米菈！」

大概是距離瞬間移動的時間已經剩下不多的關係，拉斯普丁納的表情是認真的——她將刺刀的刀刃微微切入那兩人的耳朵根部，讓鮮紅的血液沿著彎曲的銳利刀鋒滴落下來。

痛得蹙眉的萜萜蒂與列萜蒂接著——

「恩蒂……大人……快逃……！」

「……不可以……過來……！」

——第一次發出了聲音。

為了保護恩蒂米菈。

「……！……」

面對那樣的情境——恩蒂米菈的臉色漸漸改變。

不是變得悲傷，也不是變得恐懼，而是揚起細長的眼角，看起來反而逐漸冷靜下來……

最後她露出至今我從未看過的冷酷表情。

「——主人。拉斯普丁納燒掉了我的森林，燒掉了萜萜蒂與列萜蒂的故鄉。如今又準備燒掉這座小街。不能讓這樣殺害眾多性命的凶惡行為繼續下去。」

她如此說著，跪下身子——抓起她放在腳邊的武器行李箱。

對於在近處燃燒的火焰，她也已經不再畏懼。躲在遮蔽物後面，用冷靜的動作打開行李箱——

我看到箱子裡裝的東西，不禁瞪大眼睛。

「——這就是精靈擅長的武器。精靈禁止在未得到聖靈的許可之下，為了自己使用這個武器。但是我現在下定決心，要打破禁忌對那個女人使用這武器了。」

恩蒂米菈用反而變得更加冷靜的聲音如此說著，並動作熟練地將武器組裝起來。接著又從裙子口袋中拿出某個東西，對武器動了一點手腳。

「然而，我沒辦法從這裡擊中那女人。雖然距離近得就算是沙粒我也可以擊中，但現在中間還有通風管、梯子、管路等等工廠裡的東西——會阻礙到我。另外想必也有看不見的龍。請恕我明知困難還是要詢問您。主人，請問您有辦法排除預測路徑上的所有障礙物嗎？」

——製造射擊線——

只要能辦到這點，確實……

用這個武器確實有可能解決掉拉斯普丁納。

但是，要怎麼做？一口氣挪開鋼鐵管路和器材機械，把龍也移開但是不能引向這邊，在空中製造一條攻擊路徑……並沒有那麼剛好可用的招式。我辦不到——

「——好，我會想辦法。」

就在我把亞莉亞禁止的那句「辦不到」趕出腦海的瞬間，我靈光一閃。

雖然又是老樣子，在這種時候我想到的方法總是自己從來沒用過的招式。不過……

如果能辦到這點，或許就能贏。不，不是如果。是絕對要辦到。

「但是恩蒂米菈，我能做到的，只有**大致上**。應該沒辦法清出一條完全乾淨的射擊線。雖然能夠把大部分的障礙物都移開，但可能多少會殘留一點東西。」

「主人——那樣就足夠了。只要射線大致上能夠通過，我就會成功給您看的。畢竟我們精靈……大家都是在茂密的森林中使用這個武器呀。」

恩蒂米菈的碧眼與我的黑眼交錯視線。

「——『人』這個字，是人與人互相扶持的形狀。」

我站起身子，讓拉斯普丁納再度看到我的身影。

然後瞪著拉斯普丁納，對還跪著藏身的恩蒂米菈說道：

「就靠我們兩人的力量……逮捕拉斯普丁納！」

我接著首先把右手大幅往後縮，再把左手放到右手背上。

這招的原型，是中距離衝擊波招式——炸霸。但這次我扭轉右手臂，讓右手背朝著前方。因此姿勢上也從吉利克炮變得比較像ＪＯＪＯ站姿了。

如果要把工廠中的各種東西破壞掉，為恩蒂米菈製造一條攻擊路徑——也就是為她那想必會沿著拋物線飛向敵人的攻擊清出一條路，那麼最起碼也要製造一塊上下高度一公尺的淨空筒狀空間。但炸霸做不到這點。畢竟炸霸是朝前方的扇形區域攻擊，是有效範圍限於自己近處的招式。用途與這次的任務目標不合。

然而如果是用炸霸的應用招式——之前老爸在尼加拉瀑布秀給我看過的那招……肯定就能辦到！

「——扇貫——！」

這是衝擊波的雷射。用右手放出衝擊波的同時，用左手放出反位相的衝擊波防止自傷。到這邊為止都和炸霸一樣，不過這招還藉由轉動手腕來縮小圓錐形衝擊範圍的頂角，製造出直線性又高威力的衝擊波。

不同於會引來龍群的開槍聲或爆炸聲，而是伴隨有如強風的聲響——我讓正前方的空間開出了一條直徑約一公尺的通道。而且還「砰！砰！」地擊倒了似乎剛好在前方的兩隻看不見的龍。因此威力衰減的扇貫最後吹起拉斯普丁納的瀏海——

「……啊……別嚇我呀。不過這種程度的微風對我根本——」

咧嘴一笑的拉斯普丁納立刻又驚訝地瞪大眼睛。

她驚訝的對象，是在我旁邊站起身子的恩蒂米菈手中拉開的——

——弓。

複合弓（compound bow）。透過現代科學技術賦予作弊級性能的科學弓。大幅彎曲的弓臂是玻璃纖維與碳纖維的複合材質，握把部分是鎂合金。我以前在武偵高中學過，複合弓利用上下滑輪的凸輪構造伴隨槓桿原理，能使射出的箭矢威力達到非滑輪弓的兩倍甚至三倍。

「喂！……我、我可沒聽說、妳、妳有帶弓來呀……！」

看到我和猿田拿槍出來都還一臉輕鬆的拉斯普丁納，看到恩蒂米菈拉開的弓箭卻當場臉色發青——忍不住放開了萜萜蒂與列萜蒂。

「既然都是要為主人立功，我原本就是期望並非在金錢上，而是能在戰場上立功呀。」

對我如此說道的恩蒂米菈身體周圍開始颳起了風。這座工廠從前製造的枕頭——被火燒破而散出純白色的羽毛，飛舞在恩蒂米菈周圍。

「就讓我將自己對主人的心意託付於這一箭吧。」

——咻——！

杜拉鋁製的箭矢周圍纏繞著龍捲般的風，靠風壓彈開飛舞的羽毛——在沒有遮蔽物的空中通道內劃出一道微彎的優美弧線。箭頭是狩獵用的闊箭。使箭矢產生陀螺效應的箭羽是據說古代經常會看到的四片羽。

就在拉斯普丁納為了躲開箭矢而動身的同時，飛在空中的箭矢被風些微調整了軌道。就跟莎拉・漢以前在荷蘭對我射的箭一樣。然後——

——噗嘶——！

伴隨跟中彈聲響有點像的聲音，箭矢刺到拉斯普丁納身上了。而且是貫穿她抱在手上的魔之全集，刺在她左肩與左胸之間。

「……！……妳……竟敢、吧……魔書……」

拉斯普丁納比起疼痛更因為驚愕而睜大眼睛。把弓放下的恩蒂米菈則是回應：

「只要再寫就行了。拉斯普丁納——在沒有妳的世界中。」

相對地，似乎想怒吼什麼的拉斯普丁納忽然眼睛發現了另一個東西。

就是綁在箭尾部分的**爆竹**。

之前我們去家庭訪問時，林檎使用的爆竹有一部分最終未爆。當時恩蒂米菈覺得稀奇，就把其中一點帶回來了。而她剛才在射出去之前用火焰環的火點燃了導火線的那個爆竹——

——砰砰砰砰砰砰砰砰！

發出酷似槍聲的聲響，在廢工廠中迴盪。

萜萜蒂與列萜蒂看到拉斯普丁納陷入無法使用魔術的狀態，便立刻一如「人」字地互相攙扶逃了過來——

與她們錯身而過地，沉重的雙腳步行腳步聲「隆隆！隆隆！隆隆隆……！」地從四面八方朝拉斯普丁納聚集過去。

在臉色發青的拉斯普丁納周圍，一條一條的紅線——一張一張露出利牙的嘴巴紛

紛張開──

「──呀……！」

爭先恐後地咬向已經無法依賴魔之全集的拉斯普丁納。

她被龍咬進口中，或是被好幾隻龍擋在前方，變得讓我看不見她的身影，只有看到幾次她掙扎的手與金髮……但是從龍群們「嘰！嘰！」地發出超音波般叫聲的那塊空間中，只有鎧甲碎片、靴子、刺刀，以及盧布、美金、歐元、日圓的紙鈔，如飛沫般噴了出來。拉斯普丁納獻出人生追求的金錢……在最後的最後卻沒能拯救她。

「──恩蒂……大人……！」

「──金次……！」

至今在內心中似乎將恩蒂米菈稱為大人，對我則是直呼其名的萜萜蒂與列萜蒂──各自抱著不知什麼東西，從魔法陣中朝我們的方向滾了出來。

接著幾秒後，大概是時刻已到──魔法陣噴出的發光粒子急遽增加。剛才被燃燒彈般的魔術燒焦的那隻龍遲了一步來到其他龍聚集的地方，彷彿因為成功收拾了虐待自己的暴君而高呼勝利般──「嘰──！」地高叫一聲──

緊接著，便伴隨有如巨大噴泉般的發光粒子一起消失了。連同廢工廠的管路或鋼筋的一部分、大紅色的 YAMAHA FAZER 以及攻擊拉斯普丁納而不斷發出恐怖聲音的那群龍。

（……拉斯普丁納……）

愣了一段時間的我感受到背後的熱度急遽降溫，周圍也逐漸變暗，於是看向四周……發現剛才明明燃燒得又高又厚的火焰環已經變得不見蹤影。是拉斯普丁納的魔術中斷的關係。如今只剩下被火燒到的枕頭和棉被在各處像鬼火般零零星星地微弱燃燒著。

萜萜蒂搖著尾巴——將似乎是她剛才逃出來時順便撕下的魔書碎頁交給恩蒂米菈。列萜蒂則是把似乎同樣是從拉斯普丁納身上搶來的一把美鈔拿給我。不過……

「我是巴不得收下啦……但如果把從敵人手中扣押的東西私吞，可算是盜用罪啊。哎呀，雖然刑罰沒有到拔掉內臟那麼恐怖就是了。」

我將那些錢輕輕放到生產機械上。如此一來，想必將來有一天會有受貧困而苦的地下品川居民來把它拿走，填補一時的飢餓所需吧。

我在工廠外的冷氣室外機後面很快就找到猿田，發現他雖然傷得渾身是血——卻教人驚訝地還活著，也還保持著意識。

抬起一臉焦躁的表情，望著大概是他自己叫來的救護車在地下品川複雜的螺旋狀道路中慢吞吞地開下來。

「……拉斯普丁納……怎麼樣了？」

「抱歉，我沒能逮捕她。她被自己叫出來的龍給吃掉了。」

身體靠著室外機坐在地上的猿田聽到我這麼回答，當場露出非常失望的表情。

「……哎呀，她畢竟是個魔女，也不曉得光是被吃掉而已會不會死就是了啦。我以前交手過的魔女中，甚至有被巨劍砍下頭還能活得好好的傢伙。為了今後能親自確認她的生死，你現在就到醫院好好休養吧。你出血很嚴重啊。可別死囉？」

「……如果這點程度就死了……可當不了武檢補啊……」

「那就等你康復之後我們再見面吧。關於芹奈跟林檎的事情，我到時候再跟你算帳。」

「……哦？你辦得到嗎？下次我又變成別的樣子……你認不出來的……」

那要不要我現在就揍你一頓？但是你受了這麼重的傷，還是算了吧。

後來救護車總算抵達現場後，猿田被搬上擔架送入車內。另外大概是居民通報發生火災而有消防車跟著趕來，但消防員們看到幾乎已經呈現熄火狀態的廢工廠都紛紛露出「？」的表情，姑且還是展開滅火行動了。

「——主人，我有些話要跟猿田說。請讓我送他到醫院吧。」

「好。畢竟妳也被他當成了引出拉斯普丁納的誘餌，就去跟他抱怨幾句吧。」

我說著，目送恩蒂米菈同乘到救護車中。

畢竟大量失血的人要是不持續跟他講話就會失去意識，接著就這麼喪命的案例也不少。

就讓恩蒂米菈跟著救護隊員們一起看顧猿田吧。

看救護車沿著龜裂的車道離去後，我和互舔著對方耳朵傷口的萜萜蒂與列萜蒂一起坐上了跟武偵高中借來的馬自達。

逃過火災命運的這座街上，亮著幾盞微弱的生活燈光。在右彎道綿綿不絕的斜坡前方、地下城狹小的天空中，則是有遠處的星辰在雲朵間閃閃發光。

Go For The NEXT!!!　蒼穹的密使

後來的幾天中，我都白天找工作，晚上念書。恩蒂米菈則是從早到晚都盯著魔書——寫有奇形怪狀象形文字的白色頁面破片，並露出沉思的表情在百元商店買來的筆記本上不知寫了些什麼。而且是用法文。

到了禮拜六，我覺得腦袋都被借錢和讀書的事情占滿也不是件好事——於是從松丘館回家的路上在跳蚤商店買了一套UNO。今晚就教耳朵的傷口已經徹底痊癒的菈蒂與列菈蒂這遊戲的玩法，然後好好玩一場吧。那兩人雖然依舊不會講話，但變得會發出笑聲了。那個像小孩子一樣的笑聲，聽起來就很治癒人心啊。

「我回來啦。喂～菈菈蒂，列菈蒂，我買了有趣的東西喔。」

晚上七點過後，我面帶笑容打開第四公寓二〇四號房的門……咦？怎麼家裡好像被打掃得很乾淨？要大掃除還很早地說。

就在我愣住的時候，恩蒂米菈她們從房間深處走出來——

「主人，您回來啦。雖然我想您應該累了，不過很抱歉，可以請您現在跟我們去一個地方嗎？另外……我有很重要的話要跟您說。」

恩蒂米菈態度認真地對我說出了這樣一句話。

在我們搭乘臨海單軌電車的路上，恩蒂米菈細細觀察著之前每天去工作時應該已經看慣的東京——彷彿是要把這片景象烙印在那對碧眼深處一樣。

下車後，她帶我來到的地方——是台場調色盤城遊樂園的大型摩天輪。

「我剛來到這座城市的時候，就想要坐坐看這個了。」

「妳們剛來日本的時候，我小氣不讓妳們去坐，真是抱歉啦。」

於是我不吝嗇借來的錢讓四個人一起搭上的大型摩天輪——高一一五公尺，是全日本第三大的摩天輪，轉一圈十六分鐘。座艙限制人數是六名，因此我們坐進去後空間還很多。

在我的對面座位上，讓菇菇蒂與列菇蒂坐在自己左右兩邊的恩蒂米菈接著——

「主人……自從那天以來，謝謝您收養了我們這麼長一段時間。」

她美麗的笑容中流露出感傷的神情，對我講出這樣的話。

「幹麼啦，突然跟我講這種事……」

我聽她說想一起出門時就有的不好預感變得更加強烈，於是把視線別向外面的夜景。

「我們雖然之前是隸屬於主人稱為N的組織中，擔任尼莫大人的部下——但我們其實只是表現上支援N的活動，而真正的工作……是學習理解。」

「學習理解？」

恩蒂米菈開始提起關於N的事情——原來她說有重要的話，就是這個啊——於是我重新把視線看向她。

「……我們不同於人類……並不是信仰概念上的神明，而是與別的神明進行交流。而那些神明與N的莫里亞蒂教授進行了某種交涉的結果——便派遣我來到這裡當密使了。我們是來自不同於這裡的別處，目的是為了學習理解這裡的事情。因為我們原本所在的地方與這裡雖然奇蹟似地有些相同的部分，但在許多部分都完全不一樣。」

恩蒂米菈所說的「這裡」——就跟拉斯普丁納所說的「這邊」一樣，感覺並不是單指東京而已。聽起來是指更廣的範圍，也就是整個世界的樣子。

「如果要正確回到我們原本所在的地方，必須要有N以及莫里亞蒂教授的協助。然而在之前尼加拉瀑布的戰鬥中……我們與N走散了。一度落敗而離開了N的人要是再回去，有可能會遭到肅清。因此一方面也為了菈菈蒂與列菈蒂的安全著想，我當時——認為已經無法再回去N了。然而現在……」

「……妳找到了回去的方法？」

我雖然很不想問——但還是問了她這件我已經隱約察覺的事情。

「……是的。我將利用比陽位相跳躍、視野外瞬間移動——這些穿越時空通道的魔法更高等的魔法回去原本的地方。那是利用跟拉斯普丁納相同魔法陣的手法。」

「什麼時候？近期內嗎？」

「我透過猿田的仲介，和這個國家的著名魔術師進行了交流。關於回到那個地方的大魔法的使用方法，在拉斯普丁納留下來的魔書上也可以找到線索。只要看得懂那個內容的我以及那位魔術師，加上這個國家的為政者提供協助——雖然會附加很多的限制條件，不過我們知道了這點是可以辦到的。另外也知道了如果要以較好的形式回去，期限就只到今天晚上……」

我原本從恩蒂米菈苦惱的表情就有預感離別的時刻大概近了……但沒想到就是今晚。該怎麼說……還真是讓人震驚呢。

「畢竟我不能一直給主人添麻煩……而且……」

帶著歉意如此表示的恩蒂米菈，最後眼眸流露出冰冷的神色——讓我察覺了。

「拉斯普丁納嗎？」

「是的。」

在這個摩天輪座艙中感覺什麼話都願意說的恩蒂米菈，關於這件事情上卻沒有再多做說明。理由我也很清楚。既然是同樣的魔法陣——恩蒂米菈接下來將要前往的地方，肯定跟拉斯普丁納在被龍捕食之下消失前往的是同一個地方。她應該是打算到那裡把燒掉精靈森林的仇人拉斯普丁納找出來，而且如果對方還活著——就要把對方殺掉。但由於我身為武偵會反對她那麼做，所以她才沒再多講什麼的。

伴隨一段沉默，摩天輪座艙緩緩上升……來到一半高度，大約五十公尺的地方。

「妳雖然不是武偵……但應該知道我想說什麼吧？我認為妳不要做我會生氣的事

情，對妳來說也比較好喔。」

聽到我這麼說，恩蒂米菈點一點頭。她確實點頭了。

既然如此，關於這件事就講到這邊。畢竟在這次的事情中，我還有其他問題想要問她。而且這想必是我和恩蒂米菈最後的交談機會了。

「——以前我和尼莫進行視野外瞬間移動的時候，我們不只跳躍了空間，也跳躍了時間。具體來說，當時除了我們以外的整個世界往前運行了大約十個小時的時間。而拉斯普丁納似乎也在年齡完全沒變的狀況下曾經出現於西元一八九八年、一九四七年的俄羅斯，以及現代的日本。那傢伙靠視野外瞬間移動……連時間都跳躍了嗎？」

聽到我的假說——恩蒂米菈露出有點驚訝我會知情到這種程度的眼神後，點點頭。

「我想主人應該也聽過如果在一艘接近於光速的超高速宇宙船中，時間的流動會很緩慢，裡面的太空人不會變老的現象吧。這是特殊相對論所說的時間膨脹，一般相對論所說的時慢——經由時空通道進行跳躍時，就會發生跟這個相同的現象。連接時空的通道之中，條件較好的通道只會產生一瞬間的時差——但條件較差的通道就會在跳躍距離的同時伴隨較長的時間跳躍。距離越遠，能夠觀測到的通道數量就越少，也就越難找到時間條件上較好的通道了。這次我要使用的，是之前我在地下品川看拉斯普丁納施展的魔法陣並記下座標，只會跳躍幾天時間的通道。不過……」

如果要再到這邊來，到時候可能就必須跳躍較長的時間了——的意思嗎。

「……到頭來我還是搞不懂，妳們究竟是從哪裡來的？雖然我最初還以為是東歐或中東之類的地方……難道是非得用那種方法才能回去的地方嗎？」

「其實我們……也不太清楚我們原本在的地方與這裡之間的位置關係。就我理解的範圍來講，應該是位於彼此的地圖之外——類似超越了位置概念的地方。」

超越了位置概念的地方……也就是像平行世界或是異次元空間之類的嗎？就在我不禁皺起眉頭的時候——我想到了下一個假說。

「妳之前說自己以前沒看過什麼男性。說你們基本上大家都是女性……這樣的狀況在『那邊』是很普通的嗎？」

「是的。至少就我所知。」

……！……這下我知道了。

「N企圖引發的接軌現象，就是從『那邊』到『這邊』來的大規模移動嗎？」

聽到我如此詢問……恩蒂米菈在這點上也點頭回應了。

——我至今和很多的超能力者交手過，但那些超能力者的性別比例卻大幅偏向女性。明明有「魔女」這樣的詞，卻沒有「魔男」，可見超能力者的性別有多偏向女性。玉藻、猴、緋鬼、瓦爾基麗雅、貝茨姊妹、拉斯普丁納以及眼前的恩蒂米菈、萜萜蒂與列萜蒂，這些半獸、半妖也多半都是女性。另外像墨丘利或色金等等沒有固定外形的生物，在模仿人形時也總是會挑選女性外形。

這些並不是偶然。「那邊」的遺傳基因來到「這邊」後留下來的——就是在這裡的魔女、超能力者與半人半妖們。

當接軌現象發生時——會有大量那樣的女性們來到這裡。曾經發生過的兩次接軌時，恐怕也是民族大移動等級的人數來到這裡吧。

然後那些女性們與這裡的男性生下許多小孩，隨著第二世代、第三世代……雖然這邊人類的特徵越來越濃，但殘留有「那邊」人類力量的子孫們至今也存在於這個世上。那樣的後代就是白雪、貞德、佩特拉、希爾達、梅雅、卡羯、莎拉那些人了。因此莎拉與恩蒂米菈想必是什麼遠親吧。

一如尼莫所說……這是人類歷史的思角轉向。

而且也不是隨隨便便可以向人說的事情。畢竟內容規模太大了。萬一走錯一步，搞不好會導致對超能力者的歧視或排斥行動。

……我的額頭不禁滲出汗水……

不知不覺間摩天輪座艙已經到達頂部，來到可以將海面與東京盡收眼底的高度。從這裡開始，我們會緩緩朝地面下降。

恩蒂米菈今晚就會出發。剩下的時間想必不多了，甚至連讓我驚訝的時間都沒有。我必須開口，把該講的話都講出來才行。

「……妳說……妳是從『那邊』來的密使。那麼妳要怎麼報告關於這邊的事情？呃——對妳們的神明。」

恩蒂米菈她們所說的神明，跟我們人類在神社或教會膜拜的神明在意思上不一樣。恐怕是實際存在的什麼人物。如果用這邊的語言來講，就是像王、首相、總統之類的吧。

對於那樣高位的存在，恩蒂米菈究竟要如何報告這邊的事情——

如果就像N所企圖的目的，接軌現象真的發生，這報告將會名副其實地影響到世界的趨勢。

我抱著緊張感針對這點詢問恩蒂米菈後，她輕輕露出微笑……

「——主人以前在機場的時候，付給了風魔相當多的錢吧。明明自己缺錢到都被停電的說。」

……呃，為什麼現在要講那種事……？

「密使並不是只有我，而是分成地理、軍事、動植物、海洋、音樂與藝術等等的領域派人來到這邊進行了解的。我來到這裡的使命是根據語言、科學與經濟的順序學習這裡的文化。雖然我實在不敢說自己已經全部學完了，不過——我一開始是打算建議神明對N企圖讓這裡的文化倒退的思想提供協助。之前還在N的時候，我曾經短暫登陸過紐約與巴黎，以及這次跟隨主人來到東京時——我雖然對金錢的事情什麼也不懂，但心中認為『這裡』充滿自私自利的經濟社會應當要破壞才行。大家腦中都只想著錢的事情，甚至讓我覺得就跟拉斯普丁納一樣。然而那樣的想法其實太過武斷了。與主人一起生活的這段日子，讓我大幅改變了準備報告的內容。」

「跟我一起生活的、這段日子……？」

「主人即使讓自己變得貧窮，也會把金錢分給他人。為了對風魔表示感謝，為了幫芹奈她們贖罪，為了讓餓肚子的林檎吃東西——然後……也為了我們。根據思考方式或使用方法的不同，金錢雖然可能使人痛苦，令人瘋狂。但如果用在別的地方，也會成為讓人活下去或支持一個人的優秀道具。懂得那種使用方式的主人，同樣是這個文明所產生的人物。這個文明潛藏有能夠變得比現在更好的可能性。應該相信的對象不是錢，而是人呀。」

看到露出笑容的恩蒂米菈……我不禁有點臉紅了。原來我——一直被她當成「這裡」的代表案例在觀察啊。早知道我平常就更振作一點地說。

「比現在更好，是嗎。雖然我覺得無論誰遇到像我那樣的狀況，應該也都會做出類似的行動啦……但針對我一個人進行定性分析也無法保證今後整體會變得如何喔？」

我感到害臊地如此說道後，恩蒂米菈輕輕搖頭——

「——即使不到整體的程度，我也從很廣的視角盡自己的可能觀察了這裡的經濟。人類即使理解自己是為了自私自利在追求金錢，不過在更大的架構——也就是那個經濟體制中，同時還是潛藏有像主人那樣的良心。工作的人雖然是為了賺錢在工作，但那個工作必定能夠扶持到其他人。例如這座城市的電力，就算販賣電力的人認為自己是為了錢——但電力還是讓這座城市如此耀眼，如此支持著人們的生活。這裡的文明之所以能夠發展得如此出色，正是因為這裡的人們會在不自覺間為了其他人工作的關係。『人』這個字，是人與人互相扶持的形狀。即便仍在發展途中，不過人們在這點上還是逐漸形成了相當高度的平衡——我打算如此報告。而且更重要的是……」

座艙漸漸接近地面的同時，恩蒂米菈露出感到懷念的笑臉。

「──我看到了希望。主人讓我到學校當老師的那段期間，我看到了年輕人們眼中的光彩，純粹的笑臉。學生們確實擁有面對困難的勇氣，以及互相關懷的心靈。人類的世代交替遠比我們精靈來得快，因此到了那些孩子們活躍的下個世代，以及那個世代所培育出來的再下一個世代……這裡的文明想必會飛躍性地發展得越來越好吧。抱著對那些年輕人會讓這裡變得一天比一天好的信賴──我打算建議神明重新評估對N提供協助的做法。」

座艙已經漸漸要回到地面。我們的對話也──似乎暫時到此為止了。

「……主人，非常感謝您教了我這麼多的事情。」

面對用日本方式對我鞠躬致意的恩蒂米菈……

「不，我並沒有教過妳什麼了不起的事情啦。是能夠在這麼短期間中思考到這麼多事情的妳太聰明了。雖然我到最後還是搞不懂妳要回到什麼國家去，不過憑妳的腦袋……想必不會對那邊的神明傳達錯誤的內容吧──我信賴妳。」

我面露苦笑，如此回應她了。

我們出了摩天輪座艙，走下通往地面的露天階梯時……

「妳剛才說今晚會回去……具體上是要怎麼回去啊？」

「就跟拉斯普丁納一樣，我們準備了魔法陣。然而那是必須要有這裡的魔術師以及為政者提供協助才能發動的魔法……而我就是約在這裡跟他們碰面。」

聽到恩蒂米菈這麼說，於是我看向地上——結果與站在階梯下方的公園——調色盤花園的一名瘦男子對上了視線。

那男人梳了一頭像公務員的三七分髮型，身旁帶著一位巫女打扮的女性。

教人驚訝的是，那位巫女——雖然是體型類似恩蒂米菈的成人女性，卻有一對像玉藻一樣的狐狸耳朵。一頭長髮也是狐狸色，緋袴背面也有應該是尾巴形成的隆起。另外……還畫了一臉教人不敢相信是巫女的大濃妝，眼角還有像是舞妓會畫的紅色眼線。

下到地面後——我首先對看起來像公務員的陌生男子問了一句「你是誰？」結果……

「猿田。」

嗚哇……原來是你。外觀又變得完全像不同人了。而且才短短幾天，你是不是瘦了十公斤左右啊？拜託你教教白雪你的瘦身訣竅吧。那傢伙很在意體重的。

相對地，恩蒂米菈則是走近那位狐狸巫女……

「請問您就是伏見大人嗎？非常感謝您專程遠道前來。」

「妳就是恩蒂米菈大人嗎吭。哪裡，妳別在意吭。妾身是搭新幹線來的。」

我聽到她們這段對話……這位狐狸巫女伏見小姐啊，妳那講話方式是本來就那樣嗎……？那個語尾，吭……不是妳故意加的……？狐狸其實並不會真的吭吭叫

吧……？（註5）

「恩蒂米菈。這位就是妳剛才說……透過猿田仲介進行交流的日本魔術師嗎？但妳是怎麼跟她交流的？妳又沒有手機，難道是靠心靈感應？」

「不，我是透過寄明信片，然後她也是寄圖畫明信片給我的。」

「哦，這樣……」

就在我不禁眨眨眼睛的時候，伏見用她那對細到搞不清楚在看誰的眼睛……

「妳和遠山武士已經告別完了嗎？時辰就快到了——咱們走吧吭。大家都已經到齊了。」

——如此表示後，她便帶著我們出發了。

據猿田和伏見表示，我直到恩蒂米菈進行時空跳躍之前都可以陪著她——或者說是為了**之後**的事情，他們希望我可以跟著過去的樣子。

雖然我搞不清楚所謂的「之後」到底是什麼，但總之這個利用魔法陣進行跳躍的事情似乎相當機密。我們在調色盤城遊樂園的停車場坐上的加長型禮車後座的窗戶都貼了看不見車外的膜，跟猿田搭乘的前方駕駛座之間也有類似單向玻璃的隔板。而且還叫我把手機關掉。

註5　日文中形容狐狸叫聲的狀聲詞一般慣用「コン（kon）」，不過實際上狐狸的叫聲並非如此。

在這個座椅配置為ㄇ字型的凱迪拉克DTS加長型禮車寬敞的後座內……

「換上這套衣服。吭。妾身的神託是這麼說的。吭。」

不知道為什麼，伏見把衣服、帽子、鞋子一件件遞到我手上。我可是一點都不想在都是女生的車內脫褲子，但更重要的是……這套服裝很奇怪……是海軍的軍服。尼莫以及跟我初次相遇時的恩蒂米菈雖然也穿著古老的法國海軍軍服，但我這套不一樣。

——這是大日本帝國海軍——也就是舊日本海軍的軍服。白色立領服配上金色鈕釦的第二種軍裝。

……這是搞什麼？

「為什麼要換衣服才行啦……嗚喔！」

在如此詢問的我面前，伏見竟毫不猶豫地脫掉巫女服——露出大紅色的內衣褲！像白雪也有這樣的傾向，拜託妳們不要在巫女服底下主張女性美行不行！

「不想死就快換上吭。」

呃……為什麼送恩蒂米菈回去的時候不角色扮演成舊日本海軍就會死啦……？伏見不理會疑惑歪頭的我，換上了一套幾乎跟我一樣的白色軍裝，再戴上白色軍帽。感覺那對狐狸耳朵很礙事呢。

……話說，喂，那個肩章。為什麼我是一條金線沒櫻花的准尉，妳卻是兩條金線兩朵櫻花的中校啦？還配上那麼帥氣的金飾繩。

萜萜蒂與列萜蒂聽到伏見的話，也開始換上為她們準備的深藍襟水手服——二等水兵的軍服。雖然那套衣服下半身是深藍色短褲或者應該說裙褲，在爆發方面來講我很感激，但是在加長型禮車的車廂內上演換裝秀讓我眼睛都不知往哪裡看才好啦……！不過唯獨恩蒂米菈依然穿著武偵高中的水手服，沒有換裝。雖然她要是換裝我也會傷腦筋就是了。

然而，伏見感覺並不是在跟我開玩笑。

（……到底怎麼回事……？）

看來……我現在還是姑且聽她的話比較好。雖然這次真的是讓我一頭霧水，但這些傢伙本來就不是我的常識可以套用的存在。

於是——我不甘不願地換上海軍服。包含軍帽和鞋子在內，尺寸都剛剛好。

就在這段期間，車子意外地很快就抵達了目的地。我試著從車程時間與轉彎次數推估現在的位置……更重要的是有走過一段很長的下坡直線，給了我線索。雖然我不敢講絕對，不過那大概就是——東京灣水底隧道。也就是說，這裡是海螢火蟲停車區嗎？

我們下車來到的場所非常空曠，是一塊除了我們以外沒有其他人，四周被水泥牆圍繞的空間。照明用燈很少，大概是除了進行維護作業以外不會有人進來的場所。是地下排水道的調整池嗎……？不對，那樣就跟這裡是東京灣上的推測互相矛盾了。

穿過牆上一扇塗了白漆的門再轉個彎，就可以看到格子板組成的樓梯。樓層標示是Ｂ６。看來一如我的推測，這裡是地下的樣子。

我們沿著冰冷的ＬＥＤ燈光照明下的樓梯往下走、往下走……真驚訝……最後竟來到Ｂ18，地下十八層。我第一次知道首都近郊有這樣的地下設施啊。而且這規模應該不是民間設施——那就是沒有對外公開的國有設施了。畢竟伏見叫我們換上軍服，我還想說這裡或許是自衛隊的試驗場之類的地方，但感覺又不像。是更加神祕而不可知的某種場所。

在地下十八層——同樣是水泥裸牆的走廊上，我與猿田、伏見、恩蒂米菈她們一起不斷往深處走。最後……看見一道自動門，或者應該說是分隔牆。Ｒ９０１……同樣是塗白漆的門上面只寫了大概是門房編號的字樣，沒有其他特徵。給人一種這座設施整體的每個部分都讓人得不出什麼情報的印象。

「……我得到的許可只能進到這邊。剩下的事情到裡面去問吧。」

沒有角色扮演成海軍的猿田如此表示後——只有我們其他人進入了那道分隔牆另一側。結果從這裡開始忽然可以感受到其他人的氣息。從狹窄的通道轉進一條較寬的通道，地上鋪有像是機場航廈的地毯，也可以看到零零星星的幾名工作人員。

好奇地看著我們的那些人員身上同樣都穿著日本海軍的水兵服，但看起來應該不是平常就穿習慣的樣子。感覺是為了保險起見而穿的。通道旁邊有像是醫務室或餐廳之類的房間，讓人更加搞不清楚了。這裡……到底是什麼場所……？

在狐狸中校伏見的帶路下我們進入一間房間，讓我心中的疑問到達了最高點。

在打開門進入的會議室中，有一張整塊櫸木板塗漆的長桌子……

「小金。」

「伏見。遠山家的。事情可真突然呢。」

是白雪、玉藻還有風雪——比白雪小一歲的妹妹，大家都穿著舊日本海軍的軍服。

而且現場……還隱約可以聞到梔子花、香草以及艾馬基的氣味呢。

雖然房內只有白雪，但巴斯克維爾小隊的其他人也在近處待命中嗎？

「遠山同學，那衣服很適合你喔。」

面帶苦笑看向我的，是穿上筆挺的海軍第二種軍服才真的很帥氣的——不知火亮，我以前武偵高中時的同期。這成員組合到底怎麼回事啦？

另外在桌邊還有穿著軍官服幾名男女，主席座上則是一名穿少將軍服的老人家……坐在椅子上拄著拐杖，搞不清楚到底在睡覺還是清醒著。

既然玉藻跟白雪她們會在這裡，代表這裡聚集的首先是超能力方面的人物。另外這些大人的臉——其中幾個人我有印象喔。他們不是眾參議院的國會議員嗎？

「遠山，只要你保證不會把在這裡所見所聞的事情洩漏出去——按照恩蒂米菈的願望，你可以跟著她一起到下一個房間去。但是不能進到再下一個房間。」

「關於上週進行過的檢疫，恩蒂米菈小姐的流感、麻疹、風疹、結核及其他感染性病症的檢查結果全部都是陰性。」

「那麼，就趁還能捕捉到路徑的時候開始吧。還剩十五分鐘。」

幾乎沒有進行什麼說明之下，那些大人們——像是議員的男性、像是醫生的男性以及拿著一個計時器的女性接連對我和恩蒂米菈如此說道後……

「這是關於假說的內容記錄……我是用自己在這裡最熟悉的法文寫的。」

恩蒂米菈說著，從口袋拿出筆記本放到桌上。

「萜萜蒂和列萜蒂會暫時留在這裡，等待下次的機會。我們已經告別完了……伏見大人，在那天到來之前，這兩個孩子就麻煩您了。」

恩蒂米菈如此表示，而伏見點點頭回應。看來這些事情在事前已經講好……不知何時開始眼眶含淚的萜萜蒂與列萜蒂帶著依依不捨但下定決心的表情，分別坐到伏見的左右兩側。

「那麼主人，看來已經沒多少時間了。」

見到恩蒂米菈一臉抱歉地看向我……我只好苦笑回應。

腦中回想起我們兩人當上老師的那天早上也想過的一句話。

「——人生本來就充滿突然的事情啊。走吧。」

於是我走到恩蒂米菈身邊……背對大家目送離開的視線，打開了門。

在會議室更深處的一間小房間，被裝飾得像一間古色古香的咖啡廳。

房內一張小桌子上擺有裝了水的水瓶與玻璃杯，除此之外看不到其他飲料食物。

然後……小房間的更深處還有一扇深褐色的木門。

恩蒂米菈應該就是要進到那扇門後面，透過視野外瞬間移動出發吧。但我只能跟到這裡。

因此這裡就是我和恩蒂米菈最後的房間了。

關上門，變得兩人獨處的我們……不禁互相望著對方，露出苦笑。彷彿對這場急促的離別表示「這也沒辦法」似的。

房間牆上——很巧地掛著一幅跟之前在加拿大日本大使館的醫務室看到的畫作很相似的作品。描繪一片晴朗藍天的油彩畫，畫框下寫的作品名稱是——「蒼穹」。

「這個無菌水是我拜託他們準備的。主人，請在最後跟我分水吧。」

恩蒂米菈說著，把水瓶中的水倒進玻璃杯。

「水是一種可以分成好幾部分，也可以由好幾部分融合在一起的存在。想必我們的友情也會無限擴展，又形成新的連結吧——在這邊，於那邊。然後……願我們即使分別，也還是能再次相連……」

恩蒂米菈用優美迷人的動作喝了一口水後，將杯子遞給我——

——於是我也把剩下的水一飲而盡。

「如果在那邊遇到困難，就叫我吧。到時候我會帶蕎麥麵當伴手禮，趕過去找妳的。反正現在知道只要到這地方來就能過去啦。」

「主人也真是的。人家會當真喔？」

恩蒂米菈很有氣質地笑了一下。如一條光帶的金色秀髮隨之搖曳，已經沒有必要隱藏的耳朵悄悄從髮絲間露出來。

「啊，搞不好反而會是我主動過去喔。要是借貸越滾越多，我就逃到那邊去好了。吉良應該也沒辦法追來吧。這我可是講認真的。」

我把戴起來很拘束的軍帽脫下來並如此表示，結果恩蒂米菈又繼續笑了。然後……

「說到這個我就想起來了。這些請拿去還債吧。」

她說著……從口袋拿出似乎是在百元商店買來的仿皮錢包，遞到我手上。錢包相當鼓。我稍微看了一下，裡面竟塞滿了厚厚的一萬元鈔票。

「呃、喂，這些錢、妳是從哪裡……」

「這是去郊遊那天我向主人請假後，到大井賽馬場贏來的。我只要看到馬的樣子，就能立刻知道幾號會贏了。要是我去賭博，主人就會把那些錢全數沒收，不再還給我。主人您以前是這麼對我說的吧？」

「我、我確實是說過啦……可是這些錢就算拿去晶亮亮借貸還掉，還會有剩啊。」

「反正我拿到那邊也沒用呀。」

始終笑嘻嘻的恩蒂米菈講到這裡——忽然變得表情嚴肅——

「——等一下請您注意。**一個人去，就會有一個人來**。」

她小聲對我這麼說。

「雖然這是必須保密的事情，不過『那裡』和『這裡』之間——派遣密使的並不是

只有那裡。這裡也是自古以來就有暗中派遣密使到那裡。然後密使的派遣上，去與回必須保持一定的平衡。」

「喂，那也就是說……」

「想必會有誰回到這裡，做為跟我的交換。」

就在恩蒂米菈小聲告訴我這件事情時，從我們剛才進來的那扇門外面……

「──恩蒂米菈女士，還剩一分鐘。」

剛剛手拿計時器的女性的聲音傳來。

恩蒂米菈聽到那聲音，再度露出微笑──

「啊，主人，我忘記有件事情必須在這裡做了。而且那件事──最好是最後再做。也就是剛好現在。」

她說著──突然親了我一下。

短暫親吻之後，在嘴脣依然幾乎要碰觸到的距離下，她閉著眼睛對我述說：

「……我剛開始是因為落敗而跟在主人身邊的。然而現在，我由衷希望能與您在一起。不管我是否是自由之身。即使明知那是無法實現的願望……」

恩蒂米菈說著，轉身背對我，伸手開門。

──恩蒂米菈──

在門的另一側單調的房間中，已經飄起了大量的水藍色發光粒子──地板上畫有跟之前在地下品川看到的非常相似的魔法陣。

「啊啊，直到最後才明白這點，我真是個愚蠢的精靈呀。您明明已經告訴我我不是奴隸了，為什麼我直到最後還是要叫您主人呢？我現在總算明白了。原來我……在不知不覺間已經成為了……」

恩蒂米菈背對著我，把門關上──

「──愛的奴隸呀──」

留下這句話後，門的另一側傳來腳步聲遠去的聲音。

腳步聲接著停下來，幾秒之後，從門板四邊的縫隙──大量溢出水藍色的光芒。

就跟拉斯普丁納那時候一樣，是魔法陣發動而綻放出激烈的光芒。

不過……那也很快就微弱下來……消失了。

「……恩蒂米菈……」

正當我茫然呆站在原地的時候，從門的另一側──

──喀！

傳來彷彿是從低處著地的腳步聲。

可是那腳步聲跟恩蒂米菈不一樣。雖然體重應該很接近，但鞋子的聲音不同。

然而剛才恩蒂米菈走進去時，我看到那房間裡並沒有別人。

──一個人去，就會有一個人來──

「……」

我默默盯著那扇門……

從門內傳來「喀、喀」的腳步聲接近……喀嚓……把門打開——

——一名女性現身了。

跟我一樣身上穿著白色立領服——大日本帝國海軍的第二種軍裝。肩章是中校。

身高只比我稍微矮一點。長而帶有光澤的漆黑秀髮用白色的紙緞帶綁成一束。年齡和恩蒂米菈一樣大約二十歲左右，胸部也一樣大。軍裝的金色鈕釦都快被撐爆了。

在不知所措的我面前，女人用老鷹般銳利的眼神環顧室內後——

「——現在是皇紀幾年？」

從白色軍帽的黑色帽簷底下看向我。

「……啥……？皇紀……？」

如果我沒聽錯，她似乎是在問我現在的年代……

「就是即位紀元，皇曆。為何你無法立刻回答？你這傢伙，難不成是美英的間諜？」

——這、這眼神——

——是**真貨**。

我雖然內心祈禱對方只是在扮裝，只是個演員……但這女人……是真貨。跟我們這些假貨不一樣。眼神魄力完全不同。這是工作上會殺人的人特有的眼神。覺悟完全不同。是抱著殺人的覺悟，也抱著被殺的覺悟的人特有的眼神。散發出光是被她瞪一眼彷彿就會被殺的氣勢。

她是……真正的、舊日本軍人……！

另外還有一點——這個真要講起來是跟大哥比較像的臉蛋。

我靠直覺就能知道。這女性是遠山家的人。但我可沒見過這號人物啊。

「……你難道，是鐵嗎？不……不對。你究竟是誰？為何穿著跟本官同樣的白色軍裝——光榮的赴死裝束！」

似乎性情上很急躁的女性——從剪裁貼身而可以清楚看出臀部曲線的白色褲子腰部「鏘！」一聲拔出軍刀。

「本官是橫須賀鎮守府・玲方面特別根據地隊，大日本帝國海軍中校——遠山雪花。給本官報上名來。否則就在此處死。」

把軍刀前端抵到我喉頭的這位女性說自己是——遠、遠山……雪花？

那、那不是、我家爺爺的姊姊的名字嗎……！

就在我說不出話來，忍不住身體退縮的時候——雪花大叫了一聲：

「——立正站好！」

Go For The NEXT!!!

後記

現今的社會是無現金時代！我是在7-Eleven的櫃檯向店員說「肉包子，nanaco。」結果店員差點夾了七個（nanako）肉包出來的赤松。（註6）

今年赤松聖誕老人的季節又到來了！其實亞莉亞系列會在每年十二月出版是相當偶然的結果，不過多虧如此，從二〇〇八年十二月出版的第二集以來，筆者當聖誕老人都是全勤獎呢。

從那時候開始時光不斷流逝，如今已準備進入二〇二〇年了。相對地小說中的時間則是三十二集時還在二〇一〇年。當時消費稅還是五％，美國總統還是歐巴馬。我們明明也沒有發動過什麼視野外瞬間移動，卻來到了將近十年後的未來了呢。筆者當初開始撰寫這個故事時，也沒想過自己竟然會透過Apple Watch和iD（註7）買書啊！

由於來年還會舉辦奧運，金次與恩蒂米菈所見的東京也到處在加緊改裝。筆者每當看到大規模工程或是新的大廈建起時，就會想像到跟當初剛開始執筆時還在建造中

註6　nanako為日本7＆I控股公司所提供的電子結帳服務，發音接近「七個」。

註7　日本NTT Docomo所提供的電子結帳服務。

的天空樹（晴空塔）上一樣——金次現在也正與新的敵人的模樣呢。

好啦，說到新的東西！各位！我寫新書啦！

這次是由BIG GANGAN漫畫誌出版，由大西實生子老師作畫，由我擔任原作的「Fenrir」漫畫第一集要發售了！

這是一部描寫將來成為成吉思汗的草原少年戰士鐵木真，以及在平安時代的星伽神社協助下逃亡到大陸的源義經各自展開旅程——最後命運交錯的戰記漫畫。

由於是我負責執筆故事，所以老樣子又是一部戰鬥情節不斷的作品。不過大西老師筆下的女孩子全都非常可愛，因此請讀者們在這部分上也好好期待吧。

蕾姬表示她看過的璃璃色金實體以及《魔劍的愛莉絲貝兒》的貘的祖先也會在本作品中登場。請大家跟《緋彈的亞莉亞》一起享受新作喔。

——那麼，期待下次在變得比現在又更新的世界再相遇。

二〇一九年十二月吉日　赤松中學

アリア32巻
おめでとう
※賀亞莉亞第32集出版!!
■恩蒂米菈的角色設計我還頗中意的，希望還有機會可以畫到她。不過那裝備畫起來很累人，能不能用泳裝之類的打扮登場呢？
那麼就期待下一集再相見吧！

緋彈的亞莉亞

Aria the Scarlet Ammo

緋彈的亞莉亞

Aria the Scarlet Ammo

緋彈的亞莉亞

Aria the Scarlet Ammo

浮文字

緋彈的亞莉亞(32) 蒼穹的密使

(原名：緋弾のアリアXXXII 蒼穹の密使（エトランゼ）)

作者／赤松中學　封面插畫／こぶいち　譯者／陳梵帆
發行人／黃鎮隆　副總經理／陳君平
副理／洪琇菁　國際版權／黃令歡
執行編輯／呂尚燁　美術主編／陳聖義
企劃宣傳／邱小祐
出版／城邦文化事業股份有限公司 尖端出版
台北市中山區民生東路二段一四一號十樓
電話：(〇二)二五〇〇七六〇〇　傳真：(〇二)二五〇〇二六八三
E-mail：7novels@mail2.spp.com.tw
發行／英屬蓋曼群島商家庭傳媒股份有限公司城邦分公司　尖端出版
台北市中山區民生東路二段一四一號十樓
電話：(〇二)二五〇〇—七六〇〇(代表號)
傳真：(〇二)二五〇〇—一九七九
中部以北經銷／楨彥有限公司
電話：(〇二)八九一九—三三六九
傳真：(〇二)八九一四—五五二四
雲嘉經銷／智豐圖書股份有限公司　嘉義公司
電話：(〇五)二三三—三八五二
傳真：(〇五)二三三—三八六三
南部經銷／智豐圖書股份有限公司　高雄公司
電話：(〇七)三七三—〇〇七九
傳真：(〇七)三七三—〇〇八七
一代匯集／香港九龍旺角塘尾道六十四號龍駒企業大廈十樓B&D室
電話：(八五二)二七八三—八一〇二
傳真：(八五二)二七八二—一五二九
馬新經銷／城邦(馬新)出版集團　Cite(M)Sdn.Bhd.
E-mail：Cite@cite.com.my
法律顧問／王子文律師　元禾法律事務所
北市羅斯福路三段三十七號十五樓

二〇二〇年八月一版一刷

■中文版■

郵購注意事項：
1. 填妥劃撥單資料：帳號：50003021戶名：英屬蓋曼群島商家庭傳媒(股)公司城邦分公司。2. 通信欄內註明訂購書名與冊數。3. 劃撥金額低於500元，請加附掛號郵資50元。如劃撥日起 10～14日，仍未收到書時，請洽劃撥組。劃撥專線TEL：(03) 312-4212 ・ FAX：(03) 322-4621。E-mail：marketing@spp.com.tw

國家圖書館出版品預行編目資料

緋彈的亞莉亞32 / 赤松中學 著 ； 陳梵帆 譯.--1版.
--臺北市：尖端出版, 2020.08
面 ； 公分.--(浮文字)
譯自:**緋弾のアリア**
ISBN 978-957-10-8922-5(第32冊：平裝)

861.57　　109004807